조두진 장편소설

예담

(차례)

3

4

나의 결혼생활학교

'연애와 섹스는 간헐적이나 결혼은 생활이다.'

인선은 강의실 앞쪽, 화이트보드 위에 붙어 있는 교훈액자를 보며 웃었다. 이 학교의 다소 낯 뜨거운 교훈은 결혼 적령기 남녀들 사이에서 이미 유명했다. ML결혼생활학교 출신이 아닌 사람들도 이 교훈에 대해서는 들어서 익히 알고 있었다. 교훈액자는 크기가 다를 뿐 학교 건물 곳곳에 붙어 있었다. 강의실에서도, 휴게실에서도, 복도에서도, 식당에서도, 화장실에서도 어김없이 발견할 수 있었다.

들어서 알고는 있었지만 막상 붓글씨로 쓴 낯 뜨거운 문장을 접하고 보니 기분이 묘했다. 게다가 그 글씨체가 꽤나 품위 있었기에 오히려 불협화음 같은 느낌을 주었다. 한국의 대표 서예가로 국전 심사위원장을 세 번씩이나 역임한 바 있는 묵일 임두발 선생의 글씨였다.

누가 모르나? 다 아는 이야기를 교훈이라고 정한 것이 우스웠다. 그러다가 문득 사람은 꼭 우스워야 웃는 것은 아니라는 생각을 했다. 말하자면 웃음은, 통념을 벗어난 약한 일탈에 대한 일종의 경고인 셈이다. 일상의 일, 그러니까 아침을 먹거나 저녁을 먹는 일, 잘 잤니? 우선 좀 씻고 이야기하자는 식의 일상적인 대화나 일에서 사람은 웃지 않는다. 어떤 사람의 말이나 행동, 사건에 대해 우리가 웃는다는 것은 그것이 통념과 거리가 있다는 것이다. 푸하하하 크게 터뜨리는 웃음은 전혀 예상치 못한 유쾌함에 대한 반응이고, 살짝 짓는 미소는 약한 일탈에 대한 반응이다. 분노나 드잡이질은 강한 일탈에 대한 반감이자 항의일 것이다.

책상 위에 각자의 이름표가 붙어 있었다. 학생들은 하나둘 쭈뼛거리며 강의실로 들어와 제자리를 찾아 앉았다. 1월이라 날씨는 차가웠지만 강의실 안은 훈훈했다. 인선은 두툼한 외투를 벗어 의자의 등받이에 걸쳤다. 입학식이 시작되려면 아직 10분쯤 남아 있었다.

그녀는 핸드백에서 이어폰을 꺼내 귀에 꽂았다. 스마트폰에서 흘러나오는 노래는 이하이의 '원, 투, 쓰리, 포'였다. 몇 해 전 방송사 오디션 프로그램 'K팝스타'에서 준우승한 이하이의 데뷔곡이었다. 너 없이 잘 살 수 있다. 아직도 네 거란 착각 따위는 치워라, 는 노래였다. 단순히 허스키하다고 설명할 수 없는 탁한 음색과 독특한 음률이 감성을 자극했다. 그녀의 묘한 눈빛도 당시 유행하던 그룹형 아이돌과는 다른 느낌을 주었다. 벌써 몇 해 전에 빅히트 친 노래였지만, 지금까지도 사랑받는 그야말로 유행을 모르는 노래였다. 수많은 아이돌 스타들이 메뚜기 한철처럼, 세상천지를 모르고 짓찧고 까불다가도 서리를 맞은 듯 순식간에 사라졌다. 이하이의 인기에는 봄·여름·가을·겨울이 없었고, 비 내리고 바람 부는 날이 없는 것 같았다. 그녀는 그야말로 사철 메뚜기였다. 이어폰을 들고 온 것은 ML결혼생활학교 등록 때 받은 공지 때문이었다.

입학식에 꼭 필요한 물건이 아닌 것 중에 자신이 원하는 물건 한 가지를 지참하세요. 입학식 날 30분 정도 개인시간이 주어집니다. 그 시간에 혼자 쓸 수 있는 것 말입니다.

마치 수험표와 신분증을 잊지 마세요, 라는 문구 같았다. 다른 점이 있다면 학교에서 지정하는 물건이 아니라 입학생 본인이 선택해야 한다는 점이었다. 꼭 필요한 것을 갖고 오라고 했더라면 쉬웠을 것이다. 꼭 필요하지는 않지만, 가지고 오고 싶은 것을 지참하라는 말에 인선은 적이 난감했다.

당장 필요하지 않은 물건 중에 딱히 가져가고 싶은 물건이라니? 무얼 가져갈까. 그러고 보니 필요한 것은 있어도 딱히 원하는 것은 없었다. 윤철을 작게 만들어 핸드백에 넣어 올 수 있다면 좋겠다는 다소 엉뚱한 생각에 피식 웃음이 나왔다. 한두 시간 고민하다가 별 생각 없이 집어든 것이 이어폰이었다. 그러니 그것이 설령 이어폰이 아니라 갤럭시 노트였다고 해서 달라질 것은 없었다.

정장을 입은 30대 중후반쯤 돼 보이는 남자가 강의실로 들어와 살짝 목례하면서 말문을 열었다.

"ML결혼생활학교 39기 7반 담임 손영식입니다. 앞으로 여러분의 교육과정에 필요한 각종 행정적인 도움을 드릴 것입니다. 오늘 중으로 각자 아이디로 우리 학교 홈페이지에 접속하셔서 인적사항을 기입해주십시오. 홈페이지에 들어가시면 연간 강의계획표를 확인할 수 있습니다. 필수과목은 이미 정해져 있습니다. 선택과목도 오늘 중으로 결정하셔서 입력해주시기 바랍니다."

손영식은 훤칠한 키에 멀쩡한 얼굴과 달리 목소리에 기품이 전혀 없었다. 깊이 있는 생각을 해본 적도, 지긋하게 공부를 해본 적도 없는 부류의 사람 같았다. 아마도 그다지 전문적일 게 없는 일을 담당하고 있는 사람일 것이다. 얼굴빛뿐만 아니라 목소리에도 색감이 있다. 그 색감은 그 사람이 오래 해온 일이나 평소의 생각을 반영하게 마련이다. 그것은 타고난 목소리, 그러니까 듣기 좋은 목소리나 혹은 듣기 싫은 목소리와는 또 다른 질감이었다. 말하자면 나름 우월한 외모를 타고났으나 자신을 가꾸려고 노력해본 적이 없는 사람의 목소리였다.

시계가 2시를 가리키자 손영식이 강의실 앞쪽 벽면 상단에 걸려 있는 대형 와이드 텔레비전을 켰다. 발랄한 음악과 함께 ML결혼생활학교 전경을 담은 대기화면이 열렸다. 이윽고 중년남자가 화면에 등장했다. 머리가 약간 희끗한 데다 무테안경을 쓰고 있어 꽤 지적으로 보였다. 인선은 그가 바로 이 학교 교장임을 알았다. 사실적이고 파격적인 강의로 결혼 적령기 사람들 사이에서 꽤나 알려진 인물이었다.

"안녕하십니까. ML결혼생활학교 교장 강현석입니다. 39기 여러분의 본교 입학을 진심으로 환영합니다. 저를 비롯한 우리 학교 교직원들은 앞으로 1년 동안 결혼생활이란 대체 무엇인지, 행복한 결혼생활을 위해 여러분이 갖추어야 할 덕목은 어떤 것들이 있는지에 대해 생생하고 진솔하게 가르쳐드릴 것입니다."

ML결혼생활학교 과정을 이수한 친구들 말에 따르면 교장은 전직 경찰이었다. 10년쯤 전 경찰생활을 끝내고, 정부로부터 결혼생활학교 민간위탁업자 지정을 받았다고 했다. '연애와 섹스는 간헐적이나 결혼은 생활이다'라는 낯 뜨거운 교훈을 지은 장본인이기도 했다. 보통의 다른 결혼생활학교 민간위탁업자들과 달리 그는 학교를 설립하기에 앞서 심리학 박사학위까지 취득했으며, 학생상담 교수로 직접 수업활동도 맡았다. 그러니까 그에게 결혼학교는 단순히 돈벌이를 위한 사업은 아니며, 확실히 어떤 사명감 같은 게 있다고 봐야 했다. 교장은 누구라도 부담을 갖지 않을 인사, 이를테면 날씨에 대해서라든가 혹은 평범하지만 무엇인가 덕담이 될 만한 인사 따위는 하지 않았다.

인선은 옆자리 사람들을 슬그머니 훑어보았다. 대략 30명 정도 되는 것 같았다. 아직 대학생쯤으로 보이는 여자들도 있었고, 서른이 훌쩍 넘어 보이는 여자도 있었다. 옷차림도 제각각이었다. 마치 남자를 헌팅할 작정으로 저녁에 바에 들른 듯 화려한 드레스를 차려 입은 여자도 있었고, 청바지에 운동화를 신고 온 학생 타입의 앳된 아가씨도 있었다. 토요일 오전까지 직장에서 일을 했는지, 커리어우먼 특유의 정장을 입고 온 여자도 있었다. 그 여자가 앉은 자리 아래에는 묵직한 가방이 놓여 있었는데, 아무래도 노트북과 서류가 든 것 같았다. 친구들 셋이 짝을 지어 온 어려 보이는 여자들은 저희

끼리 소곤소곤 이야기를 주고받으며 소리 내지 않고 킥킥거렸다. 그 중에 한 아이는 꽤나 예뻤고, 나머지 둘은 평균 이하였다. 저렇게 어울리기도 쉽지 않을 텐데……. 결혼면허증을 따기 위해 임시로 한 배를 탄 사람들 같아 보이기도 했다.

여자들과 달리 남자들은 대체로 서른은 넘은 것 같았다. 내일 당장 결혼해도 늦다 싶을 만큼 나이가 들어 보이는 남자도 있었다. 저 나이 되도록 결혼도 안 하고 무엇을 했을까, 설마하니 재혼은 아니 겠지, 싶은 생각이 드는 남자도 있었다. 남자들의 얼굴은 하나같이 딱딱하게 굳어 있었다.

"저는 전직 경찰이었습니다."

교장이었다. 이 학교 교장이 전직 경찰이었으며, 30년을 함께 산 아내를 살해한 60대 남자의 사건에 충격을 받아 경찰을 그만두고, 정부위탁 교육기관인 결혼생활학교를 설립해 스스로 교장이 되었 다는 사실은 친구들에게 들어서 아는 바였다. 친구들은 교장과 상 담을 하노라면 그의 말이 구구절절 옳다 싶어 무릎을 칠 때도 있고, 소름이 돋아 결혼을 해야 하나 말아야 하나 고민이 될 때도 있다고 했다. 결혼에 대한 환상이 확 무너지는 것 같아 기분이 더러울 때도 있지만, 곰곰이 생각해보면 상담하기를 잘했다 싶은 생각이 들 때가 많다고 했다. 인선이 집 근처 강남의 결혼생활학교를 두고도 굳이 ML결혼생활학교를 택했던 것도 이 교장의 수업과 상담이 궁금했기 때문이다.

결혼생활학교 수업은 1년 과정에 384시간으로 되어 있었다. 1년 동안 토요일과 일요일에 각각 3시간과 5시간씩 수업을 받게 되어 있었는데, 1월 초의 등록기간과 명절, 여름휴가철 혹은 개인적 일로 꼭 쉬고 싶은 한 주 정도를 빼면 48주 동안 주말과 휴일마다 꼬박 출석해야 했다. 이것은 어느 학교나 마찬가지였다. 말하자면 48주 384시간은 정부가 지정한 수업 시수였다. 속성반은 없었다. 한꺼번에 몰아서 채우든 어쨌든 384시간만 채우면 되는 게 아니라, 48주에 걸쳐 384시간을 채우도록 정해져 있었다. 1년 과정을 이수하는 동안 발생하기 마련인 심리적 변화에 주목한 제도였다.

결혼생활학교 384시간 강좌를 이수해야 결혼면허시험에 응시할 자격이 주어졌고, 결혼면허증이 있어야 결혼할 수 있다. 그러니 결혼할 뜻이 있는 남자와 여자라면 누구라도 결혼생활학교 과정을 이수해야 했다. 각 지방자치단체가 운영하는 결혼학교만 해도 전국에 100개가 넘었고, 민간위탁학교까지 합하면 1,000개가 넘었다.

결혼생활학교 전 과정을 이수하고, 출석률 95퍼센트가 넘는 사람만이 결혼면허시험에 응시할 수 있었다. 필기와 실기로 나누어 진행되는 시험에서 각각 70점 이상을 획득하면 결혼면허증이 주어졌다. 시험에 떨어지면 6개월 안에 한 번 더 응시할 수 있으나, 두 번째도 떨어지면 6개월 과정의 보충교육을 받아야 했다. 각 학교마다 보충교육반을 따로 운영하고 있었다. 보충교육 이수 후 다시 두 번 응시할 수 있으며, 그래도 떨어지면 다시 6개월의 보충교육을 받아야 시험을 치를 수 있었다.

"몸이 어른이 됐다고, 대학을 졸업했다고, 꼬박꼬박 월급이 나오는 직장을 구했다고 누구나 결혼할 준비를 갖춘 것은 아닙니다. 몸이 자라 섹스할 준비는 되어 있지만 결혼할 준비가 되어 있지 않은 사람들은 얼마든지 많습니다. 2012년까지 우리나라에서는 결혼한 부부 중에 대략 3분의 1이 이혼을 했습니다. 한집에 같이 살고는 있지만 사실상 이혼상태에 있는 사람들도 많습니다. 한집 안에 살면서도 서로에게 철저하게 무관심하고 일체 대화를 나누지 않는 사람도 많고, 하루도 빠지지 않고 서로 으르렁거리며 물고 뜯으면서도 죽지 못해 사는 사람들도 많습니다. 이런 가정에서 자라는 아이들은 그야말로 하루하루가 살얼음 위를 걷는 심정이고, 정신적으로 큰 상처를 입게 마련입니다. 이럴 바에야 뭣하러 결혼을 합니까? 차라리 결혼 안 하는 게 삶의 질을 높이는 데는 더 나을 것입니다.

십수 년 전 정부가 '결혼면허제도'를 시행했을 때만 해도 '결혼하는 데도 면허가 필요하냐?'고 의아해하는 사람들이 많았습니다. 인권침해라고 주장하는 시민단체들도 있었습니다. 결혼하는 데도 면허증이 필요하다면, 나는 차라리 개랑 평생을 살겠다고 공언한 유명 여자 배우도 있었습니다. 하지만 지금은 어떻습니까? 그 여자 배우는 자기랑 잘 어울리는 남자와 결혼해서 깨를 볶고 있지 않습니까? 개랑 같이 살겠다더니 집 안에 개털 날리는 꼴을 절대 볼 수 없다며 애완동물도 한 마리 키우지 않는다고 합니다. 듣자하니 종일 남편의 머리털을 쓸며 행복해서 미칠 지경이라고 하더군요. 아무렴요, 개털보다야 남편의 머리카락을 쓰다듬는 게 낫겠지요.

지금 여러분들에게는 결혼이 인생 최대의 과제인지 모르겠습니다. 사실은 결혼보다 이혼이 훨씬 어렵습니다. 주변 친구나 친척들을 보아서 아시겠지만 결혼에 이르는 과정에서도 다툼과 갈등이 발생합니다. 이때까지의 다툼은 그래도 핑크빛이라고 할 수 있습니다. 게다가 시간이 지나면 끝나고 잊히는 것들이 대부분입니다. 그러나 이혼에 이르는 과정은 그야말로 지옥 같은 고통의 연속입니다. 핑크빛 다툼이 아니라 폭력과 욕설과 살기를 띤 싸움이 허구한 날 이어집니다. 결혼이 동네 백일장에 차하로 입상하는 수준이라면 이혼은 과거에서 장원급제하는 것만큼이나 어렵습니다. 그만큼 기쁘다는 말씀이 아니라 그만큼 고통스럽다는 말씀입니다.

TV 드라마에서는 부부가 심하게 싸운 뒤 도저히 같이 살 수 없다며 이혼 서류에 도장 찍는 걸로 모든 게 끝나는 것처럼 그려집니다. 이혼이 그렇게 간단하면 얼마나 좋겠습니까? 법적 절차만 해도 결혼보다 이혼이 훨씬 복잡하고 힘이 듭니다. 법적 절차 외에 위자료, 재산분할, 자녀가 입을 상처, 양육권, 양육비, 숨은 재산 찾기, 협의과정, 이혼 숙려기간 등등 정말이지 고통스럽고 위험하고, 절망적인 상황이 이어집니다. 그 과정에서 서로를 죽이고야 말겠다는 듯이 싸웁니다. 인간관계의 밑바닥을 봐야 비로소 끝이 나는 게 이혼과정입니다. 그러니, 이 지난한 고통의 시간을 다 견뎌내고 이혼에 성공한 사람은 그야말로 등용문에 오른 사람이라고 할 수 있지 않겠습니까?

이혼할 사람은 애초에 결혼하지 않아야 합니다. 그런데 누군들 자신이 이혼할 줄 알았겠습니까? 자신의 결혼생활이 파국에 이르리라고 예견하면서도 결혼하는 사람은 없습니다. 그럼에도 결혼한 사람의 30퍼센트 이상이 이혼합니다. 이혼은 안 했지만 죽지 못해 같이 사는 사람들도 많습니다.

그럭저럭 서로가 좋아서 결혼했는데 어쩌다가 그 지경이 될까요? 결혼생활이 무엇인지 몰랐기 때문입니다. 철저히 대비해서 위험을 줄일 생각은 않고 덜컥 결혼부터 해버렸기 때문입니다. 사람을 사랑해서, 사람 좋은 거 하나 믿고 결혼해서 그렇습니다. 아니면 현재적 고통에서 탈출해보겠다는 마음으로 결혼하기 때문에 그렇습니다. 이혼에는 숙려기간이 법으로 규정돼 있는데, 결혼에는 어째서 숙려제도가 없을까요? 결혼면허제도를 결혼을 위한 단순한 통과의례라고 생각하지 마세요. 일종의 결혼숙려제도라고 인식하시고 진지하게 임하시기 바랍니다.

우리 학교는 결혼을 앞둔 여러분들이 어떤 준비를 해야 할지, 결혼을 어떤 시선으로 보아야 할지 가르쳐드릴 것입니다. 다행스럽게도 십수 년 전 결혼면허제도를 도입한 이후 결혼한 부부들의 이혼율은 현저히 떨어졌습니다. 아마 결혼면허제도야말로 사후약방문식 대책이 아니라, 피해를 미리 예방하는 차원에서 마련한 국내 유일의 법이 아닐까 싶습니다. 하하 농담입니다. 사실은 피해를 예방하는 다양한 법들이 많이 있지요.

어쨌거나 결혼면허제도가 사람들로 하여금 결혼을 심각하게 생각해보도록 했고, 이혼율을 현저히 낮추는 데 기여한 것은 분명합니다. 그러니 앞으로 1년 48주 동안 수업을 열심히 듣고, 수업내용에 따르기만 해도 여러분은 결혼면허시험 합격은 물론이고 무난하게 결혼생활을 헤쳐나가실 수 있을 것이라고 자신합니다. 우리 학교 자랑입니다만, 지난 10년 동안 우리 ML결혼생활학교 과정을 수료하고 결혼한 분들 중 이혼한 사람은 1퍼센트도 되지 않습니다."

"와아~."

순간 교실에서 낮은 탄성이 터졌다. 이혼율 1퍼센트라면 굉장히 낮은 수치가 분명했다. 결혼면허제도를 실시하기 이전에 결혼한 전체 부부 중 이혼한 부부의 비율은 35퍼센트가 넘었다. 결혼면허제도 시행 이후 결혼한 사람들 중에서도 10퍼센트 정도는 이혼을 했다. 그러니 이혼율 1퍼센트는 정말 대단한 성과였다. 그러나 인선이 나중에 안 일이지만, ML결혼생활학교 출신들의 결혼 비율은 78퍼센트로 다른 학교 출신들의 결혼 비율 96퍼센트에 비해 상당히 떨어졌다. ML결혼생활학교를 거쳐 간 사람들 중에는 스스로 결혼에 적합하지 않은 사람이라고 판단해 아예 결혼하지 않는 사람들이 많았던 것이다. 그러니 ML학교에서 좋은 교육을 받았기에 잘 참고 산다기보다, 애초에 적절한 판단을 내린 것이라고 봐야 했다. 그러나 나쁘지는 않았다. 이혼할 바에야 애초에 결혼하지 않는 것도 하나의 방법이라는 생각이 들었다.

"어린이나 청소년을 제외하면, 결혼면허증도 없는 남자나 여자는 반듯한 젊은이로 평가받지 못하는 사회가 되었습니다. 기업의 헤드헌터들 중에는 경력사원을 물색할 때, 결혼생활을 하고 있거나 결혼면허증을 소지한 사람에 한해 접촉한다는 방침을 세우고 있는 경우도 많다고 합니다. 결혼면허증 소지 여부가 반듯한 어른이냐 아니냐를 판가름하는 잣대가 된다는 말입니다. 자동차를 운전하는 데도, 하다못해 50cc 오토바이를 운전하는 데도 면허증이 필요합니다. 하물며 인생이라는 복잡하고 위험한 도로에서 면허도 없이 가정을 운전한다는 것은 자살행위나 다름없습니다. 면허가 있어도 종종 사고를 냅니다. 그러니 무면허 결혼생활은 자신뿐만 아니라 이웃에도 굉장히 위험한 영향을 미칩니다. 자동차가 인류의 생활에 편리를 준다면, 결혼은 인류의 생존 근거라고 할 수 있습니다. 이 중요하고 가치 있으면서도 위험하기 짝이 없는 운전길에, 우리 ML결혼생활학교는 든든한 안전벨트이자 믿음직한 브레이크, 유능한 핸들이 되어드릴 것입니다."

인선은 자신의 녹색 면허증을 떠올렸다. 열아홉에 대학에 입학하자마자 아버지를 졸라 학원에 등록하고 취득한 면허증이었다. 운전면허학원 시절과 도로주행 시험 때를 빼면 자동차를 운전해본 적은 없었다. 당장 자동차를 운전할 일이 있었다기보다 언젠가는 운전하게 될 것이므로 따놓은 면허증이었다. 대학 동기들 사이에서 운전면허 취득 열풍이 불면서 운전면허가 없는 아이는 별종 취급을 받은 적도 있었다. 운전면허를 땄을 때 얼마나 기뻤던가. 한순간이었지만 세상을 다 얻은 것 같았다.

결혼면허증을 취득해도 그런 기분이 들까.

운전을 해본 일이 없었기에 사고를 낸 적이 없었고, 장롱면허증은 어느새 녹색 면허증으로 승격돼 있었다. 운전을 하지 않으면 사고를 내지 않는다. 그러니 결혼을 하지 않으면 불행해지지도 않는 것일까. 말도 안 되는 소리다. 운전이야 해도 그만 안 해도 그만이지만, 결혼은 그런 게 아니다. 자동차야 부모님이나 남편이 운전하는 차를 타도 그만이지만, 결혼은 남이 나를 대신해줄 수 없지 않은가 말이다. 생각이 거기에 미치자 운전면허보다 결혼면허가 훨씬 더 큰 기쁨을 줄지 모른다는 기대감이 생기기도 했다. 친구들 중에 맨 먼저 결혼면허증을 취득했던 희주의 얼굴에 묻어나던 묘한 승리감이 떠올랐다. 희주는 그날 꽤 배포 있게 술을 샀었다. 희주는 결혼면허증도 맨 먼저 따고, 결혼도 맨 먼저 했다. 그녀는 스스로 앞서가는 여자라고 치켜세우며 킬킬 웃었다.

교장의 훈시는 길었지만 따분하지는 않았다. ML결혼생활학교는 매주 8시간의 교과과정 중 1시간이 교장의 훈시로 필수과목이었다. 요리, 청소, 부부간 대화법, 예절, 육아, 취미, 원예 또한 필수과목이었다. 스포츠 강좌 역시 필수과정이었지만 골프, 테니스, 스키, 탁구, 수영, 스쿼시, 배드민턴, 요가, 헬스, 볼링 중에 2개를 선택할 수 있었다. 또 학생이 스스로 주제를 정하는 총 7회의 개별상담 역시 필수과목이었다. 남자든 여자든 마찬가지였다.

"여러분, 분명하게 아셔야 합니다. 어떤 여자나 어떤 남자와 함께 식사를 하고, 함께 잠을 자고, 아침에 함께 눈을 뜨고 싶다는 욕망과 실제 결혼생활은 전혀 다릅니다. 그런 희망과 결혼생활 사이에 상당한 교집합도 있습니다만, 그보다 많은 합집합과 차집합이 존재합니다. 교집합이 많을수록 결혼생활은 성공적일 가능성이 높습니다. 그러나 교집합만으로도 합집합만으로도 무난한 결혼생활을 영위하기는 어렵습니다. 차집합이 많다고 해서 불화하는 것도 아닙니다.

결혼생활은 초등학교 시절 배운 수학처럼 간단하지 않습니다. 우리 학교의 교육목표는 여러분들에게 결혼에 골인하는 방법이 아니라 행복한 결혼생활, 적어도 무난한 결혼생활을 영위하는 자세를 알려드리는 것입니다. 이것은 단순히 듣고 이해한다고 되는 것은 아닙니다. 머리가 아니라 몸으로 익혀야 하는 것들이라고 할 수 있겠습니다."

인선은 윤철을 떠올렸다. 나는 그와 함께 있고 싶고, 함께 자고 싶고, 아침에 함께 눈을 뜨고 싶은가? 그렇다. 나는 조금도 의심 없이 그를 위해 저녁밥을 짓고, 그와 함께 밥을 먹고, 같은 침대에서 일어나고 싶다. 그것은 교집합인가, 합집합인가? 그는 내가 모르는, 내가 받아들일 수 없는 차집합의 영역으로 무엇을 가지고 있을까. 내가 교집합이라고 평가하는 항목 중에 그는 차집합으로 분류해놓은 것이 있을까.

함께 밥을 먹고 함께 잠을 자고 함께 이야기 나누는 교집합 말고 나는 또 윤철과 무엇을 하고 싶을까? 많다. 하도 많아서 일일이 꼽을 수도 없었다. 아기를 낳고 기르는 일 외에도 그와 함께 드라이브를 하고, 이야기를 나누고, 영화를 보고, 겨울에는 홋카이도에서 물기가 없어 밀가루처럼 날리는 눈을 밟으며 스키를 타고, 여름에는 뜨거운 햇볕이 쏟아지는 해수욕장을 찾아가서 아무런 걱정도 없이 밤이 늦도록 노래하고 춤추고 마시고 싶다. 가을에는 단풍이 멋진 곳으로 나들이를 하고, 한국에 찾아오는 독일과 이태리의 오페라를 관람하고 싶다. 오페라를 함께 관람한 뒤에는 그날 소프라노 가수의 더없이 아름다운 음색에 대해, 화려하지만 결코 요란하지 않았던 의상에 대해 이야기를 나누고 싶다. 조수미가 또박또박 부르는 밤의 여왕과 디아나 담라우의 잔인한 밤의 여왕이 어떻게 다른지 이야기하고 싶다.

할 일이 얼마나 많은가. 그 모든 것들이 그와 나 사이의 교집합이 아닐까. 아니, 그 합집합의 이름이 '윤철과 인선' 아닌가. 그러니 나는 그와 결혼하려는 것이다. '윤철과 인선.' 잘 어울리는 영화제목 같았다. 살짝 기쁜 마음에 인선은 윤철에게 문자를 날렸다.

뭐 해? 난 수업 중. 2시간이면 끝나.

굳이 2시간 뒤에는 끝이 난다고 덧붙인 것은 스케줄을 생각해서 답장을 보내라는 뜻이었다. 전송 버튼을 누르고 시각을 보았다. 2시 40분이었다. 5시까지니까 아직 2시간 20분이 남아 있었다.

"수업에 집중하십시오. 수업 중에 휴대폰 사용이나 잡담을 금합니다. 화상 수업도 대면 수업과 꼭 같은 것입니다."

39기 7반 담임 손영식이었다. 그가 아직도 강의실에 있었나? 인선은 교장의 훈시형 강의와 자신의 생각 사이에서 오락가락하느라 강의실 앞쪽에 우두커니 서 있는 손영식을 의식하지 않았다. 설령 의식했다고 하더라도 개의치 않았을 것이다. 감히 그처럼 품위 없는 목소리를 가진, 조금도 깊이나 실력이라고는 없어 보이는, 짚단처럼 서 있는 것이 고작일 인간이 잔소리를 해댈 것이라고 상상조차 하지 않았다. 그런 사람한테 잘못을 지적당한 것이다. 뒷골목에 모여 있는 꼬마들을 전혀 의식하지 않고 지나가는데 뒤에서 '오우, 저 히프 좀 봐. 삼삼한데!'라고 희롱당한 기분이었다. 가서 따귀를 때려주자니 애들한테 무슨 꼴을 당할지 알 수 없었고, 모른 척하자니 자존심이 팍 상하는 경우였다. 기분이 더러웠다. 지랄! 인선은 들은 척도 않고 스마트폰의 액정만 바라보았다. 답장은 인선이 생각했던 것보다 늦게 도착했다.

무슨 수업?

무슨 수업? 세상에! 이 인간은 오늘 내가 결혼학교에 입교한다는 걸 잊었다는 말인가. 몇 번이나 말하지 않았던가. 웬만하면 같이 입교하고, 면허도 같이 따자고 말하지 않았던가. 어차피 결혼해야 할 거니까, 라는 말도 덧붙이고 싶었지만 하지 않았다.

실망과 서운함이 텅 빈 겨울 바닷가의 파도처럼 쏴아 밀려왔다. 목덜미와 가슴이 서늘해지는 것 같았다. 어쩌면 이 인간은 여태 결혼학교나 면허에 대해 단 한 번도 진지하게 생각해보지 않았던 것인지도 모른다. '생각해봤느냐?'는 말에 그는 그저 떨떠름한 표정을 지으며 '아직은 바빠서 안 된다'라고 했다. 그래, 바쁜 너는 나중에 따고, 시간 많은 나는 먼저 따겠다고 등록한 것은 아니었다. 자신이 먼저 결혼생활학교를 다니고, 면허증을 취득하는 일련의 과정을 보여주는 것도 윤철에게 결혼에 대한 관심을 불어넣는 촉매가 될 것이라고 생각했다.

"어차피 결혼은 해야 할 거고, 그러자면 면허증이 있어야 하고, 이왕 딸 거면 하루라도 빨리 따는 게 낫다는 거지, 내 말은."

심드렁해하는 윤철에게 인선은 마치 남 이야기하듯 가능한 한 무심하게, 그러나 분명하게 의사를 표시했다.

"결혼이 무슨…… 애들 장난도 아니고, 언제 할지도 모르는데, 이 바쁜 때에 꼭 따야 할 게 뭐가 있어. 하루 이틀도 아니고, 1년 내내 꼬박 다녀야 하는데."

"나 참, 세상모르는 말씀하시네. 설령 자기 결혼이 늦어져서 시쳇말로 장롱면허증이 된다고 치자. 그래도 미리 따놓는 게 백번 낫지. 어느 날 덜컥 이 사람이다 싶은 사람이 짠하고 나타날지도 모르잖아? 안 그래? 막말로 언감생심 윤철 씨가 기대는 안 하겠지만, 어느 날 갑자기 내가 머리가 팽 돌아서 결혼해줄게, 라고 말했는데 면허증이 없어봐? 윤철 씨 그 급한 성질에 어떻게 1년 동안이나 기다리며 결혼학교 과정 이수하고, 면허 따냐? 게다가 한 번 만에 합격한다는 보장은 있냐? 얕보고 덜렁거리다가 떨어지는 사람들 수두룩해. 어른들 말 하나도 틀린 거 없어. 세상 이치로 보자면 내가 누나나 형수뻘이니까, 내 말 들어. 이번에 나랑 같이 등록해. 나중에 윤철 씨 혼자 다니려면 그것도 심심할 거 아냐?"

윤철은 인선의 이야기를 듣는 둥 마는 둥 맥주를 들이켰다. 대체 무슨 생각을 하고 있는 것일까. 대학동창이었으며, 학교를 졸업하고 몇 년 지나서 본격적으로 사귄 지 거의 1년이 다 되어가고 있었지만, 그는 결혼 이야기를 꺼내지 않았다.

"안 그래?"

인선은 맥주잔을 입술로 가져가며 물었다. 그녀의 눈은 윤철을 바라보았지만, 윤철의 시선은 탁자 위의 소시지와 감자볶음에 고정돼 있었다.

"그렇긴 뭐가 그래? 지금 급한 게 한둘이야? 갓 입사한 신입이 토요일, 일요일마다 꼬박꼬박 쉬겠다면 어느 직장 상사가 좋아하겠어? 아직은 회사에 더 적응해야 할 때야."

"자기, 아직도 회사에 적응 못 했어?"

"야, 회사 위치 알고, 복도랑 화장실 아는 게 적응이냐? 상사들하고 손발을 맞춰야지. 눈빛만 보고도 생각을 읽을 수 있어야 한다고. 게다가 이제 겨우 스물아홉 살 먹은 놈이 결혼면허증 취득하겠다고 나서면 다들 한 수 아래로 볼 거 아냐?"

"한 수 아래라니? 결혼면허증하고 한 수 아래가 무슨 상관이야? 반듯한 한국의 청년이라면 직업도 있고, 결혼면허증도 있어야 하는 거 아냐?"

"있어야지. 하지만 아직은 아니란 거야. 새파란 막내가 회사 업무 익히고, 윗사람들하고 손발 맞추고 일 배울 생각은 안 하고 결혼 생각만 한다고 해봐. 누가 봐도 흐릿한 놈으로 생각하지 않겠어?"

"세상에…… 자기 그런 회사에 다녔어? 어떤 회사가 직원들 결혼도 못 하게 막는다니? 가정이 편안해야 직장생활도 능률이 오르고, 아침밥 든든하게 먹고 출근해야 힘차게 일을 할 거 아냐?"

인선은 목이 탄다는 듯 맥주를 벌컥벌컥 들이켰다. 벌컥벌컥 들이켜는 흉내를 냈지만, 실제로 벌컥벌컥 들이켜지는 않았다. 그리고 포크를 집어 다소 우악스럽게 볶은 소시지를 찍었다.

"그거야 어느 정도 자리를 잡았을 때 말이지. 이제 겨우 걸음마 시작한 놈이 한눈이나 판다고 생각해봐."

"그래서? 자기는 결혼학교 등록 안 하겠다는 거야? 나 혼자 그 썰렁한 델 다니라고? 친구들은 벌써 면허증 다 땄어. 같이 갈 친구도 없다고."

"글쎄, 아무튼 이번 학기에는 어려워."

"눈곱만큼도 날 배려할 생각이 없으시네? 이러고도 우리가 사귀는 게 맞아?"

"나도 답답해. 난들 토요일마다 직장에 나가고 싶겠냐? 나도 쉬고 싶다고. 늦잠도 좀 자고."

인선은 입을 다물었다. 나 혼자 등록해서, 나 혼자 면허증 따면 뭐 해? 결혼은 어차피 둘이서 하는 건데, 라는 말이 목젖까지 차올랐지만 꾹 삼켰다. 저랑 결혼 못 해서 안달이 난 여자처럼 보이고 싶지는 않았다. 그러나 꽁꽁 언 땅에 혼자 삽질하는 것 같아 기분은 더러웠다.

결혼에 성공한 친구들은 입이 닳도록 말했다. 마치 대학시험에 합격한 선배들이 이제 고 3이 된 후배들에게 들려주는 무용담 같은 말들이었다. 하늘이 무너져도, 땅이 일어나도, 쓰나미가 몰아닥쳐도 결혼은 남자가 매달려서 해야 한다. 나 좋다고 매달리는 남자와 결혼해야지, 내가 좋다고 매달리면 십중팔구 판이 깨진다. 설령 결혼한다고 해도 평생 을의 위치에서 칼자루 쥔 쪽이 휘두르는 대로 휘둘려야 한다. 남자로부터 평생 큰 선물을 줬다는 식의 시선을 받으며 무시당한다. 일단 여자가 한 수 접고 들어가면 그런 역학관계를 바꾸겠다고 아무리 애를 써도 소용이 없다. 그것보다 더 큰 문제는 여자가 매달려서는 결혼에 성공할 가능성조차 희박하다. 아주 운이 좋다면 결혼할 수 있겠지만, 그래봐야 평생 찬밥신세라는 말이었다.

"애걸복걸 매달린다고 결혼해주는 남자는 없어. 그렇게 결혼해봐야 말짱 도루묵이야. 금방 포르르 날아가버려."

딸만 셋인 집안의 막내로 언니 둘의 결혼을 지켜보았으며, 자신의 결혼 실전까지 경험한 희주는 단호했다.

"자고로 결혼은 남자가 좋다고 달려들어야 하는 거야."

"내 마음하고 상관없이, 나 좋다는 남자랑 해야 한다고?"

"당근 나도 좋아야지. 내 말은 여자가 너무 티를 내면 안 된다는 거지. 나는 아직 생각을 좀 더 해보고 싶지만, 네가 그토록 매달리니까 만나주마, 결혼해주마라는 형식으로 전개되는 게 좋다는 거야."

"그러다가 마음에 드는 남자가 포르르 날아가면?"

"안 날아가게 해야지."

"어떻게?"

"밀고 당겨야지. 그러니까, 나도 널 좋아하고 사랑한다고 은근한 메시지를 끊임없이 보내는 거야. 하지만 절대로 매달리면 안 돼. 매달리는 건 어디까지나 남자의 몫이야. 그러니까 뭐랄까, 나와의 결혼이 그 남자에게 커다란 성취가 되도록 상황을 연출해야 한다고 할까. 여자는 훌륭한 안무자 역할을 하고, 춤은 남자가 추도록 해야지."

"어렵다."

"어렵지. 하지만 결혼에 성공하느냐 못 하느냐, 평생 공주 대접을 받느냐, 삼순이 대접을 받느냐는 여기에 달렸어. 그러니까 이 꽉 깨물어야지."

"온통 생각이 남자한테 가 있는데, 그게 말처럼 잘 되겠니?"

친한 대학친구들 중에 아직 미혼으로 남아 있는 성애가 거들었다. '그게 말처럼 잘 되겠니?'라는 대목에서 성애는 살포시 한숨 비슷한 것을 뱉었다. 인선과 성애는 일곱 명의 대학 친구들이 차례차례 결혼마차를 타고 떠나는 모습을 지켜본 동지였다. 성애는 사귀던 남자친구와 지난해 봄 헤어진 뒤로는 이렇다 할 남자 소식이 없었다. 어쩌면 성애는 자신이 이토록 어렵고 치밀한 작전을 구사해야 한다면 결혼을 못 하게 될지도 모른다는 불안을 느끼고 있는지도 몰랐다.

"이 맹추! 그래도 해야지. 이건 인생이 걸린 문제라고."

희주였다. 희주가 '인생이 걸린 문제'라고 강조했을 때 성애는 확실히 질렸다는, 나는 도저히 자신 없다는 표정을 지었다. 인선은 궁금해 죽겠다는 사람처럼 나서고 싶지는 않았다. 그러나 성애는 더이상 희주의 이야기를 들을 자신이 없는 게 분명했다. 그렇다면 나설 수밖에 없다. 인선은 일부러 경쾌한 목소리로 말했다. 자신이 없을 때일수록 자신만만한 표정을 지어야 하는 법이다.

"어떻게 하는 건데? 나름 노하우를 이야기해봐."

희주는 토론회에서 자신이 아주 잘 아는 분야에 대한 질문을 받은 패널처럼 득의양양한 표정을 지었다. 그리고 원고도 보지 않고 술술술 읊어대는 패널처럼 줄줄줄 뱉어냈다.

남자는 궁극적으로 여자 없이 살 수 없는 동물이다. 하지만 남자는 여자 없이도 아주 즐거운 시간을 보낼 수 있는 동물이기도 하다. 만나야 할 친구도 있고, 해야 할 일도 있고, 성취하고 싶은 것도 있고, 즐기는 취미도 있다. 술과 친구만 있으면 종일 즐겁게 지낼 수 있는 남자도 있다. 하여간 별의별 인간이 다 있는데, 공통점은 여자를 꼭 필요로 하지만 종일 여자와 지내고 싶어 하지는 않는다는 거다.

희주는 남자라는 동물은 비록 결혼 적령기에 이르렀다고 하더라도 사랑과 결혼에 인생의 모든 에너지를 집중하지는 않는다고 했다. 그 어떤 20대 후반, 30대 초반의 남자도 결혼문제로 끙끙 앓거나, 결혼을 못 할까봐 걱정하지는 않는다고 했다. 친한 친구들이 하나

둘 결혼을 하면 여자들은 은근히 불안해하지만, 남자들은 불안해하지 않는다. 남자에게 사랑과 결혼은 인생의 한 부분일 뿐이라고 했다. 이것들이 세상물정을 모르는 것인지 우선순위를 구분하지 못하는 것인지는 알 수 없지만, 어쨌거나 남자란 동물이 결혼에 집중하지 않는다는 것, 노심초사하지 않는다는 것은 분명하다고 했다.

"처음에 연애를 시작할 때는 남자가 적극적이고 여자가 무심해. 근데 대부분 만남이 이어질수록 여자가 훨씬 적극적으로 변하거든. 정말 고상하고 차갑고 도도한 여자도 일단 남자를 좋아하게 되면 자기도 모르게 코맹맹이 소리를 내. 웃기는 건 그렇게 매달리던 남자들이 여자가 적극적으로 나서면 멀어진다는 거야. 이건 뭐 꼭 남녀의 문제만은 아닌 것 같기도 해. 한쪽이 적극적으로 사겠다고 덤비면 파는 쪽은 왠지 손해 보는 느낌이 들잖아? 사랑도 마찬가지인 것 같아. 여자가 적극적으로 다가서면 남자는 멀어져. 남자가 멀어지면 여자는 더 애가 타서 달려들어. 이런 식의 관계로는 사랑을 이어가기 어렵고, 결혼한다고 해도 질질 끌려다녀야 해. 이 선배님의 말씀은 남자가 늘 매달리고 만나자고 부탁하도록 해야 한다는 말씀이지."

남자가 오늘 만나자고 했을 때 무조건 응하지 마라. 최소한 이틀이나 사흘 정도 여유를 두고 그가 미리 약속을 잡도록 유도해라. 갑자기 약속을 취소했을 때는 반드시 응징하고, 철저히 사과를 받으며, 그런 짓을 두 번 다시 반복하지 못하도록 해야 한다. 매력적인 눈빛을 보여주되 말을 가려서 해라. 여자는 자고로 아주 좋아한다거나, 사랑한다거나, 보고 싶다는 말을 가능한 한 아껴야 한다. 그저 눈빛과 행동으로 살짝살짝 느낄 정도만 보여주면 된다. 하루에도 몇 번씩 문자를 보내거나 전화통을 붙들고 있지 마라. 남자가 만나자고 한다고 대기상태로 있었다는 듯 나가서는 안 된다. 오늘은 다른 약속이 있다, 친구들과 영화 보러 가기로 했다, 동아리 모임이 있다, 회사 일이 많아 야근을 해야 한다, 내가 빠질 수 없는 회의가 있다 등등의 핑계를 만들어라. 설령 일이 없더라도 있는 것처럼 말해야 한다. 그래서 남자로 하여금 이 여자가 나한테 모든 시간을 할애하고 나한테만 관심을 집중하는 것이 아니구나, 이 여자는 할 일이 많구나, 내가 이 여자를 만나려면 상당한 애를 써야 하는구나, 이 여자와 만나서 영화를 보고 식사를 하는 것은 큰 행운이구나, 더 많은 수고와 시간을 투자해야 하는구나, 오늘 드디어 만나는 날이구나, 참 행복하다라고 느끼게 하라.

"연애박사네, 박사."

희주는 깔깔 웃었다. 웃음소리에 자신감이 묻어 있었다. 남자의 마음을 사로잡아 결혼에 성공하고, 지금도 남편을 오롯이 휘어잡고 있는 여자의 자부심 같은 거였다. 거기에 아들이나 딸까지 보태면 누구도 깨트릴 수 없는 철옹성이 될 것 같았다. 배워서 터득한 것인지, 타고난 것인지 알 수 없었다.

인선은 윤철의 답 문자에 답할까 말까 망설였다. '무슨 수업?'이라는 말도 거슬렸지만, 남자한테 문자 남발하지 말라는 희주의 훈수가 뇌리에서 쟁쟁거렸다. 그래, 일단 버텨보자. 답이 없으면 자기가 다시 연락하겠지. 그런 생각을 하다가도 이건 경우가 다르다는 생각도 들었다. 희주의 말은 시도 때도 없이 문자를 날리지 말라는 말이다. 지금은 상대가 무슨 수업이냐고 묻고 있다. 무관심했든 어쨌든 몰라서 정말 묻고 있는 것이다. 이 문자에 답하지 않는 것은 신의성실에 어긋나는 태도다. 오히려 상대를 화나게 할 수도 있다.

인선은 '결혼학교'라고 썼다가 지우고 '어디야?'라고 썼다가 또 지웠다. '저녁에는 어떻게 하느냐'고 대놓고 묻고 싶었지만 그럴 수는 없었다. 고심 끝에 두 번째 문자를 날렸다.

결혼학교, 강의 완전 재밌어^^.

웃는 얼굴 이모티콘을 붙였던 것은, 지금 내가 아주 재미있는 수업을 듣고 있으며 네가 함께 듣지 못하는 게 안타깝다. 그러니 너도 다음 학기에는 꼭 입학해라, 라는 뜻을 담고 있었다. 더불어 내가 할 일이 없어서 혹은 심심해 미칠 지경이어서 문자를 날리는 게 아니다. 너를 생각해 문자를 보내는 중이라는 뜻을 은근하게 밝혀주었다. 지친 너에게 보내는 내 상큼한 미소라는 거였다.

윤철의 답은 5분쯤 지나서 왔다. 인선의 의도를 정확하게 반영한, 그러나 네가 심심하다는 것쯤은 훤히 알고 있다는 답이었다. 하지만 사실 그 시간 윤철은 그런 잡다한 머리를 굴릴 여유조차 없었다. 윤철은 적어도 주말만큼은 일찍 퇴근하고야 말리라는 목표로 부지런히 계산기를 두들기는 중이었다. 그래서 다시 문자를 주고받으며 노닥거리지 않아도 될 최종 답을 보냈다.

6시에 홍대 앞 그 집에서 봐.

바로 답 문자를 보내려다 인선은 잠시 틈을 두기로 했다. 왠지 그래야 할 것 같았다. 홍대 앞 그 집은 윤철과 인선이 한 달에 두세 번쯤 가는 술집이다. 엄밀히 말하자면 술도 팔고 밥도 파는, 그러니까 안주 겸 반찬 겸 부대찌개와 소주를 마시는 가게였다. 대학생도 아니고 이제는 홍대 앞 그 집에서 슬슬 벗어날 때도 됐지만, 마땅히 새로운 곳을 찾지 못했기에 두 사람은 그 집에서 만났다. 윤철은 새 장소를 설명하느라 길고 복잡하게 이야기하는 것을 싫어했고, 설령 자세하게 설명한다고 해도 인선은 헤매기 일쑤였다. 까닭에 두 사람은 이전에 갔던 장소 서너 곳에서 집중적으로 만났다.

"등록할 때 꼭 필요한 물건이 아닌 것 중에 무엇이라도 지참하시라는 공지를 받으셨을 것입니다. 여러분들 각자가 오늘 들고 오신 물건은 무엇입니까?"

교장의 말에 인선은 가방에 든 이어폰을 기억했다. 굳이 흘러간 이하이의 노래를 듣기 위해 들고 온 것은 아니었다. 오히려 이어폰을 들고 왔기에 이하이의 노래를 들었다고 하는 쪽이 옳을 것이다.

"여러분 각자가 오늘 가지고 오신 물품이 여러분의 미래가 될 가능성이 높습니다. 적어도 여러분의 목표나 미래를 가늠하는 척도는 될 것입니다."

미래? 목표? 척도? 이어폰 따위가 어떻게 내 미래의 척도가 된다는 말인가. 스마트폰이나 지갑, 간단한 화장품처럼 꼭 필요한 것 외에 무엇이든 소지하고 싶은 것을 갖고 오라고 하지 않았던가. 꼭 필요하지 않은 것 중에 딱히 가져와야 할 것은 없었다. 그래서 별 생각 없이 이어폰을 들고 왔을 뿐이다. 그런데 그게 미래나 목표라니. 내가 나중에 이하이처럼 인기 있는 가수라도 된다는 말인가? 한 번도 가수의 꿈을 가져본 적은 없었다. 여러 사람들 앞에 나와 말을 하는 것조차 내키지 않았다. 오죽하면 면접시험에서도 진땀을 흘리기 일쑤였다. 그러니 가수가 되는 일은 없을 것이다.

"내 미래라니, 어처구니없다고 생각하시는 분들도 있을 겁니다. 맞는 말이네 혹은 그렇게 됐으면 좋겠다고 생각하시는 분들도 있을 겁니다."

'어처구니가 없네, 까지야 아니지만 확실히 잘못 짚었네, 이 아저씨야.'

인선은 화면 속 교장의 눈을 빤히 쳐다보았다. 좀 전에 여자 배우와 개털 이야기를 할 때만 해도 다소 장난기 어린 표정을 지었던 교장이 이번에는 짐짓 심각한 표정을 지었다. 그는 감정의 변화 없이도 필요에 따라 여러 가지 표정을 지을 수 있는 사람 같았다. 진짜 어른이란 바로 그런 사람을 두고 하는 말이 아닐까 싶었다. 솟아나는 감정과 무관하게 필요한 표정을 지을 수 있는 사람, 시작부터 끝까지 날씨 이야기만 하고도 사업문제를 말끔하게 매듭지을 수 있는 노련한 사람들 말이다.

"지금 갖고 있는 물건과 내 미래는 별 상관이 없다고 생각하신다면 현재 결혼면허 말고는 딱히 다른 목표가 없는 사람일 가능성이 높습니다. 어떤 뚜렷한 목표가 있는 사람이라면 그 목표와 관련된 물건을 가지고 오셨을 가능성이 높습니다. 기회 있을 때마다 말씀드리겠지만 한 가지 일에 집중하는 것은 좋습니다. 하지만 결혼이라는 한 가지 목표에 집중하시는 것은 좋지 않습니다. 좋지 않다가 아니라 나쁩니다.

미래는 우리 앞에 갑자기 나타나거나 불쑥 끼어드는 게 아닙니다. 드물게 그런 경우도 있겠지만 그거야 사람이 어떻게 할 도리가 없는 문제니, 운명이라고 해야 할 것입니다. 대부분의 미래는 현재와 연결되어 있습니다. 현재는 과거도 되고, 미래도 됩니다. 우리가 과거나 미래를 어떻게 할 수는 없습니다. 우리가 관리할 수 있는 시간은 오직 현재뿐입니다. 오늘 내 손에 들고 있는 물건이 나의 미래일 가능성이 높다는 말은 그런 뜻에서 드리는 말씀입니다. 그러니 손에 든 게 없는 사람, 딱히 소지하고 싶은 게 없다는 것은 결코 좋은 징조라고 할 수는 없습니다.

결혼이 여러분 인생의 목표가 되어서는 안 됩니다. 특히 여성분들에게 강조하고 싶습니다. 결혼을 기준으로 삼고 인생을 설계하는 것은 부실하기 짝이 없는 설계입니다. 결혼은 인생의 한 부분일 뿐입니다. 하나의 중요한 요소에 불과하다는 말씀입니다. 이 점을 명확히 인식하고 행동하셔야 합니다. 결혼생활이 파탄에 이르렀다고 삶이 파탄 나거나, 결혼을 하지 않았다고 해서 삶이 시작되지 않는 것은 아니지 않습니까? 그러니 결혼을 기준으로 인생을 설계하는 것은 결코 바람직한 태도가 아닙니다.

사랑과 결혼은 인생의 여러 항목 속에 있는 것이지, 사랑과 결혼을 위해 인생이 있는 것은 아닙니다. 사랑과 결혼을 포석으로 놓고, 인생의 다른 요소를 그 옆에 포진하는 방식의 전열은 완전히 틀려먹은 포석이고, 인생이라는 길고도 고달픈 전투에서 반드시 패배하게 되어 있는 포진입니다. 우리 학교는 앞으로 1년 동안 여러분들에게 이 점에 대해 명확한 인식을 심어드릴 것입니다."

교장 아저씨, 지금 무슨 소리를 하는 거야? 결혼생활학교에 오는 사람이 결혼 말고 무슨 다른 목표가 있어야 한다는 거야? 결혼도 안할 사람이 결혼면허증은 왜 필요하며, 결혼생활학교는 뭣하러 온다는 말이야. 할 일이 그렇게 없니? 대체 뭐야, 결혼생활학교가 아니라 결혼불능학교 아냐?

"전국에 수백 개의 민간위탁 결혼생활학교가 있습니다. 감히 장담하건대 우리 학교의 교육과정이 전국 결혼학교 중에서 가장 치밀하고 타이트할 것입니다. 대부분의 결혼생활학교들이 높은 합격률을 최대의 목표로 삼고, 이 점을 홍보합니다. 가능한 한 수업과정을 쉽고 편리하게 이수하고, 면허시험 합격에 초점을 맞추는 것이지요. 또 어떤 학교는 야간반 운영으로 직장인의 면허취득 편리를 특징으로 합니다. 여러분 주변에는 그런 결혼생활학교 과정을 이수하고, 면허를 취득하는 사람들도 많을 것입니다. 하지만 저희 ML결혼생활학교는 다릅니다.

건방지게 들릴 수 있겠지만, 저는 확고한 사명감을 갖고 결혼생활학교 위탁사업을 시작했습니다. 앞서 말씀드렸듯이 저는 전직 경찰이었습니다. 차차 말씀을 드리겠지만, 30년을 함께 산 아내를 살해한 현직 의사의 사건을 계기로 저는 경찰생활을 접고 결혼학교를 설립했습니다. 저 개인적으로도 이혼했습니다. 이혼으로 저와 제 아내, 저의 자식들은 커다란 상처를 입었습니다. 그 상처를 감내하면서도 우리는 이혼할 수밖에 없었습니다.

아내를 죽이는 불행한 사건, 이혼으로 치닫는 파국을 조금이라도 줄여보자는 사명감으로 저는 이 일을 시작했고, 지금까지 그 결심이 흔들린 적이 없습니다. 앞으로 1년 동안 여러분은 전국 어떤 결혼생활학교에서도 배울 수 없는 실제적인 결혼생활교육을 받게 될 것입니다.

아시다시피 여러분은 교육과정을 이수하고, 70점을 획득하면 결혼면허증을 취득할 수 있습니다. 이 정도 점수는 수업에 빠지지 않고, 그럭저럭 공부하고 대충 내 진심과 동떨어진 대답을 보태면 획득할 수 있는 점수입니다. 초등학교 시절 도덕시험보다 조금 어려운 정도이니 교육과정을 이수하고 보통 수준의 양식만 발휘하면 얻을 수 있는 점수입니다. 하지만 이 점수는 그야말로 결혼면허증을 취득하는 점수에 불과합니다. 결혼면허증 취득이 최종목표는 아니지 않습니까? 실제 결혼생활에서는 면허시험보다 훨씬 골치 아픈 문제들, 위험한 낭떠러지와 가파른 언덕, 심한 요철, 악천후가 존재합니다. 저는 여러분들이 결혼면허증을 취득하는 정도가 아니라 실제 결혼생활에 성공하실 수 있도록 도와드리고 싶습니다.

미래를 꿈꿀 때는 마땅히 악몽을 조심해야 합니다. 하지만 자신의 꿈이 악몽이 될지도 모른다고 생각하는 사람은 아무도 없습니다. 무슨 근거로 그런 어처구니없는 낙관을 하는 것일까요.

오늘 수업은 이 정도로 하겠습니다. 우리가 함께 노력해서 행복한 가정을 이루고, 밝은 사회를 만들고, 아이들에게 안전하고 따뜻한 가정을 제공하도록 합시다. 결혼생활학교의 교장으로 또 인생선배의 자격으로 여러분의 건투를 빕니다."

교장의 첫 번째 화상강의는 당부의 말로 끝이 났다. 담임 손영식은 교장의 수업이 녹화 영상이 아니라 매번 수업 때마다 실시간으로 이루어지는 것이라고 했다. 10년 동안 화상강의를 해왔지만 단

한 번도 녹화방송을 한 적은 없었다고 강조했다. 다만 11개 반 모두에게 동시에 강의를 하다 보니 화상강의를 할 뿐이라고 덧붙였다. 두 번째 시간은 학교 내 시설물에 대한 안내였다. 개별 아이디가 주어졌고, 홈페이지에 자신의 인적사항과 이력 등을 기입하고 선택과목도 결정했다.

바람은 여전히 매웠지만 날씨는 며칠 전보다 따뜻했다. 나흘 전만 해도 주택의 수도관 동파 소식을 텔레비전 뉴스에서 들었는데, 오늘 날씨는 목도리가 생뚱맞아 보일 만큼 포근했다. 구청에서 나온 사람들이 가로수 가지치기 작업 중이었다. 하루 일과를 거의 마쳤는지 바닥에 떨어진 플라타너스 가지들을 긁어모아 트럭에 싣는 중이었다. 2016년은 그렇게 시작되고 있었다. 이제 막 한 해가 시작되는데 플라타너스 잔가지들은 세상과 작별하는 중이었다. 생명의 시작과 끝이 이처럼 같은 장소에서, 같은 시간에 만날 수 있다는 사실이 묘했다.

문득 플라타너스만큼 세밀하고도 분명하게 계절의 변화를 알려주는 가로수도 없다는 생각이 들었다. 봄이면 하루가 다르게 새잎을 뿜어내고, 여름이면 다른 어떤 가로수보다 넓은 그늘을 만든다. 가을에는 넓은 낙엽을 떨어뜨려 거리를 뒤덮고 겨울에는 가느다란 맨 몸을 드러냄으로써 오히려 질긴 생명력을 자랑한다.

플라타너스는 세상의 계절이 봄, 여름, 가을, 겨울이 전부가 아님을 알게 해준다. 매년 이맘때면 구청에서 나온 인부들이 플라타너스 가로수에 다닥다닥 붙어 가지를 쳐낸다. 봄에 새잎을 뿜어내기 전에

메마른 가지 사이로 톱질하는 사람을 불러들여 겨울과 봄 사이 또 하나의 계절이 있음을 알려주는 것이다. 플라타너스 가지에 달라붙은 인부들과 함께 저 언덕 너머에 봄의 꽃부대가 도착해 있었다.

5분 늦게 홍대 앞 그 집에 도착했지만 윤철은 와 있지 않았다. 이어폰을 귀에 꽂고 이하이이 노래를 다시 들었다. 빨려들고 말 것 같은 음색이었다. 이하이의 원래 목소리도 이럴까. 평소 말을 할 때도 이처럼 뇌쇄적인 목소리를 쏟아낼까. 몇 살이지? 이제 스무 살쯤 되었나. 스무 살밖에 되지 않은 여자가 어쩜 이렇게 한 세상을 다 살아본 여자, 그래서 이제는 두 번째로 세상을 살고 있는 여자의 목소리를 내는 것일까. 아니지 이 노래를 발표했을 때 이하이는 열여섯 살이지 않았는가. 열여섯 살 먹은 아이가 대체 어쩌자고 이런 목소리를 낸단 말인가. 문득 이하이가 서른쯤 됐을 때는 어떤 목소리를 낼지 궁금했다. 적어도 지금 인선의 목소리와는 확연히 다른 질감을 띨 것 같았다.

아직도 내가 니 거라는 착각은 그만. 예전의 그때 내가 아냐. 아침이 밝는 소리에. 꽃은 저만치 폈는데. 여전히 정신 못 차려 왜.

윤철에게 들려주고 싶은 말이었다. 내게 이하이의 블랙홀 같은 목소리가 있었다면, 그래서 세상에 존재하는 모든 것들을 끌어당길 수 있다면, 윤철에게 들려주고 싶었다. 10분이 더 지났지만 윤철은 나타나지 않았다. 조금 늦는다거나 미안하다는 문자도 없었다. 그는 진땀을 흘리며 허겁지겁 달려오는 중이리라. 아니, 아니다. 아주 개념을 상실했는지도 모를 일이다. 나쁜 자식! 아, 그는 좋은 남자가 분명한데, 어째서 나는 나쁜 자식이라고 말해야 하는 걸까.

은근하게 기어오르던 화가 이제 막 끓기 시작하려는 찰나, 윤철은 슬그머니 나타나 마주 앉았다. 아무리 봐도 진땀을 흘리며 허겁지겁 달려온 사람의 얼굴은 아니었다. 싸늘한 눈초리로 쏘아보고 싶었지만 꾹 참았다. 누구나 늦을 수 있다. 20분쯤 늦은 걸 가지고 신경질을 낸다면 사과를 받기는커녕 속 좁은 여자라는 핀잔을 들을 것이다.

희주의 말대로 남자들은 짜증내고 징징거리는 여자에 질색한다. 다정하게 달래주는 대신 컨디션이 안 좋은 거 같으니 오늘은 일찍 들어가서 좀 쉬는 게 좋겠다고 말하고 돌아설 것이다. 안쓰럽다는 표정을 짓고, 안 바래다줘도 괜찮겠느냐고 건성으로 묻고, 돌아서서는 친구들한테로 냅다 달려가 우하하하 웃음을 터뜨리며 즐겁게 놀 것이다. 징징거리는 연인 따위는 생각도 하지 않을 것이다. 그러니 징징거려서는 안 된다.

희주 말대로 여성의 매력은 명랑, 상냥함, 귀여움이다. 인선은 이 순간 미소를 지어야 한다고 생각했지만 알맞은 미소를 짓지는 못했다. 윤철은 늦어서 미안하다고 말하지 않았고, 인선은 왜 늦었어? 라고 묻지 않았다. 윤철은 메뉴판을 뒤적거리면서 물었다.

"뭐 먹을래?"

"글쎄……."

약속 시간에 늦었으면 적어도 무엇을 먹을 것인지는 생각하고 와야 되는 거 아니니? 주문할 음식조차 내게 일일이 물어봐야 해? 한

두 가지쯤 맛있는 걸 미리 알고 있다가 추천해주면 배탈이라도 난다니?

"강의가 그렇게 재밌었다고?"

그렇지. 그렇게 물어야지. 귀여운 것.

"완전 재밌었어."

인선은 과장되게 활짝 웃었다. 심각한 얼굴로 남자에게 부담을 주는 것은 금물이다! 남자는 쾌활하고 쿨한 여자에게 매력을 느낀다. 그때 종업원이 왔고, 윤철은 메뉴판도 보지 않고 맥주 세 병과 감자와 소시지 볶음을 주문했다. 너는 어쩜 맨날 같은 것만 먹니? 그럴 바에야 메뉴판은 뭐 하러 뒤적거렸니?

"날씨가 많이 따뜻해진 것 같아."

윤철이 엉뚱한 날씨 이야기를 꺼냈다. 인선은 결혼생활학교 이야기를 이어가고 싶었다. 이야기를 산으로 기어오르게 해서는 안 된다. 날씨 이야기는 정말 할 이야기가 하나도 없는 노인네들이나 주고받는 것이다. 백날 날씨 이야기를 해봐라, 날씨를 어떻게 할 수 있나. 날씨는 스스로 알아서 돌고 바뀐다. 그러니까 우리, 사람이 손댈 수 없는 이야기는 접어두고, 사람이 어찌 할 수 있는 이야기를 하자. 예를 들자면 결혼 같은 거 말이다. 세상에 이보다 재미있고, 시급하고, 중요하고 보람찬 이야기가 또 어디에 있겠니? 하루 종일, 아니 열흘 백날을 이야기해도 재미있는 이야기가 아니니?

"따뜻해질 때도 됐지. (조금도 틈을 주지 않고) 근데 내가 이야기했어? 그 학교 교장이 전직 경찰이었다고?"

"글쎄······."

"이 사람이 전직 경찰이었는데, 나름대로 사명감을 갖고 결혼생활
학교를 설립하게 됐대. 그래서 교훈도 직접 지었다는데 완전 웃겨."

윤철은 인선을 빤히 쳐다보았다. 다음 이야기가 듣고 싶은 것이
다. 이런 걸 순리라고 하는 거다. 물 흐르듯 자연스럽게 흘러가는
거, 얼마나 좋은가.

"교훈이 글쎄, 연애와 섹스는 간헐적이나 결혼은 생활이다, 야."

박장대소할 줄 알았지만 윤철은 '흠' 하는 표정을 지을 뿐이었다.

"웃기지 않아?"

"일리 있네."

"일리야 있지. 하지만 아무리 일리가 있어도 그렇지, 어떻게 그런
낯 뜨거운 문구를 교훈이라고 학교 건물 구석구석에 터억 써 붙여
놓았느냐 이 말이지. 슬쩍 지나가는 말로 하는 것도 아니고 말이야."

"그만큼 중요하다는 말이겠지. 그 교장이라는 사람 굉장히 현실
적인 사람 같은데? 적어도 공자 조인트 까는 소리는 하지 않을 사람
같아."

"이건 공자 조인트 까는 소리가 아니라 숫제 공자님의 턱수염을
뽑아내는 소리지."

"공자는 수염 없었어."

"정말?"

"뻥이야."

"쳇."

"암튼 그 양반 말, 상당히 일리 있어 보여. 결혼하면 해야 할 일이
산더미 같잖아. 부모가 두 배로 늘어나고, 아이가 생기면 챙겨야 할

42

것도 많고. 그저 사람 하나 좋다고 덜컥 결혼할 문제는 아니란 말이겠지."

"우리 반에 남자들도 많더라. 근데 다들 늙수그레해가지고 저 나이 먹도록 아직 결혼도 못 하고 뭐 했을까 싶은 사람들도 있더라. 파릇파릇한 사람들 사이에 늙수그레한 사람들이 앉아 있으니까, 왠지 안쓰럽기도 하고. 그러니까 뭐든 때가 있는 거라고. 공부도 다 때가 있다는 어른들 말씀 완전 실감나더라."

그때 주문한 안주와 맥주가 나왔다. 윤철은 인선에게 맥주를 따라주고, 스스로 자기 잔을 채우려 했다.

"내가 따라줄게."

"괜찮아 뭘."

이게 정말! 인선은 맥주병을 향해 내밀었던 난감한 손을 슬그머니 제자리로 당겼다.

"근데, 자기도 결혼은 꼭 해야 하는 건 아니라는 생각 같은 거 한 적 있어?"

"왜?"

"교장이 그러더라. 결혼을 꼭 해야 하는 것은 아니다. 꼭이라니? 결혼을 할 것인지 말 것인지 진지하게 생각해야 한다! 거품을 물고 강조하더라니까. 전세로 살 것인지 내 집을 마련할 것인지를 놓고도 오랫동안 고민하는 게 사람인데, 인생이 걸린 결혼을 두고 할 것인지, 말 것인지 진지하게 고민해보지도 않고 그저 습관적으로 결혼은 해야 하는 것이라고 막연히 믿는 것은 잘못된 생각이라는 거지."

"맞는 말이네."

맞기는 개코가 맞냐? 결혼도 안 하고 혼자 구질구질하게 늘어가면 퍽이나 좋겠다. 다른 사람들은 다 바보라서 결혼했겠냐? 요모조모 따져보고 사방팔방 둘러보아도 결혼을 하는 쪽이 낫다고 결론 내린 거지. 사람들 하는 대로 따라가는 게 제일 무난한 거야. 무슨 용빼는 재주가 있다고 별나게 군대?

"윤철 씨도 그럼 결혼 안 하고 살 수도 있다고 생각해?"

"글쎄…… 한다 안 한다, 그렇게 딱 잘라 생각해본 적은 없는 것 같은데?"

"생각하고 말 게 어딨어? 학교 졸업하고, 반듯한 직장 구했겠다, 신체 건강하겠다, 당연히 결혼 생각을 해야지. 결혼도 안 하고 혼자 살 거면 뭣하러 그렇게 힘들게 공부해서 대학 가고, 직장 구하고, 상사들 눈에 들려고 노력해. 대충대충 흘러가는 대로 살면 되지."

"아주 엄마 같은 소리를 하네."

"내가 정신연령이 높아요. 그리고 남자는 자고로 결혼을 해야 인간이 돼."

"야, 내가 지금 결혼에 신경 쓸 때냐? 할 일이 얼마나 많은데."

"참나. 이보세요. 결혼은요, 이것저것 다 챙기고 시간 나면 하는 게 아니에요. 신경 써야 할 일이야 산더미 같겠지. 왜 없겠어? 하지만 결혼 적령기 남자와 여자가 가장 신경 써야 할 건 결혼이라고요. 고3이 걱정해야 할 건 수능이고요. 아시겠어요?"

"글쎄다. 나이가 차면 결혼하고, 결혼을 하면 자식 낳고, 자식 낳으면 공부시키는 게 자연스럽기는 한데, 그 교장 선생 말대로 결혼을 하는 게 옳은지, 자식을 낳아 잘 기를 자신이 있는지는 냉정하게 생각해볼 필요가 있지. 덜컥 애 낳고 못 키우겠다고 방치하는 것보다야 안 낳는 게 낫겠지."

"누가 자식을 방치해? 그런 일이 없도록 최선을 다하는 게 부모지."

"왜에? 남편이나 마누라 싫다고, 살기 어렵다고 애까지 나 몰라라 하고, 떠나버리는 사람들이 얼마나 많은데."

"그건 기본이 안 된 사람들 이야기지."

"그러니 냉정하게 생각해볼 필요가 있다는 거지."

맥주 다섯 병과 감자와 소시지 볶음을 먹고 두 사람은 홍대 앞 그 집에서 나왔다.

"차는?"

"국민은행 주차장에."

네 자동차가 어디에 있는지 궁금해서 물은 게 아니잖아. 이제 어떻게 할 것인지 물은 거잖아. 오늘따라 왜 자꾸 엉뚱한 소리를 하고 그래?

윤철은 별말 없이 걸었다. 인선에게 '홍대 앞 걷고 싶은 거리'는 이제 별로 걷고 싶은 거리가 아니었다. 인선은 '아~춥다' 하며 윤철의 팔짱을 꼈다. 나니와우동을 지나, 커피빈을 지나, 하회마을을 지날 때까지 윤철은 말이 없었다. 이 길로 곧장 가면 늘 가던 모텔이다. 오늘은 딱 잘라 관계를 정립하자고 할까, 명확한 교통정리가 없으면 안 들어가겠다고 할까, 들어갔다가 나올 때 이야기할까, 들어가서 이야기할까.

"우리 커피나 한잔 해."

인선이 길모퉁이 에그로커피 네온사인을 턱으로 가리켰다. 어두워지면서 날씨는 훨씬 쌀쌀해졌다.

"왜에? 너무 늦잖아?"

윤철의 말은 커피까지 마시고 다시 모텔에 들렀다가 집으로 가기에는 너무 늦지 않으냐는 거였다.

"뭐가 늦어? 이제 아홉 신데?"

커피나 한잔 마시고 바로 집으로 갈 건데, 뭐가 늦다는 말이냐. 나는 오늘 너랑 잘 생각이 없다.

"왜 그래?"

"왜 그러기는."

"근데 왜 그러냐고?"

인선이 팔짱을 낀 채 걸음을 멈추자, 윤철도 엉거주춤하게 멈춰섰다.

"이게 뭐야? 맨날 만나서 술 마시고, 시답잖은 이야기하고, 자러 가고…….""

"오늘 결혼학교 갔다 오더니 충격 받으셨어? 왜? 결혼학교에서 결혼하기 전에는 같이 자면 안 된다고 가르치든?"

"19세기냐? 그런 걸 가르치게."

"근데 왜 그러는데?"

"윤철 씨야말로 왜 그러는데? 이것도 아니고, 저것도 아니고, 아무 계획도 없어. 윤철 씨 머리에는 내일이 없는 사람 같아."

"내가 왜 생각이 없다는 거야. 나만큼 내일을 깊이 있게 생각하는 사람도 없을걸? 왜 이러셔. 이래봬도 중학교 때부터 이날까지 내일,

내일만 생각하면서 쉬지도 않고 달려온 사람이야."

"셧 업!"

일순간 윤철의 얼굴이 굳어졌다.

"나를 사랑하기는 해?"

"그야, 당연하지."

윤철이 겸연쩍게 웃었다.

"나를 사랑하냐고?"

"당연하지."

"그럼, 사랑한다고 해야지. 당연하다느니, 그렇다느니, 알지 않느
냐느니 하는 말은 듣기 싫어."

"에이고, 화나셨어?"

"화는 무슨 화가 났다고 그래?"

"사랑해, 사랑한다고. 그러니 추운데 이렇게 서 있지 말고 가자.
가면서 이야기하자. 정말 춥다. 나, 덜덜 떠는 거 안 보여?"

윤철이 인선의 어깨를 감싸며 걸었다. 에그로커피점이 아니라 홍
대입구역으로 가는 길, 홍대 앞 그 모텔 방향이었다. 홍대 앞 그 집
에서 만나, 그 모텔로 가는 홍대 앞의 그날이 재방송처럼 반복됐다.

신성한 의무, 행복세

'딩동.'

서미란은 옷깃을 바짝 여미며 차임벨을 눌렀다. 인터폰 화면을 통해 바깥을 살필 사람을 배려해 코까지 가릴 만큼 친친 감고 있던 목도리는 벗어서 차 안에 두었다. 날씨가 풀렸다고는 하지만 겨울은 겨울이었다. 허전한 목덜미로 한기가 빠르게 파고들었다. 잠시 기다렸지만 안에서는 대답이 없었다. 미란은 장갑 낀 손으로 다시 차임벨을 눌렀다. 결혼 11년차로 올해 행복세 납부 대상자의 집이었다.

'딩동, 딩동, 딩동.'

첫 번째 차임벨을 누를 때는 한 번, 두 번째는 두 번, 세 번째는 세 번으로 나름대로 규칙을 정해놓은 미란이었다. 집 주인들 입장에서 볼 때 행복세 징수원은 기분 좋은 방문객은 아니었다. 세금 징수원을 달갑게 맞을 사람은 세상에 없을 것이다. 거기에 차임벨까지 신경질적으로 눌러대면 일은 더 복잡해지기 마련이다. 그럼에도 세 번씩이나 급하게 차임벨을 눌렀던 것은 종일 일이 뜻대로 풀리지 않았고, 집에서는 아홉 살짜리 딸과 일곱 살짜리 아들이 싸웠고, 누나에게 밀린 아들 녀석이 거의 2,30분 단위로 전화를 해서 징징거리는 통에 괜히 마음이 급했기 때문이다.

오전에 방문했던 집은 정말 말이 통하지 않았다. 그런 놈들에게는 행복세 징수원을 보낼 것이 아니라 집달리를 보내야 한다며 이를 갈았다. 노루발장도리로 무장한 건장한 집달리가 굳게 닫힌 문을 단박에 뜯어내고, 뻔뻔스럽게도 세금 납부를 거부하는 주인 면전에다가 고지서를 홱 던져야 한다고 생각했다. 고분고분 말로 하니까 염치없는 인간들이 통 들어먹을 생각을 않는 것이다. 행복하게 살면서 행복세를 내지 않겠다니? 정말 뻔뻔스러운 사람들이 아닌가 말이다.

집에 사람이 있는 것을 뻔히 알고 차임벨을 누르고 문을 두들겼는데, 아예 대꾸조차 하지 않았다. 한두 번도 아니고 벌써 세 번째 방문이었다.

"이봐요. 안에 사람 있는 거 다 알고 있습니다. 좀 전에 집으로 들어가시는 거 제가 봤다고요."

거짓말이 아니었다. 하도 사람을 피하기에 자동차를 집 근처에 세우고 기다리다가 집 안으로 사람이 들어가는 것을 확인하고 들이닥쳤던 것이다. 그러나 안에서는 묵묵부답이었다. 서미란은 장갑 낀 손으로 현관문을 쾅쾅 쳐댔다. 처음 방문 때는 멋모르고 문을 열어주었던 집 주인은 행복세라는 말을 꺼내자마자, 미란을 밀어내고 문을 쾅 닫아버렸다. 고지서를 건네지도 못했던 것이다. 두 번째 방문부터는 아예 문을 열어주지 않았다.

"양종모 씨, 김미순 씨! 같이 살고 있는 거 다 알고 있습니다. 이렇게 피한다고 해결되는 게 아니잖아요? 행복세를 납부하시거나, 납부하기 싫으면 이혼을 하세요. 이번에도 납부하지 않으면 집달리가 나올 겁니다. 저는 세 번째까지만 방문하는 사람이라고요."

안에서는 여전히 답이 없었다. 조금 전에 양종모와 김미순 부부가 함께 자동차에서 내려서 집으로 들어가는 것을 분명히 보았다. 두 사람은 아마 집 안에서 인터폰 화면으로 추위에 발갛게 상기된 미란의 얼굴을 훔쳐보며 대책을 세우는 중일 것이다. 아예 무시하기로 작정하고 태연하게 라면이라도 끓여 먹는 중인지도 모른다. 이 추운 날씨에 사람을 밖에 세워놓고 저희들은 뜨끈하고 칼칼한 라면을 끓여 먹어? 뻔뻔스러운 것들 같으니라고.

"양종모 씨 그리고 김미순 씨, 이건 나라에서 국민 복지를 위해 하는 일이에요. 말도 안 되잖아요? 이혼하기도 싫다, 행복세도 내기 싫다. 이건 도둑놈 심보죠. 나라에서 둘 중 하나를 선택하라고 해놓았잖아요. 둘 중 하나는 해야 할 거 아녜요? 예? 세금은 국민의 신성한 의무라고요! 예? 지금 두 분은 국민의 의무를 위반하는 거라고요. 한국 땅에 살면서 한국인의 의무는 하지 않겠다는 거 부끄럽지 않으세요? 자식들 보기에 낯부끄럽지도 않으세요? 예? 문 좀 열어보세요."

오냐, 너는 떠들어라. 나는 모르겠다고 작정한 모양이었다. 조용하던 집 안에서 텔레비전 소리가 났다. 개그맨들이 떼로 나오는 프로그램으로 어디 여행지에서 벌어지는 이야기를 토크쇼 형식으로 담은 것이었다. 개그맨의 낯익은 목소리가 현관문 틈으로 비어져나오자 미란은 화가 머리끝까지 치밀었다. 이건 집에 없었다는 핑계를 대겠다는 게 아니라, 아예 정면으로 도전을 해오는 셈이었다. 미란은 현관문에 얼굴을 바싹 갖다 대고 버럭버럭 소리를 질렀다.

"이봐요. 당신들만 행복하면 다예요? 당신들만 알콩달콩 살면 다냐고요? 예? 세상에 뭐 이런 사람들이 다 있어요? 이봐요, 문 좀 열어봐요. 당신들이 이 땅에서 이만큼 행복하게 사는 게 순전히 당신들이 잘나서 그런 줄 알아요? 정부에서 인프라를 잘 갖춰준 덕분에 잘 사는 거 아니에요? 당신들이 소말리아에 가서도 이만큼 떵떵거리며 살 수 있을 것 같아요? 나라의 도움을 받으며 사는 거잖아요? 정부는 땅 파서 당신들 잘 살도록 도와주는 거 아니잖아요? 세금을 내야 할 거 아니에요?"

미란이 고함을 질렀지만 안에서는 텔레비전에서 나오는 개그맨들의 시답잖은 농담과 웃음소리만 날 뿐이었다.

"아씨, 나 오늘 완전 열 받았어. 뭐 이런 인간들이 다 있어. 당신들! 지금도 부모 없이 육아구역에서 지내는 아이들이 안 보여? 그 애들을 다 사회적 문제아로 성장하도록 내버려둘 참이야? 세금을 내야 할 것 아니에요. 당신들 행복하다고 남들 모른 척할 거예요? 이 나라가 어디 당신들만 사는 나란 줄 알아? 인생 그렇게 살지 말아요. 천벌 받아요. 다 같이 행복하자는데, 우리 사회의 약한 고리를 좀 지켜주자는데, 그 돈이 그렇게 아까워요? 나중에 부모 없이 육아구역에서 자란 애들이 모조리 도둑놈 되고, 깡패 되고, 강도 되면 당신들은 무사할 것 같아요? 금이야 옥이야 키운 당신네 자식들은 무사할 것 같아요? 당신 자식들이 집 밖에만 나가면 온통 도둑놈과 강도가 득실거릴 텐데, 당신 자식들만 잘 키우면 뭐 하냐고? 안 그래요? 내 말 안 들려?"

서미란이 다시 현관문을 쾅쾅 쳐대려는 찰나, 문이 벌컥 열리고 스웨터에 면바지 차림의 중년남자가 비대한 몸집을 내밀었다. 그는 다짜고짜 신경질을 부렸다. 거구에 어울리지 않게 모기소리처럼 가느다랗게 갈라지는 목소리였다. 이 추운 날씨에 사람을 바깥에 20분 이상 세워놓고 덜덜 떨게 한 당사자이자, 국민의 신성한 의무인 세금을 체납한 쪽은 자신인데 되레 고함을 쳐대다니! 영문을 모르는 사람이 보면 서미란이 무슨 잘못이라도 저질렀다고 오해할 만한 상황이었다. 남자는 부리부리한 눈을 똑바로 뜨고 서미란을 노려보았다.

"이봐요, 아줌마! 내가 돈이 없어서 안 내는 게 아니야. 이건 명백히 잘못된 국세정책이야. 부부가 결혼해서 애들 잘 키우며 사는 것도 죄란 말이오? 결혼하고 10년이 지나면 모조리 이혼하란 말이오?"

"누가 이혼하라고 했어요? 세금 내라고 했지? 그리고 왜 나한테 화를 내고 그러세요?"

"그럼 내가 누구한테 화를 내야 하는 거요? 당신이 나라를 대신해서 부당한 세금을 징수하러 왔으니 당신한테 화내는 게 당연한 거 아니오? 욕 듣기 싫으면 가시오. 내 집 앞에서 괜히 악 쓰지 말고 가서 엉뚱한 세금정책이나 폐지하라고 하시오."

"그렇게 말씀하시면 안 되죠. 부모가 불가피하게 이혼하는 바람에 위험과 어려움에 노출된 아이들을 보살피는 데 쓰는 세금이잖아요. 그 아이들을 어떻게 할 거예요? 나 몰라라 해요? 국가란 게 그런 게 아니잖아요. 잘 사는 사람한테 세금 거둬서 못 사는 사람도 돕고, 겨울에 눈 내릴 때를 대비해서 염화칼슘도 사놓고, 하다못해 태풍으로 과수원의 과일이 떨어져도 하늘을 대신해서 보상하는 게 국가잖아요."

"하! 나 참! 지금 그걸 말이라고 하는 거요? 나한테 지금 훈계하는 거요? 그리고 지금도 근근이, 죽지 못해 겨우겨우 참고 사는 부부한테 행복세를 내라고? 이건 아예 나라에서 이혼을 조장하겠다는 거 아냐? 그러고도 당신들이 제대로 돼 먹은 인간이라고 생각하시오? 세상에 뭐 이런 개 같은 나라가 다 있어?"

남자는 막무가내였다. 그는 제 할 말을 다 하고 서미란의 발치에 침까지 탁 뱉었다. 이런 놈과 사는 여자도 참 괴롭겠다 싶었다. 상대가 화를 낸다고 나까지 화를 내서는 안 된다. 가능한 한 세금을 적게 내려는 것은 국민들의 일반적인 감정이다. 서미란은 치밀어 오르는 화를 가라앉히고 가능한 한 차분한 목소리를 내려고 애를 썼다. 감정과 다른 형태의 목소리를 내려고 애쓰자 목소리가 가늘게 떨렸다.

"그렇게만 생각하지 마세요. 재산세 부과한다고 내 집 가지지 말라는 말이 아니잖아요? 자동차세 때문에 자동차 안 사는 사람 있어요? 자동차를 타면 자동차세를 내듯이 결혼 10년이 넘어서도 행복하게 잘 사시면 행복세 내는 거 당연하잖아요? 경유차 모는 사람들은 환경개선 부담금까지 내요. 이건 나라에서 이혼을 조장하는 게 아니라, 불가피하게 이혼한 부부들의 자식들을 보호하겠다는 거예요. 아시겠어요?"

"돌아버리겠네. 돌아버리겠어. 내가 아주 이민을 가야겠다, 이민을 가야겠어. 세상에 어디 이런 더러운 나라가 있어!"

"선생님이 이민을 가시거나 돌아버리시는 건 제가 관여할 바가 아닙니다. 저는 지금 선생님 부부께 국민의 의무를 다하시라는 거예요. 납세의 의무!"

남자는 기가 막힌다는 표정을 지으며 입술을 부들부들 떨었다.

그러거나 말거나 알 바 아니었다. 세상에 행복세 내기 싫어서 이혼을 하겠다는 둥 이민을 가겠다는 둥 나오는 대로 지껄이다니, 이건 완전히 앞뒤 구분이 안 되는 인간이 아닌가. 병원비 아까워 치료 안 받고 쌀값 아까워 밥 안 먹겠다는 것만큼이나 어리석은 인간이 아닌가 말이다. 애도 아닌 어른이 어쩜 이렇게 비합리적인 생각을 하는지 알다가도 모를 일이었다.

"하여간 나는 못 내! 그러니까, 문을 때려 부수든 집달리를 보내든, 확 불을 지르든 당신 맘대로 하쇼."

남자는 문을 닫으려고 했다. 서미란은 팔로 문을 잡으며 집 안으로 반쯤 몸을 들이밀었다.

"이거 뭐 하는 짓이오? 남의 집에 무단 침입하려는 거요?"

"무단 침입이 아니라 공무집행이에요. 지금 선생님은 공무집행을 방해하시는 거고요. 일단 고지서를 발부합니다. 안쪽에 계신 분이 부인 김미순 씨 맞죠? 두 사람 모두가 보는 앞에서 발부하는 거니까, 내고 안 내고는 두 분이 알아서 하시고, 기한 내에 납부하지 않으면 국세청에서 강제 압류에 나설 겁니다."

서미란이 양종모와 김미순 부부의 10여 년 전 결혼 날짜와 혼인

신고 날짜, 행복세 고지서 발부 날짜가 찍힌 행복세 납부 재촉 통지서를 거실에 던졌을 때, 그때까지 잠자코 있던 김미순은 바락바락 악을 써댔다. 차마 입에 담을 수 없는 욕지거리를 쏟아내는 여자를 뒤로하고 서미란은 밖으로 나왔다.

그다지 많은 액수도 아니었다. 양종모와 김미순 부부의 1년 수입 중 10퍼센트에 해당하는 금액이었다. 행복세 정산의 기준은 결혼 11년차에게 부부의 1년 총 수입의 10퍼센트, 결혼 21년차에게 전 재산의 1퍼센트였다. 10년에 한 번 납부하는 행복세를 내는 것도 아깝다면 그것을 어떻게 행복한 가정이라고 할 수 있겠는가. 행복하지 않은 가정이라면 이혼하는 것이 낫지 않은가.

행복세는 부모의 이혼으로 어려움에 처한 아이들뿐만 아니라, 이혼하고 싶은 마음은 굴뚝같지만 이혼하지 못하고 지옥 같은 결혼생활을 유지하는 부부들에게 좋은 이혼명분이 되어주었다. 행복세는 그야말로 전 국민이 행복해지는 데 기여하는 세금이자 가정을 지켜주는 세금이었다.

일진이 사나운 날이었다. 수고한다며 따끈한 차 한잔을 대접하는 것까지는 기대도 하지 않는다. 그래도 국민인 이상 마땅히 내야 할 세금이 아닌가. 오늘은 아무래도 일이 잘 풀릴 것 같지 않았다.

서미란은 현관문 차임벨을 다시 눌렀다.

'딩동.'

좀 전에는 세 번이나 눌렀지만 이번에는 한 번만 눌렀다. 일부러 문을 열어주지 않은 것이 아니라, 다른 사정이 있었는지도 모른다. 이를테면 자식도 없고, 방문객도 없는 낮 시간을 이용해 금실 좋은 부부의 금실을 확인하는 중인지도 모를 일이었다. 명색이 행복세를 징수하는 사람이 금실 좋은 부부의 금실을 깨트릴 필요는 없는 것이다. 목도리를 벗어둔 탓에 몹시 추웠지만 서미란은 발을 동동거리면서도 느긋하게 마음을 먹었다.

서미란이 오늘 세 번째로 방문한 진갑진, 양수희 부부는 서류상 이혼한 것으로 돼 있었지만 실제로는 함께 사는 것으로 추정되는 가정이었다. 이런 가정은 두 사람이 함께 살고 있다는 사실을 행복세 징수원이 직접 확인하도록 돼 있었다. 서미란이 다시 차임벨을 누르려는 찰나 어깨에 멘 가방에서 진동음이 났다. 막내였다.

"엄만데, 왜?"

"인터넷이 잘 안 돼요."

"뭐 하려고?"

"유치원 홈페이지 들어가려고요."

"누나한테 좀 도와달라고 해봤어?"

"누나는 안 도와줘요."

벌써 누나한테 부탁을 했던 모양이었다. 오전에는 티격태격했고, 오후에는 화해를 했다. 그러나 누나라고 해도 아홉 살짜리였다. 아홉 살짜리와 일곱 살짜리들로서는 자기들간의 문제를 자기들끼리 해결할 능력이 부족한 것이다. 시어머니가 아이들을 보살펴주고 있지만, 그야말로 밥을 먹이고, 옷을 입히고, 싸우면 말리고, 위험한 장난을 치지 못하도록 관리하는 정도였다. 요즘 아이들의 다양한 욕구와 관심을 두 세대 앞선 노인들이 감당하기에는 버거웠다. 애는 일단 낳으면 다 큰다, 제 밥그릇은 제가 타고난다고 생각하는 세대였다. 제 밥그릇은 제가 타고나던 시절은 진즉에 끝이 났다. 형이 입던 옷을 동생이 받아서 입고, 언니가 썼던 가방을 동생이 받아서 메는 시대가 아니었다. 형이 영어 유치원에 다녔다고, 그 유치원에서 동생을 무상으로 받아주지는 않는다. 언니가 쓰던 가방을 동생이 쓸 일도 없겠지만, 설령 동생이 쓰겠다고 해도 언니의 물건은 동생의 손에서 이미 구닥다리가 되었다.

과학과 의학, 기술과 산업의 발달과 함께 늘어난 것은 사람의 수명뿐이었다. 그 밖의 모든 것들의 수명은 오히려 이전보다 짧아졌다. 첨단기술 분야뿐 아니라 유행하는 상품, 관심사, 심지어 유머의 수명까지 짧아졌다. 형이 쓰던 가방이 낡아서 너덜거리기 때문이 아니라, 언니가 갖고 놀던 인형이 손모가지가 부러졌기 때문이 아니라, 사람의 욕망이, 시선이 변했기에 가방과 인형은 멀쩡한 새것이지만 구닥다리가 되고 말았다.

"엄마, 언제 들어와요?"

"아직 조금 더 있다가. 엄마 일하고 있잖아."

"이거 빨리 해야 한단 말이에요."

"그래, 알았어. 누나한테 한 번만 더 도와달라고 해봐. 아니, 누나 좀 바꿔줘봐. 엄마가 이야기할게."

큰애 역시 징징거렸다. 자기도 해야 할 일이 많다고 했다. 빨리 숙제해야 하고, 숙제 마치면 바로 학원에 가야 한다고 했다. 그래도 조금만 도와주라고 해도 막무가내였다. 유치원 홈페이지에 들어가서 인성이가 하고 싶은 화면만 켜주라고 했다. 큰아이는 기운 없는 목소리로 '네' 대답하고 전화를 끊었다.

아이들과 전화 통화가 끝남과 동시에 금실 좋은 부부의 금실 확인 작업도 끝이 난 것일까. 안에서 여자가 인터폰에다 대고 '누구세요?'라고 물었다.

"국세청에서 나왔습니다."

"국세청? 무슨 일이죠?"

"네. 진갑진 씨와 양수희 씨 집 맞죠?"

"그런데요?"

"안에 두 분 계시나요?"

"네. 제가 양수희고, 남편 이름이 진갑진인데요?"

"네, 확인 감사합니다. 국세청에서 두 분 앞으로 세금 고지서를 드리려고 합니다. 문 좀 열어주세요."

"세금 고지서?"

이윽고 여자가 남편 진갑진을 향해 이야기하는 소리가 들렸다. 여보? 국세청에서 세금 고지서 발부하러 나왔다는데? 아직 재산세 나올 때 아니잖아? 남자가 뭐라고 대답하는 소리가 웅얼거렸다.

"무슨 세금인데요?"

"행복세예요. 일단 문 좀 열어주시죠."

"행복세? 우린 이혼했어요. 행복세는 부부가 함께 사는 사람들한테 부과하는 세금 아닌가요?"

"맞아요. 하지만 두 분은 함께 살고 계시고, 서류상으로 이혼했지만 실제적으로는 부부관계를 지속하는 상태이기 때문에 납부 대상자입니다."

"무슨 소린지 모르겠네요. 아무튼 뭔지 나중에 확인해볼 테니까,

우편함에 두고 가세요."

"사모님. 두 분께 드리는 행복세 고지서는 우편함에 두고 갈 수
없도록 되어 있습니다. 서류상으로도 부부로 돼 있고, 실제 함께 사
는 부부에게는 고지서를 우편으로 발부합니다. 하지만 두 분처럼 서
류상으로는 이혼했지만 실제로는 함께 사는 부부에게는 직접 전달
하고, 확인을 받아야 합니다. 문 좀 열어주세요. 1분이면 됩니다."

"기다리세요."

이윽고 딸깍 문이 열리고, 여자가 실내복 차림으로 문을 열었다.
부스스한 머리카락이 오후가 됐는데도 아직 세수도 하지 않은 것인
지, 진즉에 일어났지만 부부간의 금실을 확인하는 과정에서 헝클어
졌는지 알 수 없었다.

"안녕하세요? 국세청 행복세 징수원 서미란입니다."

여자는 뜬금없다는 표정으로 서미란이 꺼낸 고지서를 바라보았다.

"두 분이 결혼하신 날짜가 2005년 9월 4일 일요일이네요? 혼인
신고 날짜는 그해 9월 26일 월요일이고요. 작년 그러니까, 2015년
9월 25일로 만 10년이 되셨네요."

"네. 하지만 우리는 2012년 11월에 이혼했어요."

"함께 살고 계시잖아요?"

"법적으로 이혼했다니까요."

"실제적으로 혼인관계를 유지하고 있고, 자녀도 함께 양육하고 있
기 때문에 두 분은 서류상 이혼과 무관하게 행복세 납부 대상입니
다. 다른 이유가 있는지 모르지만, 오직 행복세를 내지 않기 위해 이
혼했다면 세금 포탈 혐의를 적용할 수도 있습니다. 하지만 이미 4년

전에 이혼하신 걸로 봐서 세금 포탈 혐의는 없는 것으로 기입할게요. 약식 재판을 받아서 세금 포탈죄까지 적용되면 벌금도 내야 하거든요. 이건 제 선에서 해결할 수 있으니까, 문제가 없도록 할게요."

"무슨 말씀하시는 거예요? 이혼한 부부한테 행복세라니요?"

"사모님. 자꾸 그렇게 말씀하시면 정말 세금 포탈 혐의까지 받게 돼요."

"나 참! 무슨 말인지 모르겠네요."

여자는 안으로 고개를 돌려 남편을 불렀다. 여보! 여보! 좀 나와 봐요. 웬 여자가 세금 포탈이니 하는데 무슨 말이지 도통 모르겠네.

웬 여자? 서미란은 살짝 화가 났다. 웬 여자라니? 정말 이 여자, 개념 없는 여자네. 어디다 대고 이 여자, 저 여자 하는 거야. 확 욕이라도 한바가지 해주고 싶었지만, 눌러 참았다. 어쨌거나 빨리 일을 마무리하고 집에 가서 둘째의 인터넷을 봐주어야 했다. 여자가 불렀지만 안에 있는 남편은 대답이 없었다. 여자가 다시 남편을 불렀을 때, 방에서 남자의 목소리가 났다.

"아, 그냥 받고 빨리 보내."

"뭔지 알아야 받든지 말든지 할 거 아냐? 빨랑 나와봐."

"나중에 확인할게. 그냥 받고 보내."

"하여간, 저래서 안 된다니까. 뭐든 얼렁뚱땅, 대충대충……."

여자는 중얼거리면서도 서미란이 작성하는 행복세 고지서에서 눈을 떼지 않았다.

"사모님 하나만 여쭐게요. 세금 포탈 의도가 없었다고 기록하려면 이혼사유를 확인해야 하거든요. 이혼서류에 기입하신 대로 말씀해주셔야 해요. 이혼서류와 제가 기록하는 확인서류가 다르면 문제가 될 수 있거든요."

"성격 차이."

"확인 감사합니다."

서미란은 엷은 파랑과 흰색으로 바탕이 디자인된 행복세 고지서를 여자에게 주었다.

"687만 원?"

고지서를 받아든 여자의 눈이 놀라서 떡 열렸다. 금방이라도 눈알이 흘러버릴 것 같았다.

"뭐 이렇게 비싸요?"

"기준이 그렇습니다. 남편분의 근로소득 원천징수액을 바탕으로 계산한 금액이고요, 결혼 11년차 때는 연수입 총액의 10퍼센트, 10년 뒤인 결혼 21년차 때는 동산과 부동산 그리고 금융소득을 포함한 전 재산의 1퍼센트를 납부하시게 돼 있습니다."

"세상에! 이거 안 내면 어떻게 돼요?"

"국세청에서 강제징수에 나서게 됩니다. 최악의 경우에는 차압까지 붙게 됩니다."

여자는 소리가 쾅 나게 문을 닫았다. 행복하게 살면서도 행복세 몇 푼이 저렇게 아까울까. 서미란은 종종걸음으로 골목에 세워둔 자동차를 향해 걸어갔다. 종종걸음 치면서 가방에서 스마트폰을 꺼내 집으로 전화를 걸었다. 둘째의 목소리는 의외로 밝았다. 제 누나가 그럭저럭 잘 도와준 모양이었다. 그럼에도 아이는 물었다.

"엄마, 언제 와요?"

"응. 지금 가. 누나는 학원 갔어?"

"네. 그런데 엄마 언제 와요."

"지금 가고 있어. 우리 아들, 뭐 먹고 싶은 거 있어?"

부부는 이심이체(二心異體)

"화분이나 텃밭에 심은 무가 어느 정도 자라서, 수확을 3주쯤 남겨두었을 때 천일염을 살짝 뿌려줘 보세요. 아삭아삭한 맛과 당도가 훨씬 높아집니다. 포기당 티스푼으로 한 스푼 정도면 충분해요. 너무 많이 주면 말라 죽을 수도 있으니 주의해야 합니다."

봄이 되자 본격적으로 원예수업이 시작되었다. 이론수업이 거의 끝났고 다음 주부터는 실습에 들어갈 예정이었다. 결혼학교 아니랄까봐, 원예수업의 초점 역시 텃밭 농사를 짓는 것이 가족의 대화와 건강에 도움이 된다는 점에 맞춰져 있었다.

토요일 첫째 시간 강좌는 늘 교장의 강의로 정해져 있었다. 하지만 오늘은 교장의 개인사정으로 한 시간짜리 교장 수업과 두 시간짜리 원예수업 시간의 순서가 바뀌었다. 교장의 강의는 화상강의지만 녹화방송이 아니라 생방송이라는 담임의 말은 사실이었다.

원예수업을 통해 새롭게 안 사실은 많았다. 텃밭을 고를 때 가장 중요하게 고려해야 할 것은 집에서의 거리였다. 가까울수록 좋다고 했다. 아무리 좋은 밭이라도 집에서 멀면 자주 가기 힘들고, 자주 가지 못하면 아무리 옥토라도 잡초밭이 되는 것은 금방이라고 했다.

"문전옥답이란 말 들어보셨죠? 집 앞에 있는 옥답이라는 말이 아니에요. 집 근처에 있어야 옥답이 된다는 말입니다."

설령 돌과 잡초투성이인 밭, 척박한 땅일지라도 집 앞에 있어서 자주 손볼 수 있으면 옥답이 된다. 조금 못난 사람이라도 자주 어울릴 수 있고, 함께 할 취미나 가치가 있다면 좋은 아내, 좋은 남편, 좋은 친구가 될 수 있다고 했다. 그럴듯한 말이었다.

텃밭 농사의 장점은 오랜 시간 햇빛 에너지를 충분히 받은 채소를 먹는 데 있다고 했다. 화학비료로 키운 채소는 크기야 크지만 그 속이 헐겁다. 돈벌이를 생각하지 않을 수 없는 전업 농부는 한정된 땅을 최대한 많이 이용해야 하고, 그러자면 채소를 단기간에 길러야 한다. 화학비료를 뿌리고 농약을 치는 것은 그 때문이다. 채소 잎에 화학비료인 질소성분을 채울 것이 아니라 햇빛을 채워주는 것이 중요하다. 그러자면 채소를 빨리 자라게 할 것이 아니라 가능한 한 햇빛에 오래 노출되도록 천천히 길러야 한다. 전업 농부라면 어림도 없겠지만, 집에서 가족이 먹을 만큼의 채소를 기르는 텃밭 농부들은 얼마든지 가능하다.

"베란다나 마당 한구석을 이용하세요. 동물이 햇빛을 통해 직접 흡수할 수 있는 영양소는 얼마 안 돼요. 하지만 식물은 햇빛과 햇볕을 통해 동물은 상상할 수도 없을 만큼 많은 영양분과 에너지를 축

적할 수 있어요. 가족의 밥상에 비료가 아니라 햇빛을 올려주세요."

원예수업 첫날 강사의 일성이었다.

늦가을에 파종해 겨울을 나고 봄에 거두는 시금치는 비닐하우스에서 화학비료와 난방기를 이용해 속성으로 키운 시금치보다 영양분이 30배 가까이 더 들어 있다고 했다. 한 달 만에 속성으로 키워 수확하는 상추가 아니라 밭에서 두 달 이상을 보내고 조금씩 따먹는 상추는 특유의 향과 맛이 진하다고 했다. 원예 강사는 무 하나토마토 하나를 키워서 먹더라도 가족끼리 이런 이야기들을 나누면서 키워야 한다고 강조했다. 가족끼리 사랑한다고 볼을 비벼대는 것도 중요하지만, 그런 이야기들을 나누는 과정에서 공감대를 형성하고, 자신의 아내와 남편, 아버지와 어머니에게 더 많은 자부심을 느낀다는 말이었다.

"천일염에는 다양한 미네랄이 들어 있어요. 이 미네랄들은 작물을 건강하고 맛있게 합니다. 게다가 화학비료의 주성분인 질소의 흡수를 억제하는 역할까지 하기 때문에 맛이 더욱 좋아집니다. 무뿐만 아니라, 토마토나 김장배추, 감자에도 천일염을 살짝 뿌려주거나 천일염 녹인 물을 뿌려주면 좋습니다. 물 10리터 정도에 소금 10그램을 녹여서 뿌려주면 천일염을 그대로 뿌릴 때보다 흡수도 잘 되고, 효과도 빠릅니다."

사람도 소금 없이는 못 산다고 하는데, 식물도 소금 성분을 조금 가미해주면 맛이 좋아지고 건강해진다니 사람이나 식물이나 다를 바가 없는 모양이었다. 식물이나 동물이나 모두 염분이 필요하지만 많이 섭취하면 해롭다는 점에서도 마찬가지였다.

"소금이나 소금물 뿌릴 때는 잎에 직접 닿지 않도록 주의해야 합니다. 흙 위에 뿌려서 서서히 흡수되도록 하는 게 중요해요. 이렇게 천일염을 뿌려주면 당도뿐만 아니라 육질이 단단해져서 저장성도 높아집니다."

원예수업은 흥미로웠다. 결혼학교에 입학하기 전까지는 채소를 직접 길러서 먹겠다는 생각을 해본 적은 없었다. 베란다에서 갓 따낸 상추로 쌈을 싸 먹고, 갓 뽑아낸 열무로 김치를 담근다고 상상하자 왠지 으쓱한 기분, 말하자면 특별한 주부가 된 듯한 느낌마저 들었다. 특별한 상추와 특별한 열무김치로 특별한 남편 윤철의 밥상을 차리는 특별한 아내. 생각만으로도 즐거웠다.

"오늘 저의 개인사정으로 원예수업과 수업 순서가 바뀌었습니다. 이 점 사과드립니다. 죄송합니다."

무테 안경 너머 교장의 눈빛이 왠지 흐릿해졌다는 느낌이 들었다. 화면 탓일까, 아니면 오늘 있었다는 개인사정 때문일까. 목소리도 왠지 이전처럼 맑고 생동감 있는 것 같지는 않았다.

"저의 딸아이가 올해 고 3이 되었는데, 학교에서 학부모 상담이 있었습니다. 학기 초에 으레 상담을 했는데, 고 3이 되니까 꽤나 심각한 이야기들을 나누게 되네요."

그랬구나. 딸내미 성적이 별론가 보네. 학교 가서 상담을 받아보고 나면 자식의 실체가 분명해지는 법이지. 자기 자식을 홀로 떼어놓고 볼 때랑, 여러 자식들과 한 자리에 놓고 비교해볼 때는 다를 수밖에 없겠지.

"그래, 원예수업은 재미있었습니까? 여러분들은 아직 젊어서 별 흥미를 못 느낄 수도 있습니다. 그래도 한번 관심을 가져보시기 바랍니다. 어차피 결혼면허시험에도 나오지만, 그런 걸 떠나서 나이 마흔을 지나면서 원예에 관심을 가지는 분들이 많습니다. 그때부터 관심을 가져도 좋지만, 결혼 초부터 가족들이 함께 채소를 가꾸고 과일을 기르면 그 재미가 쏠쏠할 것입니다."

교장은 자신도 오래전부터 텃밭농사를 지어오고 있다고 했다. 나이 들어서 짓기 시작한 것이 조금 아쉽다고 했다. 아이가 초등학생일 때 혹은 그 이전부터 지었더라면 더 많은 추억을 공유할 수 있었을 텐데, 그렇게 하지 못했다는 거였다.

"텃밭을 처음 시작하시는 분들이 흔히 물 문제를 대수롭지 않게 생각합니다. 가물 때는 작물에 주기적으로 물을 대줘야 하는데, 밭 근처에 수도시설이 없거나 바로 옆에 도랑이 없는 경우가 더러 있습니다. 흔히들 까짓것 집에서 좀 퍼다 나르지, 하고 쉽게 생각하시는 경향이 있습니다.

그런데 이게 쉽지가 않습니다. 작물은 시시때때로 물을 필요로 하고, 한두 번도 아니고 자주 물을 퍼다 나르는 일은 보통 곤욕이 아닙니다. 여름 땡볕에 물 몇 번 퍼다 나르고 나면 텃밭이고 나발이고 다 때려치우고 싶은 생각이 듭니다. 실제로 물 주는 게 힘들어 때려치우는 사람들도 많습니다.

결혼도 텃밭 농사와 비슷합니다. 성격 안 맞는 남편이나 아내와 맞춰가며 산다거나 고쳐가면서 살겠다고 생각하시는 분들이 흔히 있습니다. 그거야말로 텃밭에 줄 물을 집에서 날라다가 주겠다는 생각만큼이나 무모한 것입니다. 한두 번도 아니고, 늘 참을 수도 없고, 늘 고칠 수도 없습니다. 참아지지도 않고, 고쳐지지도 않습니다. 타고난 성격은 정말 안 고쳐집니다. 그렇다면 맞춰 살아야 하는데, 상대편 성격이 고쳐지지 않는 것처럼 내 성격도 고쳐지지 않습니다. 그만큼 맞춰가며 살기가 어렵다는 말씀입니다. 결혼생활이란 게 손바닥만 한 텃밭처럼 쉬이 포기할 수 있는 것도 아닙니다. 처음부터 수도 시설이 있는 밭, 바로 옆에 도랑물이 흐르는 밭을 구해야 합니다. 그런 사람을 만나야 한다는 말입니다. 내가 만난 사람이 천수답 같은 사람이라면 천수답에 알맞은 작물을 키우는 수밖에 없습니다. 나 자신이 천수답에 어울리지 않는 작물이라면 천수답 같은 사람과 결혼하지 않는 게 옳습니다.

근본적으로는 주말농장 그 자체만 해도 남편과 아내의 생각이 다른 경우는 얼마든지 많습니다. 남편은 직접 키워 먹는 채소가 좋은데 아내는 귀찮을 수 있고, 그 반대의 경우도 흔합니다. 한쪽은 농약 안 치고 화학비료 안 쓴 채소가 깨끗하다고 여기는데, 다른 쪽은 흙을 털어내고 깔끔하게 다듬어서 마트에서 파는 채소가 더 깨끗하다고 생각할 수도 있습니다. 한쪽은 농약을 안 쳐서 벌레 먹은 채소가 깨끗한 채소라고 생각하고, 다른 쪽은 농약을 치더라도 벌레자국이나 흙 묻은 게 없는 채소가 깨끗한 채소라고 생각할 수도 있다는 것이지요.

사람마다 상식이 이렇게 다릅니다. 그러니 상식적으로 그게 말이 되냐, 는 식으로 시작하는 부부싸움은 정말로 접점을 찾기 힘듭니다.

서설이 너무 길었습니다. 아무튼 오늘 수업 순서가 바뀐 점 다시

한 번 사과드리고요. 오늘 저의 강좌는 먼저 단편드라마 한 편을 보고 시작하겠습니다. 앞으로 1년 동안 여러분들은 대략 5분 정도 분량의 단편드라마 10편을 감상하시게 될 것입니다. 이 영화들은 결혼생활 30년을 지속하고도 끝내 아내를 살해한 60대 전직 의사의 사건을 바탕으로 우리 학교에서 직접 제작한 것들입니다. 실제 사건을 극화했다는 말입니다. 부부관계는 대체 무엇이고, 결혼생활이 어떻게 파국으로 치닫게 되는지, 혹은 어떻게 해야 무난한 부부관계를 유지할 수 있는지 보여주는 이야기들입니다. 오늘의 이야기는 '부부는 이심이체'라는 제목의 드라마입니다."

화면에서 교장이 사라지고, 부연 대기화면을 거쳐 검은 바탕에 흰 자막이 떠올랐다. ML결혼생활학교가 자체적으로 제작한 영상물이었다. 남편의 직업은 종합병원 의사, 아내는 그 종합병원의 전직 간호사였으나 결혼과 함께 전업주부가 된 사람이었다. 처음 보는 배우들이었지만 극단에서 오랜 세월 연기를 했는지 움직임이나 말투, 표정이 자연스러웠다.

배경 설명을 하는 자막이 모두 올라가자 의사인 남편이 하얀 가운을 입은 여자 간호사들을 대상으로 강의하는 장면이 나타났다. 무음이었다. 간호사들은 메모를 하거나 고개를 끄덕였고, 때로는 손을 들어 질문도 했다. 이윽고 장면이 바뀌어 남자의 집에서 아내가 전화로 누군가와 이야기를 나누는 장면이 나왔다. 아내와 통화중인 사람은 남편이 근무하는 종합병원의 간호사였다. 전화기를 들고 있는 아내의 표정이 심란했다.

해가 지고 거리에는 어둠이 내리고 있었다. 남편이 귀가하자 아내는 방으로 따라 들어오며 그의 옷을 받아들었다.

"당신 나한테 숨기는 거 없어?"

"뜬금없이 숨기다니? 뭘?"

남자의 목소리는 평화롭고 일상적이었다.

"오늘 홍지윤이 전화 왔었어."

무엇인가 작심한 듯한 목소리였다.

"그런데?"

남편은 넥타이를 벗어서 아내에게 건넸다. 넥타이를 받아 든 아내는 방에서 나갈 생각을 않고 옷을 갈아입는 남편을 바라보고 있었다. 바라본다가 아니라 노려본다고 해야 맞을 것 같았다. 바지를 벗어 든 남편이 아내에게 말했다.

"왜 그렇게 서 있어?"

"당신 정말 뻔뻔스러워."

"뭐?"

"뻔뻔스럽다고!"

"무슨 소리야? 지금."

"몰라서 물어? 당신 나한테 잘못한 거 없어?"

"잘못? 내가 당신한테 무슨 잘못을 했다고 그래?"

"아주 인이 박였구만."

"무슨 소리를 하는 거야? 종일 일하고 온 사람한테?"

"이일? 이일?"

"그래, 일. 왜 그래? 무슨 일 있었어?"

"무슨 일? 당신 왜 말 안 했어?"

"무슨 말? 무슨 말인지 좀 알아듣게 얘기해봐."

여자는 넥타이를 장롱에 걸고, 문을 탁 소리 나게 닫았다.

"당신, 여자 간호사들 데리고 하는 봉사팀장 맡았다며?"

"어떻게 알았어?"

"왜? 들키니까 찔려? 그렇게 찔릴 거면 진작에 왜 말 안 했어?"

"찔리긴 뭐가 찔린다고 그래?"

"찔리는 게 없는데, 어떻게 아는지는 왜 물어?"

"이 사람이 무슨 말을 하는 거야. 당신이 병원 그만둔 지가 언젠데, 아직도 병원 일을 어떻게 아나 싶었을 뿐이야."

"그래서, 내가 모른다고? 모르겠구나 싶어서 얼씨구나 좋다, 지화자 좋다 하며 여자 간호사들 봉사팀을 맡은 거야?"

"지금 그걸 따지는 거야?"

"그래. 그럼 내가 그걸 그냥 못 본 척 넘어가야 해?"

"그건 일이야. 일!"

"일은 무슨 얼어 죽을. 여자들하고 어울려 다니며 시시덕거리겠다는 거 아냐?

"시시덕거리다니! 말조심해!"

"말조심하라니! 지금 조심해야 할 사람이 나야? 종일 여자들하고 시시덕거리고 들어온 사람은 당신이야. 조심해야 할 사람은 당신이라고!"

"무슨 말 같잖은 소리를 해. 내가 언제 여자들하고 시시덕거렸어? 어디서 그런 말을 쓰는 거야? 그게 남편한테 할 소리야?"

"부부간에 그런 말도 못 해?"

"부부라고 막말해도 되는 거야? 그리고 내가 하는 일은 우리 병원의 봉사활동이야, 봉사! 병원홍보! 알아? 내 일이라고. 요즘 병원들이 경쟁이 치열해져서 홍보차원에서 대외 봉사활동 많이 하는 거 당신도 알잖아? 그리고 여자 간호사들하고 봉사팀을 꾸리든 남자 간호사들하고 팀을 꾸리든 그건 일이라고. 밖에서 봉사 활동하는데 여자 간호사들이 주축인 게 뭐가 이상해? 종일 일하고 온 사람한테 수고했다는 말은 못 할망정."

"당신이 켕기는 게 없으면 왜 말 안 했어?"

"무슨 말을 해야 해? 내가 당신한테 병원에서 하는 일을 일일이 다 알려야 해? 오늘은 어떤 환자를 수술했고, 내일은 어떤 환자를 수술할 거라는 둥, 어제 수술한 환자가 죽어버렸다는 둥, 그런 이야기를 일일이 다 알려줘야 해?"

"누가 일일이 다 알려달랬어? 적어도 그 여우같은 여자 간호사들 데리고 하는 일이라면 나한테 상의했어야 하는 거 아니야? 오늘 홍지윤이 전화 왔더라. 너 그거 아느냐고, 김승주 과장님이 여자 간호사들로 구성된 의료봉사팀 팀장 맡으신 거 아느냐고? 쪽팔려 죽는 줄 알았어. 홍지윤이 고게 내 생각해서 그런 말 했겠어? 너네 남편 밖에서 이러고 있다, 하고 약 올리려고 전화한 거 아니야? 왜 말 안 했어? 미리 말해줬으면 내가 쪽팔리지는 않았을 거 아냐?"

"참나! 거기 봉사팀들은 여자가 아니라 간호사들이야. 그 사람들을 내가 여자로 만나는 거야? 직원으로 함께 일하는 거잖아?"

"그 돌싱 지은희는, 날마다 그렇고 그런 소문을 퍼뜨리는 김윤경은, 가슴을 있는 대로 디밀고 다니는 강은수는 여자 아냐? 당신도 그 여자들이 어떤지 알잖아? 그 여자들 보면서 아무 생각도 안 했어? 아무 생각도 안 했냐고? 김윤경이 고건 안 봐도 뻔해. 눈 똑바로 뜨고 당신 쳐다보며 생글생글 웃겠지. 그런 거 보면서도 당신은 아무 생각 안 했어?"

"안 했어! 안 했다고! 됐어?"

"안 해? 안 해? 퍽도 안 했겠다. 당신은 남자 아니야? 돌부처야?"

"생트집 잡지 마. 그런 생각 안 했으니까. 그리고 그만 해. 나 무지하게 피곤해."

"좋아. 이번 한 번만은 내가 용서하겠어. 대신 앞으로 이런 일 생길 때는 반드시 내게 먼저 이야기하고 상의해야 해."

"왜? 왜 그래야 하는데?"

"부부니까!"

"부부는 회사 일까지 다 알아야 해?"

"알아야지. 당연한 거 아냐?"

"왜 알아야 해?"

"내가 당신 아내니까! 일심동체니까!"

"기가 막히는군."

"기막히는 쪽은 내 쪽이야."

두 사람은 여전히 싸움을 이어갈 태세였지만 단편극은 거기서 끝났다. 극이 끝나자 텔레비전 화면은 다시 교장의 얼굴로 채워졌다.

"다소 웃기는 장면이라고 생각하십니까? 좀 황당할 수도 있겠습니다만, 이 이야기는 저희가 꾸며낸 이야기가 아닙니다. 김승주라는 의사의 이름은 가명입니다만, 실제로 있었던 사건을 극화한 것입니다. 게다가 이 정도의 다툼은 어느 집에서나 흔히 일어나는 일입니다. 흔히 일어난다고 해서 바람직하다는 말씀은 아닙니다."

교장은 꽤 심각한 얼굴로 이야기했지만 인선이 보기에는 별로 심각할 것도 없었다. 저런 정도야 부부간에 사랑을 확인하는 애교 정도로 보아야 하지 않을까. 결혼생활이 파국으로 치닫는 전조라고 하기에는 약했다. 오히려 그 정도 다툼도 없다면 결혼생활이 밋밋해질 것 같았다. 인선은 내심 미소를 지었다. 저것이 결혼생활의 실체라면 충분히 자신이 있었다.

"아쉽게도 부부는 일심동체라고 믿는 사람, 일심동체여야 한다고 믿는 사람들이 마주치게 되는 불행은 이 정도가 아닙니다. 방금 시청하신 드라마의 주인공인 전직 의사와 그 아내는 이런 문제로 끊임없이 다투었습니다. 계속해서 다음 드라마를 봐주십시오."

화면은 어느 집의 거실을 보여주었다. 좀 전에 나왔던 그 남자 배우와 여자 배우였다.

남편 김승주는 거실 소파에 앉아 텔레비전을 보고 있었다. 거실과 하나로 트인 주방에서 아내는 등을 보인 채 싱크대 앞에 서서 요리를 하는 중이었다. 이윽고 아내는 주방 곁에 딸린 베란다로 나가 대파를 가져왔다. 아내가 대파의 껍질을 벗겨내고 수돗물을 틀어 그걸 씻는 동안 남편은 텔레비전 채널을 이리저리 돌렸다.

아내는 여전히 뒷모습만 이쪽으로 보여준 채 도마 위에 파를 놓고 쓸기 시작했다. 아내의 도마질 소리가 영 서툴렀다. 도마질 소리는 다다다다다 자연스럽게 연결되지 않고 탁, 탁, 탁, 탁, 틱, 탁, 톡, 띄엄띄엄 그것도 때때로 일정치 못한 높이로 울렸다.

'연기는 좀 하는 것 같더니 도마질은 엉망이네. 하기야 배우로 성공할 생각이나 했지, 어디 요리를 해봤을라고.'

그러고 보니 나이를 스물여덟이나 먹고도 인선도 도마질을 해본 적은 없었다. 엄마는 인선은 물론이고 언니 미란에게도 부엌일을 시키지 않았다. 그럴 시간 있으면 공부나 해라, 고 했다. 꼭 우리 엄마만 그랬던 것은 아니었다. 대학교 여자 동창들 중에 도마질을 해본 적이 있는 사람은 드물었다. 설령 해봤다고 해도 한두 번이었을 뿐 도마질이라고 해도 좋을 만큼 잘하는 친구는 없었다. 그러니 여배우를 탓할 일은 아니라는 생각이 들었다. 언젠가 한번은 엄마가 이런 말을 한 적이 있었다.

"다 같은 자식으로 태어났는데, 엄마는 딸이라서 니들 외삼촌들은 안 하는 부엌일을 도맡아 했다. 그때는 그래야 하는 줄 알았지만, 시간이 지나고 보니까 네 외할머니한테 서운하더라."

그래서 너희는 아들처럼 키우고 싶었다고. 아들과 똑같은 대접을 해주고 싶었다고 했다. 엄마는 인선과 언니 미란에게 요리는 물론이고, 청소도 빨래도 시키지 않았다. 네 방 청소나 해라, 정도가 엄마가 맡긴 집안일의 전부였다. 엄마가 언니와 나를 아들처럼 대접했지만, 그렇다고 딸이 아들이 되는 것은 아니었다. 인선은 엄마가 아들이 없는 것을 서운해하는 줄 알았다.

"엄마는 우리가 딸이라서 서운해?"

인선이 그렇게 물었을 때, 엄마는 전혀 그렇지 않다고 했다. 딸이라서 친구처럼 지낼 수 있으니 더 좋다고 했다. 인선이 '나는 라면 끓이는 것 말고는 해본 요리도, 할 줄 아는 요리도 없어'라고 했을 때 윤철은 적잖이 놀라는 눈치였다.

"왜? 여자는 요리를 다 잘해야 해?"

"아니, 그런 건 아니지만, 라면 끓이는 거 말고는 해본 요리가 없다니 좀 그러네?"

"뭐가 그런데?"

"딱히 어떻다기보다 여성의 미덕 하나를 잃어버린 건 아닌가 해서."

"뭐야? 여자는 요리나 해야 한다, 이거야?"

"누가 요리나 해야 한다고 그랬어? 요리도 잘하면 좋다 이거지."

"잘하는 윤철 씨나 많이 하셔."

그때 윤철은 뾰루퉁한 표정을 지었다. 지금이 어느 시댄데, 고리타분하기는! 인선이 그런 생각을 하는 찰나 카메라는 거실 소파에 앉은 남편의 얼굴을 비췄다. 남편이 눈살을 찌푸리는가 싶더니 얼굴이 일그러졌다. 불규칙적으로 뚝뚝 끊어지고 엉망인 도마질 소리에 신경이 곤두선 듯했다. 잔뜩 일그러진 얼굴로 도마질하는 아내의 등을 쳐다보던 남편이 말했다. 그 목소리에 분명히 짜증이 배어 있었다. 오늘의 도마질이 문제가 아니라, 묵은 짜증이 오늘의 도마질로 터져 나온 거였다.

"그걸 지금 도마질이라고 해? 당신은 대체 할 줄 아는 게 뭐야!"

남편의 격한 반응에 아내 역시 홱 돌아서며 분노를 터뜨렸다.

"그럼 잘하는 당신이 해!"

아내는 소리를 빽 지르더니 칼을 도마 위에 던지듯이 내려놓고는 안방으로 향했다. 남편이 벌떡 일어났다. 화면은 거기서 멈췄다. 저 다음에는 어떤 장면이 이어지는 것일까. 남편이 아내의 어깨를 홱 잡아채며 빽 소리를 지를까. 아내가 남편을 향해 악을 써댈까. 그러다가 남편의 손이 아내의 뺨을 후려칠까. 인선은 멈춰버린 그 화면의 다음 장면이 궁금했다. 아무리 좋게 상상하려고 해도 한바탕 큰 싸움 없이 지나갈 저녁처럼 보이지는 않았다.

정지된 화면 속에서 두 사람은 꼼짝도 않고 서 있었다. 그 화면을 배경으로 얼굴 없는 교장의 이야기가 이어졌다.

"이제 막 연애를 시작한 여자친구가 도마질을 저렇게 했더라도 남자가 저런 반응을 보였을까요? 직장의 여자동료인 주부가 야유회에서 저렇게 서툴게 도마질을 했더라도 남자 동료가 저런 반응을 보였을까요?"

아내는 식칼을 던지듯이 내려두고 안방으로 들어가는 길이었다. 남편은 소파에서 반사적으로 일어나 안방으로 향하는 아내를 향하고 있다. 두 사람은 사랑 싸움을 지나 진짜 싸움으로 접어드는 중이었다.

"남편이 저런 격한 반응을 보이는 까닭은 무엇일까요? 남편 말대로 아내가 뭐 하나 제대로 하는 게 없었을지도 모릅니다. 설마 할 줄 아는 게 하나도 없기야 했겠습니까. 다만 남편의 눈에 차지 않았겠지요. 하지만 중요한 것은 잘하고 못하고가 아닙니다. 아무리 잘해도 상대방의 눈에 차지 않는다면 그것은 제대로 못하고 있다는 말이 됩니다. 아무리 못해도 상대방의 눈에 들면 잘하고 있는 셈이고요. 그러니 이 문제는 딱히 잘하고 못하고의 문제가 아닐 것입니다.

문제는, 부부는 일심동체라는 인식 때문입니다. 이 드라마 속의 부부에게는 적절한 거리와 자기만의 세계가 없습니다. 거리가 없기에 남편이 하는 일, 남편의 생각을 아내가 모두 알아야 한다고 믿는 것이고, 아내의 세계를 인정할 수 없기 때문에 남편은 아내의 사소한 단점을 용서할 수 없는 것입니다."

저것은 일심동체의 문제가 아니라 사랑의 문제가 아닐까. 두 사람 사이에 사랑이 식어버렸기 때문에 저런 일이 벌어지는 것은 아닐까. 사랑하는 사람이라면 도마질 좀 못한다고 저렇게 화를 내지는 않을 것이다. 여자도 마찬가지다. 사랑하는 남자가 도마질을 못한다고 나무라면 더 잘하려고 노력하면 되는 문제 아닐까. 그게 말처럼 쉽지는 않겠지. 처음부터 남편이 저렇게 화를 냈던 것은 아니겠지. 아내도 잘하려고 노력했겠지. 노력해도 잘 안 되니까 자기도 화가 나 있는데, 남편까지 몰라주니 더 화가 난 것이겠지.

"부부는 일심동체가 아니고, 이심이체입니다. 아니, 이심이체여야 합니다. 부부가 일심동체여야 한다고 생각에 갇혀 있는 한 남편의 일거수일투족을 다 알아야 하고, 아내가 내 기대를 충족시키지 못하는 상황을 용서할 수 없습니다. 나는 해낼 수 있지만 내 배우자는 해내기 어려운 일은 얼마든지 있습니다. 다른 평범한 사람은 다 해내는 일 중에 내 배우자는 해내지 못하는 일 또한 얼마든지 있을 수 있습니다. 그런 것에 불만이 생기는 것은 나와 배우자가 일심동체라고 생각하기 때문입니다. 남자분들 기억하세요. 결혼하고 보면 아내가 요리를 거의 할 줄 모른다는 사실에 놀라게 될 겁니다. 그런 일로 불만을 품지 마세요. 현대의 많은 젊은 여성들은 집안에서 아들처럼 자랐습니다. 그래서 여러분이 잘 아는 여자, 그러니까 엄마와 같은 여자일 수는 없습니다.

여자분들도 마찬가집니다. 내 남편의 회사 일을 내가 모두 알아야 할 필요가 있을까요? 아내니까, 남편이니까, 라는 자세로 접근하면 풀기 어려운 문제가 너무나 많이 발생합니다. 아내와 남편이기는 하되, 아내와 남편이 곧 일심동체여야 한다는 생각은 버려야 합니다. 아내나 남편이 말하지 않는 것을 굳이 알려고 하지 마십시오. 필요하다면 말을 할 것입니다. 세월이 흘러도 알 필요가 없는 문제라면 그냥 넘어가십시오. 여러분이 만약 결혼은 두 사람이 하나가 되는 것이라고 굳게 믿고 있다면, 부부는 하나여야 한다고 생각한다면 결혼과 동시에 지옥을 구경하게 될 것입니다. 너무 가까워지려고 하지 마세요. 익숙함은 경멸을 낳고 낯섦은 매혹을 더한다는 말도 있지 않습니까."

상대가 말하지 않는 것을 굳이 알려고 하지 마라? 윤철이 굳이 결혼에 대한 이야기를 꺼내지 않으면 꺼내지 않아야 하는 걸까? 나도 말을 꺼내지 않고, 윤철도 말을 꺼내지 않으면 어떻게 결혼을 한다는 말인가. 윤철이 말을 꺼내지 않으니 내가 말하는 것이 아닌가. 상대가 알아서 적당히 말을 하면, 이쪽에서 굳이 물을 까닭이 없지 않은가 말이다. 볼썽사납지만 어쩔 수 없는 일이다. 교장의 말은 왠지 남자 쪽 편을 드는 것 같았다.

아내는 남편의 바깥생활을 알고 싶다. 부부라면 당연히 알고 싶은 것이다. 남편을 의심해서가 아니라 걱정하기 때문에, 가족인 이상 숨기는 것 없이 서로 이야기를 나누고 서로 보듬고 도와야 하기 때문이다. 그런 관계를 맺지 않으려면 굳이 결혼이라는 걸 할 필요가 없지 않을까. 내가 생각하는 결혼관이 잘못된 것일까? 남자들은 아내와 자질구레한 이야기를 나눌 생각도 없으면서 어째서 결혼이라는 걸 하는 걸까. 오직 여자의 육체가 필요하고, 그 몸을 통해 태어날 자식이 필요한 것일까.

교장은 사람뿐 아니라 살아 있는 것들은 모두 거리에 민감하다고 했다. 홍학은 다른 짐승이 300미터 이상 거리를 유지하면 달아나지 않는다. 그 안으로 다가오면 도망치거나 공격을 시도한다. 사슴은 위험해 보이는 동물이 60미터 안으로 들어오면 달아나고, 아프리카 물소는 사자가 70미터 안으로 접근하면 슬슬 떠나기 시작한다.

각자가 용납하는 거리는 상대가 누구냐에 따라 달라진다. 또 주변 환경이 자신에게 얼마나 익숙한가, 상대의 숫자는 얼마나 되는가, 상대의 몸집 크기는 어떤가, 자신의 기분이 어떤가에 따라 달라질 수 있다. 산비둘기는 인기척만 나도 달아나지만 도심 비둘기는 사람이 1미터 앞까지 다가와도 흘끔흘끔 눈치를 살피며 종종걸음 칠 뿐 푸드덕 날아오르지 않는다. 같은 도심 비둘기라도 다가오는 상대가 어른이냐 어린아이냐에 따라 반응이 다르다. 다 큰 인간은 자신을 잡으려고 들지 않지만, 아이들은 잡으려고 든다는 것을 도심의 비둘기들은 경험을 통해 알고 있다.

동물만 그런 게 아니다. 나무나 풀과 같은 식물에게도 적정한 거리가 있다. 너무 붙어서 자라는 나무는 햇빛 부족과 통풍 불량, 뿌리 얽힘으로 허약해지거나 병들어 죽는다. 농부들이 채소 씨앗을 뿌려놓고 나중에 솎아내는 까닭이다. 동식물이 저마다 상대에게 허락하는 거리가 있듯이 사람에게도 각자 거리가 있다. 적절한 거리, 자신이 참아낼 수 있는 거리 안쪽으로 상대가 다가오면 긴장하고 두려움을 느끼거나 불쾌감을 느낀다. 그래서 신경질을 부리거나 공격적으로 변한다.

식물간의 거리는 대체로 물리적 거리라는 형태로만 나타나지만, 사람에게는 물리적 거리 외에도 심리적 거리가 또 있다. 같은 대학 같은 과 동기들이라도 친구가 되는 사람이 있고, 졸업할 때까지 데면데면한 사람이 있다. 여러 사람이 어울리는 동아리에서 누군가는 연인이 되거나 결혼도 한다. 같은 날, 같은 장소에서 만났지만 누군가는 필생의 연인이 되고, 누군가는 영원히 타인으로 남는다. 부부관계도 마찬가지다. 한쪽은 상대가 자신에게서 멀어지려 하니 불만이고, 다른 한쪽은 상대가 너무 가까이 다가오려고 하니 불편함을 느낀다.

오늘 처녀가 한 명 사라졌다

　오늘 교장의 강의는 대체로 결혼생활의 우울함에 관한 내용이었다. 결혼을 하게 되면 정말 그렇게 칙칙한 생활의 옷을 입게 되는 것일까. 결혼은 사랑의 결실인 동시에 연애의 끝이며, 낭만의 노란 스웨터를 벗고 회색빛 생활의 외투를 걸치는 것일까. 윤철이 아직 결혼에 밋밋한 것은 그가 생각하는 거리가 내가 생각하는 거리와 다르기 때문일까. 나는 그에게 나와 가장 가까운 자리에 설 것을 허락하는데, 그는 그럴 마음이 없는 것일까? 시간이 지나면 그 거리가 좁아지기는 하는 것일까.

　학교를 나와 거리로 나서자 매캐한 공기가 훅 밀려왔다. 같은 서울이라도 어느 동네냐에 따라서, 심지어 도로에서 얼마나 떨어지느냐에 따라 대기의 신선도는 차이가 컸다. 나무가 많은 학교 안에서는 느끼지 못했는데, 불과 몇 미터 떨어진 거리로 나서자 매연과 소음이 마치 주인처럼 버티고 서 있었다. 그러나 매캐한 공기 속에도 어김없이 봄의 냄새, 생명의 기운은 숨어 있었다. 아직은 겨울의 끝, 그러나 첩자처럼 숨어든 봄은 곧 점령군이 되어 당당하게 제 모습을 드러낼 것이다. 인선이 막 학교를 빠져나와 타박타박 걷고 있을 때 빨간색 자동차가 옆에 서며 창문을 내렸다.

"언니, 어디로 가요?"

같은 반 삼총사 희인, 은미, 선희였다. 올해 대학을 졸업한 그녀들은 셋 모두 직장이 없었고, 함께 어울려 다녔다. 일주일 내내 거의 하루도 빠지지 않고 만나 차를 마시고, 밥을 먹고, 수다를 떨고, 주말에는 결혼학교까지 함께 다녔다.

그녀들은 농담처럼 말했다. 직장 구한답시고 설레발쳐봐야 다 임시직일 뿐이다. 자신들은 평생직장이자 자기만의 왕국을 건설하는 것이 목표라고 했다. 직장생활을 해서 돈이야 몇 푼 벌 수야 있겠지만, 결국 자기만의 왕국 건설이 몇 년 늦어질 뿐이라며 깔깔댔다. 그녀들의 맑은 웃음 속에는 서른을 앞둔 여자의 불안 같은 게 있을 리 없었다. 서른의 턱밑에 다다른 지금에 와서 생각해보니 이 아이들의 판단이 옳은 것 같았다.

"응? 아, 나 약속이 있어서."

"태워드릴게요. 타세요."

셋 중에 가장 상냥하고 명랑한 은미였다. 희주의 말대로 여성의 가장 큰 무기가 귀여움, 상냥함, 명랑함이라면 은미는 모든 걸 다 갖춘 아이였다. 그녀는 언제나 환하게, 목젖이 보일 정도로 깔깔거리며 웃었다. 그녀가 웃을 때 드러나는 가지런하고 하얀 이는 그야말로 보석 같았다. 명랑하고 상냥한 여자를 어떤 남자가 좋아하지 않겠는가. 게다가 은미는 보기 드물게 미인이었다. 어디에 손을 댄 게 아니라 타고난 얼굴이었다.

"가까워. 걸어가면 돼."

"아이, 태워드릴게요. 타요."

"정말 안 그래도 돼. 차 타고 가면 한참 기다려야 해. 천천히 걸어 갈게, 고마워."

"알았어요. 주말 잘 보내요. 언니!"

은미는 손을 크게 흔들었다. 자동차는 미끄러지듯 멀어졌다. 저렇게 셋이 뭉쳐 다니면서 남자는 언제 만나고, 결혼은 언제 하려는 것일까. 그럼에도 세 사람 모두 가능한 한 빨리 결혼할 것이며, 다른 일에는 별 관심이 없다고 했다. 일단 좋은 남자를 만나 결혼만 하면 다른 모든 문제가 정리된다고 굳건하게 믿고 있었다. 결혼은 결코 낭만적이지 않으며 칙칙한 생활의 색을 띤다는 교장의 말 따위는 그녀들의 확신에 어떤 영향도 주지 않는 것 같았다. 성격과 습관이 운명을 결정한다는 말이 그대로 적용된다면 그녀들의 결혼생활은 행복하고 아름다울 게 분명했다.

눈처럼 하얀 드레스를 입고 결혼식장에 입장한다. 사랑의 서약을 한다. 이윽고 나를 평생 지켜줄 든든한 왕자님의 팔짱을 끼고 행진한다. 그가 팔짱 낀 팔에 힘을 준다. 단단한 근육의 질감이 내 손바닥으로 전달된다. 앞으로 펼쳐질 자신의 인생에 결혼식장의 화려한 레드 카펫과 같은 꽃길이 펼쳐지지 않을 까닭이 없다. 진실로 사랑하는 남자와 결혼하는 여자는 미래를 의심하지 않는다. 오직 내 남자의 굳건한 팔을 붙잡고 있기만 하면 된다. 그의 팔에 힘이 있는 한, 그의 팔을 붙들고 있는 한 어떤 위험도 불안도 없을 것이다.

교장은 남자들은 일반적으로 결혼을 그다지 축복으로 생각하지 않는다고 했다. 결혼 적령기의 남자들 중에는 결혼을 일종의 무덤으로 여기는 사람도 있다고 했다. 청춘의 한 시절, 화려하고 자유로웠던 총각시절이 끝나고, 사슬에 묶인다고 생각한다는 것이다. 결혼을 앞둔 여자들이 설렘과 기대에 찬 미래를 그리고 있을 때 남자들은 곧잘 신경질을 부린다. 웨딩드레스를 고르고, 웨딩 촬영을 하고, 예식장과 신혼 여행지, 신혼집을 채울 각종 가구와 인테리어 소품을 구입하기 위해 여자들은 기꺼이 시장바닥을 헤맨다. 여자들이 분주히 시장 바닥을 헤매며 스스로를 대견한 사람이라고 여길 때, 남자들은 하루하루 분명하게 다가오는 결혼식 날을 불안하고 암울한 눈으로 바라본다는 것이다.

보통의 여자들에게 친구들보다 다소 이른 결혼은 자랑이고 작은 승리가 될 수 있지만, 남자들에게 친구들보다 먼저 하는 결혼은 결코 자랑거리가 아니다. 오히려 친구들보다 한발 먼저 진창에 발을 들여놓는 과정일 뿐이라고 생각하는 경우도 있다. 여자들은 친구의 결혼을 축하하면서 부러움과 함께 자기 미래에 대한 다소간의 불안을 느끼지만, 남자들은 친구의 결혼을 겉으로는 축하하면서도 내심 측은해한다.

쯧쯧.

축하를 받는 남자들도 친구들의 '축하한다'는 말 속에 혀 차는 소리가 숨어 있음을 알고 있다. 그래서 결혼을 앞둔 남자는 친구들과 만나고 헤어진 저녁에 공연히 한숨을 쉬기도 한다. 결혼식장이나 피로연에서 결혼한 친구에게 남자들이 '부럽다, 부러워'라며 던지는 말들은 모두 겉치레일 뿐이다. 대부분의 평범한 남자들은 친구의 결혼을 부러워하지 않는다. 그들에게 조금이라도 아쉬운 게 있다면, 오늘 또 세상의 한 여자가 처녀에서 아줌마가 된다는 사실뿐이다.

'그게 결혼학교 교장이 할 소리니?' 하는 생각이 들기는 했지만, 어쩌면 교장의 말이 진실일지도 모른다는 생각도 들었다. 윤철은 자기 친구들의 결혼에 대해 부러워하는 눈치가 아니었다. 남자들에게 결혼이라는 것은 무엇일까. 교장은 여자에게 결혼이 무엇인지, 남자에게 결혼이 대체 무엇인지를 서로 잘 알아야 한다고 했다. 그 점에 대한 명확한 인식과 그에 대한 납득 없이 사람 하나 좋다는 이유만으로 결혼하는 것은 해롭고, 심한 경우 나쁘다고 했다. 사람이 좋으면 연애를 할 일이지, 사람이 좋다고 결혼을 할 일은 아니라는, 괴상망측한 말을 했다.

"남자 쪽에서든 여자 쪽에서든 어느 한쪽이 적극적으로 나서서 상대를 결혼식장으로 몰아갈 수 있습니다. 부모를 동원하고, 친구를 동원하고, 불가피한 상황을 만들고, 때로는 협박하고 애원해서 결혼할 수는 있습니다. 하지만 결혼식이 목표가 아니라 무난한 결혼생활이 목표라면 상대가 스스로 결혼할 마음을 가지도록, 결혼이 필요하다는 것을 스스로 느끼도록 해야 합니다.

당신의 매력, 안정감, 독립성, 미래 등을 은근하게 보여주는 것이 좋습니다. 상대를 압박하는 것은 결코 좋은 결과로 이어지지 않습니다. 설령 결혼한다고 하더라도 상대는 원치 않는 결혼을 했다는 인식을 가질 수 있고, 그렇게 될 경우 살다가 작은 어려움에만 부딪혀도 억울하다는 생각을 하게 됩니다.

부부가 당면한 구체적 문제를 두고 다투는 것과, 애초에 결혼 자체가 잘못되었다는 인식을 갖고 다투는 것은 차이가 큽니다. 똑같은 갈등을 두고도 사랑하는 부부들은 함께 풀어야 할 문제로 간주하지만, 사랑하지 않는 부부들은 자신들이 '헤어져야 할 근거'라고 인식할 뿐입니다. 내가 그를 사랑한다고 해서 상대도 나를 사랑한다고 생각하지는 마십시오.

흔히 내가 어떤 사람을 지극히 사랑하면 그 사람의 사소한 말 한 마디, 몸짓, 미소에도 그가 나를 지극히 사랑한다고 착각하기 십상입니다. 이 사람이 별로 표현을 잘 못할 뿐 진득한 사랑이라고 생각하는 경우도 많습니다. 내가 전혀 관심이 없는 사람의 애정공세가 내게 아무런 의미를 주지 못하는 것과 같은 맥락에서, 내가 사랑하는 사람의 사소한 말은 커다란 의미로 다가오기 십상이고, 그래서 그가 나를 깊이 사랑하고 있다고 착각하는 경우가 있다는 것이지요. 만약 상대가 눈에 띌 만큼 깊은 애정을 표현하지 않는다면 그가 나를 사랑하지 않는 것은 아닌지 마땅히 의심해보아야 합니다. 그저 내 기분 내키는 대로 해석하지 마십시오."

뭐 해? 저녁 같이 할까?

친한 대학 동창 중에 아직 결혼하지 않은 유일한 친구 성애였다.

애들은 어쩌자고 그렇게 일찍 결혼을 해서 친구의 주말을 이토록 심심하게 방치하는 것일까. 토요일 오후 수업이 끝났지만 딱히 할 일은 없었다. 윤철은 토요일이지만 밤늦게까지 일해야 한다고 일찌감치 선언했다.

월요일 오전에 중요한 프레젠테이션이 있다. 오늘 중으로 프레젠테이션 자료를 완성하고, 내일은 부장 입회하에 전 부원들이 나와서 마지막 점검을 해야 한다. 회사 중역들을 상대로 연간 부서별 계획과 목표를 보고하는 자리다. 결과에 따라서 우리 부장이 승진에 결정적으로 유리한 고지에 올라설 수도 있고, 주저앉을 수도 있다. 모시는 부장의 승진은 곧 나의 장래와도 밀접하게 연결돼 있다. 윤철이 이런저런 잡다한 이야기를 늘어놓았지만 핵심은 만날 수 없다는 거였다.

"우리 부장님이 이번에 눈에 불을 켜고 계셔. 입사 동기들보다 3년이나 늦었다고. 이번이 마지막일지도 몰라."

벌써 2주째 윤철을 만날 수 없었다. 그는 매일 밤늦도록 회사에서 일을 했고, 문자와 전화로만 속삭였다. 학창시절 밤늦도록 공부해서 얻은 일자리가 밤늦도록 일하는 자리라니, 사람은 언제쯤에나 늦은 밤의 과업에서 벗어날 수 있을까.

집으로 가는 버스가 도착했지만 인선은 멀뚱한 눈으로 바라만 보았다. 집으로 들어가면 그만이다. 일단 방에 틀어박히기만 하면 그럭저럭 좋지도 나쁘지도 않은 시간을 보낼 수 있다. 그러나 오늘은 토요일. 집으로 들어가기까지가 문제인 것이다. 인선은 어쩔까 망설이다가 성애의 문자에 답했다.

어딘데?

성애의 대답은 즉시 도착했다. 옆에서 봐도 성애는 답답했다. 너무 솔직하다 싶을 정도로 자기 마음을 숨기지 못했고, 어리석다 싶을 정도로 착했다. 아마도 그런 점이 여자친구들에게는 편안한 상대가 될지는 몰라도, 남자들에게는 아무렇게나 대해도 되는 만만한 존재, 그래서 신비로움이 부족한 여자로 비치는 것인지도 몰랐다.

집에 가는 길. 수업 끝났어?

방금. 강남 P. 6시 10분. ㅇㅋ?

갈게.

성애는 친구들 여러 명과 함께 있을 때보다 인선과 둘이 있을 때 더 솔직했다. 친구들과 떼 지어 만나는 자리에서는 다른 사람의 이야기에 간간이 웃거나 꼭 필요한 정도의 맞장구 정도 외에는 그다지 말이 없는 편이었다. 그러나 인선과 단둘이 만났을 때는 자기 이야기를 많이 했다. 친한 대학 친구 중에 인선과 성애 딱 두 사람만 아직 결혼하지 않았고, 그런 점이 묘한 동지의식을 느끼게 했는지도 몰랐다.

성애는 친구들이 결혼도 잘 하고, 아이도 잘 낳고, 남편의 사랑을 받아 제 갈 길을 뚜벅뚜벅 걸어가는 것에 불안을 느끼는 것 같았다. 친구들의 행복한 생활에 대한 불안이 아니라, 자신에게 닥칠지 모를 어둡고 외로운 미래에 대한 불안이었다. 언젠가 한번은 술에 취해서 이렇게 말한 적도 있었다.

"나 좋다는 남자 있으면 확 결혼해버리고 싶어."

반농담처럼 한 말이었지만 성애는 확실히 불안해하고 있었다. 그러나 불행인지 다행인지, 성애와 결혼하자고 덤비는 남자는 나타나지 않았다.

"확 결혼해서 어쩌려고?"

"애 낳고 사는 거지."

"야, 애 낳자고 결혼하나?"

"결혼이 뭐 별거야?"

"별 게 아니면? 아무것도 아니야?"

"아, 몰라, 몰라. 인선아, 나 우울해."

오늘도 아마 성애는 그런 넋두리를 늘어놓을지도 모른다. 그 밑도 끝도 없는 넋두리가 때로는 질리기도 했지만, 성애의 한숨 섞인 넋두리를 듣고 있자면 왠지 황량한 벌판에 혼자만 버려진 것 같지는 않아서 다소간 위안이 되기도 했다.

남자가 어린 여자를 좋아한다고?

강남의 P 카페로 가자면 버스와 지하철을 번갈아 타야 했다. 다행이었다. 할 일이 없어서 초저녁에 집에 들어가고 싶지는 않았다. 엄마는 허구한 날 오밤중이라고 야단을 치지만, 토요일에 일찌감치 집으로 들어가면 오히려 걱정을 하는 눈치였다. '혹시 무슨 안 좋은 일 있었니?'라고 물었지만, '윤철이랑 싸웠니?'라는 말처럼 들렸다. 윤철과 티격태격하지 않는 것은 아니지만, 다투었다고 해서 싸늘하게 돌아서서 집에 일찍 들어가본 적은 없었다.

다행히 버스에는 빈자리가 있어 앉아 왔지만, 갈아탄 지하철은 복잡했다. 다섯 정거장만 가면 되니까 그나마 다행이었다. 사람들은 주말에 다들 어디로 간다고 이처럼 싸돌아다니는 것일까. 다들 만나야 할 사람, 해야 할 일들이 있는 사람들일까. 주말과 휴일은 물론이고 평일 대낮에도 도로가 자동차로 빡빡하게 붐비는 까닭은 무엇일까. 이 사람들이 모두 외근사원들일까. 사무실에서 일하는 사람은 하나도 없는 것일까. 도로가 자동차와 사람들로 미어터지는 순간, 사무실도 여전히 사람들로 북적거리지 않는가. 낮에 그렇게 쏟아져 나와 거리와 사무실을 가득 메웠던 사람들은 밤에 다들 어디로 스며드는 것일까. 대체 어디에 그 많은 사람들이 발을 뻗고 잠을 자는 공간이 있는 것일까. 이다지도 바쁘게 움직이는 사람들은 무슨 일을 얼마나 하는 것일까. 정말 모두들 할 일이 있고, 바쁘기는 할까. 그들은 모두 어디서 와서 어디로 가는 것일까.

복잡한 지하철에서 신문을 펴고 읽는 인간은 통뼈라도 된다는 말일까. 인선은 지하철에 오르자마자 곧바로 신문을 펼쳐 읽는 남자를 흘끔거렸다. 인선이 흘끔거리거나 말거나 남자는 4분의 1로 접은 신문에 눈을 처박고 딴 세상으로 가 있는 듯했다. 전동차가 조금씩 흔들릴 때마다 그가 읽는 신문이 뒷덜미를 덮고 있는 머리카락을 스쳤다. 재수 없어! 더 이상 안으로 파고들 자리도 없었다. 참자, 세 정거장만 참자.

핸드백에서 진동이 울린 것은 그때였다. 내려서 받자. 이 복잡한 데서 어떻게. 스마트폰 진동은 멈췄다가 이내 다시 울렸다. 대체 누굴까. 혹시 성애가 갑자기 급한 일이 생겨서 못 온다는 말일까. 인선은 억지로 핸드백을 들어 올리고 손을 더듬어 스마트폰을 찾았다. 막 통화 터치스크린을 누르려는 순간 수신음은 꺼졌다. 윤철이었다.

"잠깐만요. 잠깐만요. 좀 나갈게요."

인선은 신문을 펴들고 있는 남자와 배낭을 어깨에 멘 고등학생, 그 복잡한 지하철에서도 마주 서서 다정하게 이야기를 나누는 남녀를 밀치고 출입구 쪽으로 나왔다. 전동차 문이 열리기 무섭게 내린 인선은 바로 윤철에게 전화를 걸었다. 윤철은 전화를 받지 않았다. 좀 전까지 전화를 해대더니 뭐 하는 거야. 시각은 벌써 6시를 지나고 있었다. 성애와 만나기로 한 시각은 불과 10분이 남아 있었다. 조금 늦는다고 해도 걱정할 것은 없었다.

인선이 다시 전화를 했을 때에야 윤철은 전화를 받았다. 스마트폰 너머 윤철이 서 있는 장소는 어딘지 알 수 없었지만 소란스러웠다. 적어도 사무실은 아닌 것 같았다.

"나야, 전화했네?"

"어, 나 오늘 일찍 마쳤어."

"밤 새워야 한다더니?"

"예상 외로 일이 척척 풀렸어. 부장님이 흡족해하시니까, 다들 일찍 마무리한 거지. 어디야? 수업은 끝났을 것이고."

어디?

윤철이 어디냐고 묻는다는 것은 만나자는 말이다. 거기가 어디냐? 내가 달려갈게, 아니면 중간에 어디에서 만나자는 말이다.

"어디긴…… 집에 가는 길이지."

인선은 그렇게 대답해놓고 아무도 모를 한숨을 쉬었다. 친구 만나러 가는 길이라고 해야 했다. 성애와 선약이 있지 않은가. 게다가 불쑥 전화를 걸어와 지금 만나자고 할 때는 약속이 없더라도 있다고 해야 했다. 그런데 정작 성애와 약속이 있음에도 인선은 집에 들어가는 길이라고 말해버렸다. 행여 약속이 있다고 말하면 '그래, 그럼 담주에 보자' 하며 전화를 끊을까 두려웠다. 본능적으로.

희주한테 귀에 딱지가 앉도록 들었던 이야기는 결정적인 순간에 아무런 효력을 발휘하지 못했다. 일전에 프로야구 김인식 감독이 말했다.

초등학교나 중학교 때부터 야구를 해온 프로선수들이, 그러니까 평생 야구를 해온 선수들이 시즌이 끝나고 스프링캠프에서 죽어라고 반복훈련을 하는 것은 머리가 아니라 몸이 기억하도록 하기 위해서다. 어떤 상황을 만들어놓고 몇 번이고 반복훈련을 하는 것은 그런 상황이 닥치면 생각한 뒤에 움직이는 것이 아니라, 몸이 반사적으로 움직이도록 하기 위해서다. 정확하게 알고 있더라도 몸이 먼저 움직여주지 않으면 헛일이다. 내야 땅볼이 나왔을 때 1루 주자는 비록 아웃이 확실하더라도 죽을힘을 다해 2루로 달려야 하고, 포수는 1루수 뒤로 재빨리 달려나가 혹시라도 1루수가 놓칠 공에 대비해야 한다. 상황을 포착하고 머리로 생각한 뒤에 움직이면 늦다. 생각하지 않고도 가장 적절한 동작을 취할 수 있어야 살아남을 수 있다.

"그럼, 홍대 앞 그 집으로 올래?"

"알았어."

이건 아니다. 정말 이건 아니다. 나, 미친 거 아냐? 하지만 이미 엎질러진 물이었다. 이제 와서 사실은 집에 일이 있어서 꼭 들어가야 한다거나 친구랑 선약이 있다고 말하는 것은 더 우스꽝스러울 뿐이다. 시각은 벌써 6시 10분을 가리키고 있었다. 망설이다가 성애에게 전화를 냈다.

"성애야, 정말 미안."

인선은 다짜고짜 미안하다는 말부터 쏟아냈다. 어디쯤 왔니, 혹시 벌써 도착해버린 거니? 라고 묻지 않았다. 벌써 도착해 있다고 말하면 더 미안해질 것 같았다. 미안하다는 말에 성애는 잠자코 인선의 다음 말을 기다렸다.

"엄마 전화가 갑자기 왔어. 빨리 좀 들어오래. 사실은 내일 아버지가 미국으로 출장을 가시는데, 오늘 저녁 먹기로 한 걸 깜빡 잊고 있었네. 어떡하지?"

"어떡하긴. 괜찮아."

"벌써 도착한 건 아니지?"

"아니야, 한창 가던 중이야. 안 그래도 좀 늦는다고 문자 날리려던 중이었어."

"아, 그랬구나. 아무튼 성애야, 정말 미안. 아버지 이번에 미국 가시면 한 달이나 지나야 오시거든. 담주에 내가 저녁 살게."

"괜찮아. 가족들하고 좋은 시간 보내."

"어~. 고마워."

휴우. 인선은 가슴을 쓸어내렸다.

홍대 앞 그 집에 윤철은 먼저 도착해 있었다. 부대찌개가 벌써 보글보글 끓고 있었고, 소주병은 반 병 가까이 비어 있었다. 먼저 와서 기다리는 윤철을 보니, 못마땅했던 기분이 다소 가라앉는 것 같았다. 상냥함과 명랑함은 여성의 가장 강력한 무기다. 인선은 활짝 웃으며 말했다.

"오래 기다렸어?"

"아니, 좀 전에."

"어디 보자, 우리 윤철 씨, 그동안 눈코 뜰 새 없이 일만 했다더니 아주 쌩쌩한데? 완전 삶은 미나리가 되어 있을 줄 알았는데?"

"그래? 며칠 동안 못 쉬었는데."

"눈도 아주 반짝반짝 빛나고? 마무리한 일이 아주 마음에 들었나 보네?"

"다들 만족해하는 분위기야. 중역회의 때 프레젠테이션 해봐야 알겠지만, 현재까지는 아주 훌륭하다는 판단이야."

"중역회의에서도 잘될 거야. 그렇게 고생했는데."

"그래야지. 결혼수업은 할 만해?"

"아주 할 만하지. 정말 결혼면허제 이거 딱 필요한 제도란 생각이 들어. 뭐랄까. 이런 공부 안 하고 결혼했으면 십중팔구 싸우다가 볼 일 다 보지 않았을까 그런 생각이 들어. 대학입시는 없애더라도 결혼면허시험은 없어서는 안 된다, 이게 내 신조야."

"얼씨구. 무슨 신조씩이나."

"씩이나가 아니야. 어른들이 결혼면허도 없는 사람은 아직 어린 애라고 하시는 말씀, 이게 빈말이 아니더라고."

"강의가 그렇게 좋아?"

"좋지. 근데 그보다는, 뭐랄까, 삶에 대해서 진지하게 생각해보게 한다고 할까. 내가 이런 말을 하면 윤철 씨는 조금 약오르겠지만, 이미 결혼학교 3개월 과정을 마무리해가는 나와 아직 결혼학교 문 앞에도 못 가본 윤철 씨는 차원이 다르다고 해야 하지 않을까 싶어."

"아주, 신이 나셨군."

"호호. 그렇지?"

"3개월쯤 더 다니고 나면 아주 선생님 노릇하겠다고 나서겠는걸?"

"글쎄, 그럴지도. 근데 윤철 씨…… 나 취직할까 하는데 어떻게 생각해?"

물론 빈말이었다. 일자리를 알아보거나 생각해본 적도 없었다. 아마 앞으로도 그런 일은 없을 거였다. 취직을 해볼 수도 있겠다는 말은 결혼을 조금 미룰 수도 있다는 말이기도 했다. 내가 결혼에 대해 조금 유보적인 생각을 갖게 되었다는 말이며, 더 정확하게 말하자면 너는 나와의 결혼에 대해서 어느 정도까지 생각하고 있는지 알고 싶다는 말이었다.

"갑자기 취직은 왜? 직장생활은 도무지 체질에 안 맞다면서?"

"가능한 한 적성에 맞는 회사를 찾아야겠지. 그리고 꼭 적성에 맞지 않더라도 필요하다면 해야 하지 않겠어?"

"왜? 결혼학교에서 결혼하려면 직장부터 구해야 한다고 그랬어?"

윤철은 농담처럼 말했다.

"그런 게 아니야."

"그럼?"

인선은 소주잔을 탁 털어 비웠다. 원 샷!

소주가 아무리 부드러워졌다고 해도 한 잔을 한꺼번에 들이키는 것은 대학교 1학년 때 신입생 환영회 자리 이후 처음이었다. 목에 격한 충격이 와 닿을 것이라고 예상했지만 의외로 부드러웠다. 술 제조회사들이 부지런히 연구를 했구나. 짜식들.

"남자는 내 인생의 구세주가 아니다."

"뭐?"

윤철은 인선의 입에서 튀어나온 말이 무슨 말인지 알아듣지 못해 반쯤 비운 술잔을 내려놓는 동시에 반사적으로 되물었다.

"내 인생을 구원할 사람은 남자가 아니라, 바로 나 자신이다, 이 말이야."

"빙고! 장족의 발전인데? 그 학교 완전 명문학교가봐."

"뭐?"

뭐 이런 돼먹지 못한 자식이 다 있어? 내가 직장을 구하겠다고 나서면 말려야 할 것 아니야. 이제 조금 있으면 결혼하고 애 낳을 여자가 무슨 직장을 구하고, 일을 배운다는 말이냐. 그래서 언제 결혼을 하고 언제 애를 낳고, 그 애는 누가 키우며, 내 아침밥은 누가 차려주느냐고 따져야 하지 않는가 말이다. 뭐, 빙고? 이게 지금 제정신이야? 대체 상황파악을 못 하는 거야, 안 하는 거야.

"인선 씨 다니는 결혼학교, 좋은 학교라고."

"나 참. 어이가 없어서."

자기도 모르게 화가 치밀었다.

"어이가 없다니? 대단한 학교 맞는데? 불과 3개월 만에 이 낭창한 서인선 여사를 독립군으로 만들어놓았으니 말이야."

윤철은 눈을 반짝이며 말을 이어갔다. 아니 지껄여댔다. 그가 근래에 그처럼 반짝반짝 빛나는 눈으로 이야기하는 모습을 본 적이 없었다. 윤철은 정말로 나와의 결혼에는 관심이 없었고, 오히려 나의 취직에 관심을 가지고 있는 사람 같았다. 혹시 마누라 덕 보고 살 심보를 가지고 있는 걸까?

세상에 어떤 남자도 여자의 행복을 전적으로 책임지고 싶어 하는 사람은 없다. 남자는 여자를 구원하기 위해 세상에 온 것이 아니다. 스스로를 구원하기 위해 세상을 살아갈 뿐이다. 우리 인생에는 각자가 짊어져야 할 짐이 있고, 그것은 여자나 남자나 다를 바 없다. 인생의 짐이 꼭 금전적인 수입을 말하는 것은 아니다. 돈으로 환전할 수 없는 인생의 짐이란 게 있다. 그러니 결혼을 해서 완전한 인간으로 재탄생하기보다는 완전한 인간으로 우뚝 선 뒤에 결혼하는 것이 백번 옳은 것이다. 결혼은 반쯤 부족한 사람끼리 만나 네모를 이루는 것이 아니라, 완전한 네모가 만나 더 큰 네모를 이루는 것이다.

매력 있는 여성이란 자신의 일이 있으며, 자기를 끊임없이 발전시켜나가는 여성이다. 피부는 세월이 가면 빛이 바래지만, 자기만의 세계는 세월이 갈수록 광대해지고 풍요로워진다. 걷지 않으면 멈추는 것이 아니라 퇴보하는 것처럼 자기 세계는 갈수록 커지지 않으면 좁아지는 것이다.

윤철이 입에 거품을 무는 동안 인선은 소주잔을 연거푸 비웠다. 윤철은 입에 거품을 물면서도 인선이 소주잔을 비우면 즉시 잔을 채우는 기민함을 보였다. 잔을 채우고 거품을 물고, 거품을 물고 잔을 채우기를 거듭했다.

"하지만!"

인선은 더 이상 들어줄 수 없다는 듯, 거품을 무는 윤철의 입에 날카로운 빗장을 걸었다. 생각 같아서는 '지금 그게 말이 된다고 생각하느냐?'며 빽 소리라도 지르고 싶었다. 그러나 애써 표현수위를 조절했다.

"문제가 있어! 바로 나이야. 내 나이 벌써 스물여덟. 서른이 코앞이라고. 과연 이 나이에 취직을 결행하는 것이 옳은가 하는 문제가 남아 있어!"

소주 다섯 잔을 연거푸 마셨다. 취기가 약간 도는 것 같았다. 눈앞이 흐릿하거나 혀가 꼬이는 정도는 아니었지만 정상적인 상태가 아닌 것은 분명했다. 조금 전까지 다소 쌀쌀하다고 여겨졌던 실내가 훈훈하게 느껴졌다. 꼭 알코올 때문만은 아니었다.

"여자가 스물여덟에 신입사원으로 취직하기는 아무래도 어려움이 많겠지."

윤철은 인선과 반대로 실내가 갑자기 서늘해졌다는 듯 외투 깃을 올렸다. 공기가 아니라 제 기분이 서늘해졌을 것이다.

"내 말은 취직이 문제가 아니라, 그 뒤가 문제라는 거야. 그러니까 내 말은, 그렇게 취직해서 1년 2년 보내다 보면 완전 다른 길로 빠질 수도 있다는 거야. 지금도 하루하루 무거운 나이 때문에 꽃잎이 지고 있는데, 서른이 넘어봐. 이건 완전히 봄비에 후드득 떨어지는 벚꽃 신세가 될 거 아니냔 말이야."

"그거야 뭐……."

"뭐? 뭔데? 말해봐. 무슨 말 하려고 했어?"

"아니, 나이 한두 살 더 먹는다고 네가 어느 날 갑자기 꽃띠에서 낙엽띠가 되는 것은 아니란 말이지, 내 말은."

"어쨌거나! 나이를 먹으면 소녀는 자라서 아가씨가 되고, 아가씨는 아줌마가 되고, 아줌마는 할머니가 되는 거 아니야? 내가 어느 날 갑자기 낙엽띠가 되는 것은 아니지만, 새로운 꽃띠들이 치고 올라온다 이 말이야. 눈이 있는 남자라면 진짜 꽃띠를 찾겠어, 꽃띠처럼 보이는 낙엽띠를 찾겠어?"

"참 나. 별 걱정을 다 하시네."

"별 걱정? 이게 지금 말이면 단 줄 알아? 내 인생이 걸린 문제야, 인생! 윤철 씨가 책임 질 거야? 어, 내가 일하느라고 낙엽띠가 되면 네가 책임 질 거냐고?"

"왜 나한테 소리를 지르고 그래? 자기가 취직한다고 해놓고는."

"그럼? 그럼? 내가 지금 윤철 씨 말고 누구한테 소리를 질러? 여기 누가 있어?"

그렇게까지 열을 낼 일은 아니었다. 아무래도 술기운이 오른 탓이리라. 윤철은 말없이 한동안 끓고 있는 찌개를 뒤적거리거나 소주를 홀짝거렸다.

"인선아. 내가 이야기 하나 해줄게."

윤철은 인선 씨와 인선아, 너 사이를 자유롭게 넘나들었다. 그가 반짝이는 눈빛을 쏟아내며 탁자 앞으로 바싹 당겨 앉았다. 인선은 술이 확 깨는 것 같았다. 윤철이 진지한 이야기를 하려는 것일까. 어쩌면 아무 걱정하지 마라. 그때야말로 나도 결혼할 준비가 되어 있을 테니, 우리 두 사람이 결혼하는 데 하등의 장애도 없을 것이라고 말하려는 것일까. 인선은 막 비우려던 소주잔을 내려놓고 윤철의 빛나는 두 눈을, 그보다 더 이글이글 타오르는 눈으로 바라보았다.

"남자들이 말이야."

"……"

인선은 소리 나지 않게 침을 꼴깍 삼키며 윤철의 눈을 바라보았다.

"남자들이 결혼할 여자를 찾을 때 제일 먼저 보는 게 뭔지 알아?"

"그야 사람마다 다르겠지."

"맞아. 하지만 장담컨대, 남자들이 결혼할 여자를 찾을 때 맨 먼저 고려하는 게 나이는 아니야. 모르기는 해도 나이는 3, 4순위에도 못 들걸? 남자들이 제일 관심을 가지는 것은 이 여자한테 무슨 매력이 있느냐, 장점이 뭐냐. 말하자면 '이 여자가 내 옆에 있으면 내 인생이 얼마나 자랑스러울 것인가' 하는 거야. 물론 어린 나이도 조금은 가산점이 될 수는 있겠지. 하지만 그건 정말 미미하다고 봐. 그러니까, 부모님들께 인사하러 갔을 때 이 여자가 얼마나 자랑할 만한 선물인가, 친구들한테 소개할 때 이 여자가 얼마나 매력적인 여자인가, 너희들은 감히 꿈도 못 꿀 여자가 아니냐, 내가 바로 이 여자와 결혼한다고 자랑하고 싶은 여자를 원한다는 거야. 그러니까 얼마나 대단한 여자인가를 제일 먼저 생각하고, 제일 오래 생각하고, 제일 깊이 생각한다는 거지."

"사랑스러운 여자가 아니고?"

"자랑할 만한 여자가 곧 사랑스러운 여자지. 하지만 사랑하고픈 여자가 자랑스러운 여자가 되는 건 아니야."

"아~ 몰라, 몰라. 복잡해. 쉽게 말해봐. 그래서 내가 나이를 먹으면 어떻게 할 건데? 엉? 어쩔 거냐고?"

"나이 서너 살 많은 것하고는 아무 상관도 없지. 만약 인선이 니가 지금보다 나이를 서너 살 더 먹었지만 지금보다 훨씬 매력적인 일을 하고 있다거나, 특별한 재능을 갖춘다면 지금보다 훨씬 매력적인 여자가 되는 거지. 한마디로 진짜 섹시한 여자가 되는 거라고. 생각해봐. 잘나고 훌륭한 여자와의 잠자리라니! 나이가 어리기만 할 뿐 아무 생각도 없이 맹한 여자와 하는 것하고는 완전히 다를 거야."

"뭐! 지금 내가 생각 없는 여자라는 거야?"

"그런 말이 아니지. 말하자면 나이는 어리지만 별 생각이 없는 여자보다 나이가 좀 들었어도 멋있고 능력 있는 여자가 훨씬 멋있다는 말이지."

"한마디로 여자 덕 보고 살겠다는 거네? 남자란 것들이."

"오~ 노!"

윤철은 들고 있던 포크를 좌우로 흔들었다. 익어서 터진 소시지가 눈앞에서 오락가락했다.

"절대 그런 말이 아니지. 그럴 바에야 돈 많은 집 여자를 찾지. 돈 많은 집 딸이라고 섹시한 건 아니지. 그저 돈이 많아서 편리할 뿐이야. 하지만 멋진 일을 하는 여성은 그 자체로 섹시해. 꼭 그 일이 돈벌이가 되지 않아도 상관없어. 사회적 명예라고 해도 괜찮고, 그 자신이 느끼는 자부심이라고 해도 맞을 거야."

"윤철 씨도 그래?"

"뭐, 나도 남자니까."

"그러니까 윤철 씨는 내가 직장을 구하고 일을 했으면 좋겠어?"

"자기 일을 가지고, 그 일에 일로매진하는 게 좋을 거 같아. 뭐랄까, 그러니까 하루하루 다르게 아내가 성장해가는 모습이 좋다고 할까? 암튼 내 아내가 밤낮으로 남편이나 자식의 성공을 위해 장독대에 물 떠놓고 기도하기보다는 자기 일에서 하나하나 성취를 이루어나간다면 더 보기 좋을 것 같아."

"자기 성공에 신경 쓰느라 집안을 등한시하고, 애들이고 남편이고 나 몰라라 하는 그런 여자 말이야?"

윤철은 픽 웃었다. 살짝 비웃는 것 같아 못마땅했지만, 그 순간 그 미소가 하도 매력적이어서 봐줄 만했다.

"자기 일에서 성공을 원하는 여자가 집안일을 등한시하고, 애들을 나 몰라라 할 것 같니? 절대 안 그래. 집안의 안정, 청결, 건강, 평화, 행복, 아이의 미래 역시 성공을 원하는 여자의 중요한 부분이거든. 사회적으로 성공하는 여자들은 집안 관리도 철저하기 마련이야. 그건 남자나 여자나 꼭 같아. 한 가지 일을 잘하는 사람은 다른 것들도 대부분 잘해. 한 가지를 못하는 사람은 다른 일도 잘 못하고."

"완전 슈퍼우먼을 원하시네."

"그렇지?"

윤철은 자기가 생각해도 남자들이 욕심이 너무 많다는 듯 '그렇지?' 하고 의문형으로 답했다. 그러면서도 그런 생각이 모든 남자들의 생각은 아니라거나, 자신은 그 정도까지 바라지는 않는다는 말을 덧붙이지는 않았다. 그러니까 지금 네 귀에는 못마땅하게 들릴지 모르지만, 지금 내가 하는 말은 변할 수 없는 진실이며 내 마음이기도 하다고 대못을 박은 셈이었다.

"어쨌든 여자의 나이가 어리다는 게 남자들한테 크게 중요한 건 아니야. 아무럼 나이보다야 매력이지."

남자들이 어린 여자를 좋아하는 게 아니라고? 놀고 있네. 이거 왜 이러셔. 남자들은 나이를 먹으나 젊으나 무조건 자기보다 어린 여자, 그것도 새파란 여자를 좋아하지 않는가 말이다. 주름이 자글자

글하고, 뱃살이 축 늘어진 영감들도 새파란 여자애들 끼고 앉아 시시덕거리지 않는가 말이다. 그래, 좋다. 놀 여자는 어린 게 좋고, 결혼할 여자는 나이를 먹더라도 자기만의 매력을 갖춘 사람이 좋다고 치자. 그렇게 매력을 갖추느라고 세월을 보내는 동안 나랑 나이가 맞는 적당한 남자들은 하나둘 결혼을 하지 않는가 말이다. 시쳇말로 내가 인생의 매력 포인트를 찍는 동안 눈 밝은 것들이 좋은 남자들을 하나둘 채가지 않는가 말이다. 이건 매력이고, 아름다움이고, 자기 세계이고를 떠나 매일 눈앞에서 벌어지는 분명한 현실이 아닌가 말이다. 좋은 남자들이 하나둘 유부남으로 변해간다는 사실은 정말로 화가 나는 일이었다.

자기 목표를 갖고, 자기만의 세상을 열라고? 웃기고 있네. 그래서 내 세계를 활짝 열었는데, 열고 보니 좋은 남자는 약삭빠른 여자들이 모조리 채 가고, 비리비리하고 볼품없는 남자들만 남아 있다면 어쩔 것인가? 내가 그런 남자들 구제하자고 나만의 매력을 가꾸고, 나만의 세상을 열기 위해 죽자고 달려가라는 말이니? 이거야말로 죽 쑤어 개 주는 꼴이잖아. 매력도 좋고, 자기만의 세계도 좋다. 하지만 더 좋은 건 잘난 남자, 좋은 남자를 재빨리 차지하는 것이다. 약삭빠르고 눈 밝은 여자들이 채 가기 전에. 요건 절대로 변하지 않을 진리가 아닌가 말이다. 다 알면서 웬 헛소리!

왜 다들 나만 갖고 그래

인선은 현관 문 앞에서 긴 한숨을 쉬었다. 검은 하늘의 반달이 그녀를 바라보았다. 겨우 밤 10시가 지났을 뿐인데, 인적이 끊어져 세상에는 오직 그녀와 달만 있는 듯한 착각이 들 정도였다. 인선이 딱잘라 오늘은 자러 가지 않겠다고 말하자 윤철은 투덜거리며 돌아섰다. 바래다주겠다는 것을 뿌리쳤는데, 그는 정말 바래다주지 않았다. 하기는 강남에서 군포는 결코 가까운 거리가 아니었다.

남자들, 욕심이 참 많구나. 윤철이가 욕심이 참 많구나. 내게 결혼 이야기를 꺼내지 않았던 것이 꼭 자기가 바빴기 때문만은 아니었구나 하는 생각이 들자 왠지 서글펐다. 세상에 욕심은 여자가 부리는 것인데, 어쩌자고 그 욕심을 받아줘야 할 남자까지 욕심을 부리고 난리래? 이래가지고 사람들이 어떻게 결혼을 할 것이며, 어떻게 함께 살아갈 수 있을까. 세 집 건너 한 집이 이혼한 집이라니, 그럴 만도 하다 싶었다. 그렇게 욕심이 많은 것들끼리 한 집안에 들어가 사는데 집안이 온전할 수가 없지 않은가 말이다. 아, 욕심 많은 인간들이여. 사람의 불행은 욕심에서 비롯한다는 현인들의 말은 빈말이 아니었다.

어휴.

어느덧 취기는 많이 사라져 있었다.

인선이 집에 들어갔을 때 문을 열어준 사람은 시집 간 언니였다. 형부와 조카들까지 집에 와 있었다.

"어쩐 일이래?"

"담주 화요일이 아버지 생신이잖아. 마침 오늘 네 형부도 노는 날이라 왔어."

인선은 거실로 들어가며 인사했다.

"다녀왔습니다. 형부, 오셨어요?"

"아, 처제. 왜 이렇게 늦었어. 처제 보고 가려고 기다리고 있었지."

"왜요? 용돈이라도 주시려고요?"

"얘는."

언니가 어깨를 살짝 밀었다.

"아, 줘야지. 우리 처제 아니면 내가 용돈 줄 데가 어디 있나?"

한국수자원공사인 K-water 홍보실에 근무하는 형부는 우리 집안 친척들 앞에서 자기를 소개할 때마다 '물, 자연 그리고 저 윤정식입니다'라고 말했다. 그것이 무슨 말인지 모르는 사람들에게 어머니는 이 사람이 K-water에 근무한다고 했다가, 그 말을 못 알아듣는 친척들에게 수자원공사라고 덧붙이곤 했다. 형부가 지갑에서 5만 원짜리를 꺼내며 살짝 언니의 눈치를 살폈다. 뒤에 서 있는 언니의 눈빛이 화살이 되어 뒷덜미를 찌르는 것 같았다. 아이들 유치원비와 학원비라도 보태겠다며 기어이 행복세 징수원으로 나선 언니였다.

행복세 징수는 유난히 납세자의 저항이 심했다. 힘든 만큼 보수도 좋았다. 대학에서 영어영문학을 전공하고 무역회사에 취직했던 언니는 첫아이 출산과 함께 회사를 그만두었고, 둘째까지 어느 정도 자라자 다시 일을 시작했다. 위장 이혼한 부부를 하루에 2, 3건씩만 처리하면 되는 일이어서 시간적으로도 여유는 있었다. 그럭저럭 말이 통하는 부부를 만나면 한두 시간에 2, 3건을 다 해결할 수도 있었다. 하지만 위장이혼까지 한 부부에게 세금을 부과하는 일이 녹록할리 없었다. 그럼에도 언니는 언제나 생글생글 웃었다. 그 웃음 속에 사람을 다소 깔보는 듯한 빈정거림이 숨어 있다는 사실을 아는 사람은 많지 않았다. 하여간 어릴 때부터 똑소리 나는 사람이었고 집안 어른들의 사랑을 독차지했다.

"근데, 뭐 특별한 일이라도 있어요?"

형부가 밤 10시가 넘도록 자기 집으로 가지 않고 인선을 기다렸다는 건, 할 말이 있는 것이다. 하지만 중요하거나 급한 일은 아닌 것 같았다. 급한 일이었다면 전화를 해서 일찍 들어오라고 했을 테니 말이다. 형부는 미적거렸다.

"이걸 어떻게 말해야 하나……. 좀 미안하기도 하고……."

"뭔데요?"

"애, 니 형부가 너 취직시켜준댄다."

엄마였다.

"취직?"

윤철을 만나 취직하겠다고 큰소리쳤지만, 취직을 생각해본 적은 없었다. 스물여덟 먹도록 딱히 이렇다 할 경력도 없고, 자격증도 없었다. 학창시절에 토익 시험을 쳐보기는 했지만 이렇다 할 외국어 점수도 없었다. 있다고 해도 유효기간이 지난 것들이라 증빙자료로 쓸 만한 것은 아니었다.

"이리 와서 좀 앉아라. 자네도 앉아서 차근차근 설명해주게."

아버지와 형부가 소파에 나란히 앉고, 인선은 엄마 옆에 앉았다. 언니는 "애들이 자나, 조용하네"라며 아이들이 놀고 있는 방으로 건너갔다. 결혼하기 전에 자기가 쓰던 방이었다.

"처제, 미리 얘기해두지만 아주 좋은 자리는 아냐."

"좋고 나쁜 게 어딨어. 뭐든 일을 하는 게 중요하지. 아니면 재까닥 시집을 가든가."

"엄마는."

"처제, 내년이면 K-water가 창립 50주년을 맞아요. 1967년 11월에 창립했거든. 그래서 2017년 11월 16일 제50주년 창립기념일에 맞춰 K-water 50년사를 발간할 계획이야. 올 5월부터는 작업에 들어간다는 방침을 정했어."

답답하게. 뭘 그렇게 에둘러 말씀하세요, 형부.

"제가 거기서 해야 하는 일은 뭔데요?"

"50년사 발간 작업이지. 물론 혼자 하는 것은 아니고, 별도 팀이 가동될 거야. 거기 팀원이 되어서 앞으로 1년 6개월 동안 함께 일을 하는 거지."

"계약직이네요?"

"그렇지. 한시적 계약직이야. 하지만 일단 일을 하다보면 또 다른 일들이 생기고, 그러다보면 장기적으로 일을 이어갈 수도 있어."

"구체적으로 제가 해야 하는 일이 뭔지 알 수 있어요?"

"K-water 50년사는 대충 창립기, 도약기, 성장기, 미래의 비전, 이렇게 4개 부문으로 구성될 거야. 각 기에 해당하는 자료는 대충 다 나와 있어요. 10년사도 있고, 20년사도 있고, 30년사도 있거든. 특별호도 있고, 각종 자료는 충분히 있어. 이 자료들을 갖고 K-water 50년을 집대성하는 거지. 어디에 어떤 내용이 배치되어야 할 것인지 윤곽도 대략 나와 있어. 부족한 건 새로 찾고, 보충해야 하지만."

나쁘지 않았다. K-water라면 한국에서 손꼽히는 공사다. 그런 회사의 50년 역사를 정리한다, 정말로 나쁘지 않다. 어쩌면 좋은 경력이 될 것이다. 게다가 거기서 일하다보면 괜찮은 남자를 만날 가능성도 높다. 좋은 회사니 괜찮은 남자들이 수두룩하게 모여 있겠지. 적어도 외모로 볼 때 나는 결코 빠지지 않는다. 이만하면 학벌도 집안도 괜찮다. 모르기는 해도 K-water에는 여자 직원보다는 남자 직원이 훨씬 많을 것이다. 일단 수적으로도 몇 점 따고 들어가는 것이다. 나쁘지 않은 게 아니라 좋다. 아, 끌린다. 하고 싶다.

하지만 아무리 끌린다고 해도 덜컥 하겠다고 덤벼서는 곤란하다. 형부가 먼저 제안한 이상 칼자루는 내 손에 있다. 살짝 미적거리는 게 오히려 좋을 것이다. 기왕이면 형부가 다소 어렵게 내 동의를 얻어내는 모양을 갖추는 게 좋다.

"글쎄요. 제가 할 수 있을까 모르겠네요."

인선은 무슨 일을 어떻게, 얼마나 해야 하며, 연봉은 어느 정도인지 알고 싶었다. 아무리 형부라고 해도 연봉이 얼마냐고 대놓고 묻는 것은 쪽팔리는 일이다. 돈 때문에 일을 한다거나 돈 때문에 일을 못하겠다는 인상을 주고 싶지는 않았다. 그럴 필요도 없었다.

"처음부터 잘하는 사람이 어딨어? 배우면서 하는 거지. 네 형부가 힘들게 마련한 자리다. 아무 소리 하지 말고 형부 시키는 대로 해."

엄마는 내게 일을 시키지 못해 안달이 난 모양이었다. 어쩌면 이 일거리도 형부가 자청해서 가져온 게 아니라 엄마가 몇날 며칠 들쑤셨는지도 모를 일이었다. 딱 부러지는 언니 눈치 보랴, 이제 장모님 명령까지 받들어야 하니 형부도 안됐다 싶었다.

"처제가 할 일은 간단해. 전혀 어렵지 않을 거야. 처제, 한글워드 프로세스 자격증 있어?"

이야기를 시작할 때까지만 해도 조금 미적거리던 형부는 자신감이 붙었는지 공세적으로 나왔다. 아마 '내가 할 수 있을까 모르겠다'는 말에서 반승낙을 받았다고 판단한 모양이었다. 까짓 남들도 다하는 일, 나라고 못할 게 있냐고, 한번 해보지 뭐.

"없는데요?"

"하긴 자격증 없어도 별 상관없어. 요즘 누가 일부러 한글워드 자격증 따나. 한글 타자는 잘 치지?"

"타자야 뭐."

학창시절 지겹도록 리포트를 작성했고, 이메일을 쓸 때도 타자는 늘 친다. 아주 무서운 속도로 다다다다다 친다고 할 수는 없지만 불편함을 느낄 정도는 아니다. 꼭 필요하다면 지금부터 연습을 하면 된다.

"그러면 됐어. 타자만 잘 치면 돼. 발간팀 선배들이 수집해서 넘겨준 자료를 타자 쳐서 입력하고, 사진 배치하고, 정리하는 일이거든."

"네? 타자요?"

"왜, 전혀 못 쳐?"

나 참, 기가 막혔다. 그러니까 지금 형부가 내게 맡기려는 일은 타자수 자리란 말이잖아. 50년산지, 500년산지를 만드는데, 자료를 수집하고, 분별하고, 구성하는 작업은 남들이 다 해주고, 그 자료를 받아서 타자를 치라는 거잖아. 그게 형부라는 사람이 할 소리야? 지금 제정신이야. 내가 명색이 서울의 중상위권 대학을 졸업한 재원이라는 사실을 모른다는 말이야? 설마하니 형부라는 인간이 처제의 학력을 모른다는 게 말이나 돼? 미친 거 아냐?

"잘 못 치면 지금부터라도 연습을 좀 해봐. 어차피 일은 5월부터 시작이니까, 아직 한 달 이상 남았어. 그 정도 시간이면 웬만큼 속도를 끌어 올릴 수 있을 거야."

"그래, 얘. 연봉이 2,200만 원이란다. 거기에 식대하고 교통비는 또 따로 준단다. 얼마나 좋니?"

"엄마! 뭐가 좋아요? 연봉 2,200만 원을 받고 나보고 지금 타자 치라는 거 아니야? 형부, 어떻게 나한테 그런 일을 소개할 수 있어요?"

형부는 당혹한 얼굴로 변명했다.

"아니 처제, 그런 게 아니고, 전적으로 타자만 치는 일은 아니고, 타자도 쳐야 한다는 말이지. 요즘 컴퓨터로 타자 안 치고 하는 사무직이 어디 있어. 너무 예민하게 받아들일 필요는 없다고. 게다가 평생 그 일을 하는 것도 아니고, 일단 그렇게 일을 시작하다 보면, 다른 여러 일거리를 따로 맡아서 외주 사업을 할 수도 있고 말이야. K-water 외주 발주 사업이 의외로 많아요."

"뭐예요. 그게 그거지. 타자 친다는 말 아니에요? 지금 나더러 타자 치고 월급 받아가라는 거 아니에요. 내가 여상 나온 아이예요? 예? 나 그런 거 못 해요. 그런 거 시키고 싶으면 어디 가서 이제 갓 여상 졸업한 애나 구하세요."

"그렇게 화만 낼 일은 아닌 것 같다. 윤서방 말대로 일단 일을 시작하고 나면 K-water에서 발주하는 외주 사업을 맡을 기회도 열리지 않겠니. 경력 쌓는 셈 치고 한번 해봐라. 아빠가 보기엔 괜찮은 것 같다만."

잠자코 있던 아버지까지 거들었다.

"그래, 설마하니 네 형부가 널 타자수로 써먹겠다고 할 사람이니. 너는 어쩜 그렇게 눈앞의 것만 생각하니?"

엄마는 인선과 형부를 번갈아 바라보며 말했다.

"안 그런가? 일단 시작하고 나면 다른 일을 맡을 수도 있겠지?"

"그럼요, 장모님. 어차피 이 일은 한시적인 겁니다. 이번 일이 마무리되면 얼마든지 다른 프로젝트를 맡을 수 있죠. 제가 홍보부에 있는 한은 다른 외주 업체들보다 더 나은 조건을 제시할 수도 있습니다.”

“봐라, 얘. 너도 들었지?”

“아, 몰라, 몰라. 어쨌거나 나는 타자 치는 일은 못 해요. 형부. 말씀은 감사하지만, 나는 그렇게는 못 하겠어요. 안녕히 가세요.”

인선은 가방을 들고 소파에서 벌떡 일어났다. 기분이 더러웠다. 기분이 더러우니, 온몸이 다 더러워지는 것 같았다. 벌레가 온몸에 덕지덕지 달라붙어 스멀스멀 기어다니는 것 같았다. 뜨거운 물로 박박 씻어내고 싶었다.

“아니, 얘. 아직 이야기 안 끝났어. 앉아.”

“엄마! 다시는 그런 이야기 꺼내지 마세요. 짜증나 정말.”

“취직시켜준다는데 왜 짜증을 부리니?”

“내가 집에서 뒹구는 게 그렇게 보기 싫어요? 그렇게 꼴보기 싫냐고요? 왜 다들 못 쫓아내서 안달이야!”

“어머머, 쟤 말하는 거 좀 봐. 누가 널 못 쫓아내서 안달이라고 그러니?”

“지금 그러고 있잖아!”

“어머 정말, 얘 너 큰일 날 소리한다. 누가 널 못 쫓아내서 안달이야. 좋은 자리에 취직해서 좋은 남자 만나라고 그러는 거지. 말이 났으니 말이지. 말만 한 딸내미 집에서 뒹구는 것보다야 나가서 일도 하고, 번듯한 남자도 만나면 좋지, 뭘 그러니?”

“이게 좋은 자리야? 이게 좋은 자리냐고? 엄마는 나 타자수 시키려고 대학 보냈어? 어? 지금 그걸 말이라고 해? 아, 정말!”

인선은 쿵쿵 발소리를 내며 제 방으로 건너가 문을 쾅 닫았다. 문소리가 생각보다 컸다. 모르기는 해도 아버지는 혀를 쯧쯧 차고 계실 것이다. 형부는 난처한 얼굴로 어찌할 바를 모르겠지. 하지만 황당해서 혀를 차고 싶은 사람은 나다. 세상에 어떻게 나더러 타자나 치며 살라는 말을 할 수 있다는 말인가. 그건 정말이지 여상을 갓 졸업한 애들이나 하는 거 아닌가 말이다. 설령 여상을 졸업했다손 치더라도 나이 서른이 가까운 여자에게 타자나 치라고 하면 열받을 거다. 대체 날 어떻게 보고 있다는 말인가.

인선은 가방을 던지고 침대에 얼굴을 파묻었다. 자기도 모르게 눈물이 흘렀다. 이게 뭐야. 이게 뭐냐고. 어떻게 나한테 이럴 수 있느냐고. 인선은 침대에 얼굴을 묻은 채 두 발을 마구 굴렀다.

내게 맞는 상대가 있다

아내를 살해한 의사 역을 맡은 배우는 목소리가 좋았다. 본명이 궁금했는데 벌써 세 번째 드라마에서도 배우의 이름은 나오지 않았다. 저런 배우가 어째서 여태까지 텔레비전 드라마나 영화에 나오지 않았는지 궁금했다. 볼수록 매력 있는 배우였다. 무엇보다 연기가 뛰어났다. 외모 하나만 믿고 영화나 드라마에 등장하는 신인배우들과는 차원이 달랐다. 적당한 키에 잘생겼으면서도 개성이 뚜렷한 얼굴은 30대 후반의 분장도 잘 어울렸고, 60대 노인 분장에서도 중후한 멋이 묻어났다.

금테 안경을 쓴 김승주는 철쭉이 만발한 봄 화단을 배경으로 벤치에 앉아 있었다. 그와 마주 앉아 인터뷰하는 남자의 얼굴은 보이지 않았다. 어깨가 넓었고 한눈에 보기에도 고급 원단일 게 분명한 양복차림이었다. 카메라는 주로 김승주의 얼굴을 비췄다. 그의 목소리는 시종 차분했고, 대사 전달력이 뛰어났다. 인생의 회한이 지나치게 두껍지도 얇지도 않게 묻어나는 목소리였다.

"나는 음악을 좋아해요. 보건소에서 나와 버스 정류소로 가는 길에 '스트라디바리'라는 오디오 가게가 있었어요. 바이올린 명장 안토니오 스트라디바리(Antonio Stradivari)의 이름을 따서 만든 가게였는데, 그 가게에는 소너스파베르사가 만든 스트라디바리 스피커가 진열돼 있었어요. 최고급 스피커라고 보시면 됩니다. 오디오 가게 이름을 스트라디바리로 지었기 때문이 아니라, 실제로 스트라디바리가 진열돼 있었기 때문에 내 눈에 그 오디오 가게는 역사적이고 예술적인 음악 공간이었어요. 역사적이거나 예술적인 공간이 아니라 가게 자체가 악기였다고 해도 좋을 것입니다. 규모가 크지 않은 가게였는데도, 충분히 웅장한 느낌을 줄 수 있었던 것도 거기 웅장한 스트라디바리가 있었기 때문일 겁니다. 출근길과 퇴근길에 그 가게 앞을 지나칠 때마다 나는 거대한 악기와 마주 선다는 생각을 했습니다.

스트라디바리는 스피커도 악기라는 사실을 증명하기에 충분했습니다. 같은 음악이라도 지휘자와 연주자에 따라 음이 달라지듯이 스피커에 따라 음악이 얼마든지 달라질 수 있음을 보여준 것이지요.

나는 그 오디오 가게에서 스트라디바리를 볼 때마다 언제쯤 저걸 가질 수 있을까, 하는 생각을 했어요. 내가 저걸 가져도 되는 것일까, 내가 스트라디바리가 연주하는 베토벤을 슈만을 들을 수 있을까, 그래도 되는 것일까, 하는 의문을 품기도 했어요. 그걸 가지고 싶다는 욕망에 휩싸이다가도 한숨과 함께 고개를 젓곤 했습니다.

쇼윈도 너머의 스트라디바리에서 흘러나오는 바이올린 소리는 슈만의 섬세한 음악도, 슈베르트의 비장한 음악도, 베토벤의 격렬한 음악도 아니었어요. 스트라디바리는 슈만의 섬세하기 그지없는 소리를 내고 있었는데, 유리창을 넘어 내 귀에 들리는 소리는 아내가 쏟아내는 백색의 쇳소리였습니다. 그때마다 스트라디바리를 외면할 수밖에 없었지요. 그 역사적이고 아름다운 악기에서 차가운 쇳소리가 나다니요. 집으로 가는 버스에 오를 때마다 지옥으로 가는 버스에 오르는 것 같은 느낌을 받곤 했습니다. 그러니 나는 스트라디바리가 연주하는 음악을 들을 자격이 없었지요. 그것은 스트라디바리에 대한 모독이고, 음악에 대한 경멸이며, 내 인생에 대한 볼썽사나운 측은지심이었습니다.

버스 정류소 앞 오디오 가게에 스트라디바리를 남겨두고 홀로 집에 도착한 내 얼굴은 틀림없이 지옥에 도착한 사람의 표정이었을 겁니다. 집을 지옥으로 생각하는 남자를 맞이하는 아내의 인사가 반가울 리 없었겠지요. 나는 지금 내 아내를 원망하려는 게 아닙니다. 내게 퇴근하고 돌아온 집이 지옥이었다면, 아내에게 퇴근하고 돌아오는 나는 저승에서 건너온 사자였을 겁니다. 하루도 빠짐없이 저승에서 건너온 사자와 마주 앉아야 하는 아내의 삶은 또 얼마나 고통스러웠겠습니까.

내가 종합병원에서 보건소로 자리를 옮긴 뒤에 아내가 맨 먼저 한 일은 신문을 끊는 일이었습니다. 돈이 문제가 아니었습니다. 적어도 우리는 돈이 문제가 될 만큼 경제적으로 어려움을 겪은 적은 없습니다. 내 수입은 웬만한 직장인의 서너 배가 넘었으니까요.

　아내는 내가 보건소장으로 자리를 옮긴 것에 대한 불만을 내가 매일 아침마다 읽는 신문을 끊는 것으로 표시했어요. 나는 아내의 그런 행동을 받아들일 수 없었어요. 아내 역시 보건소로 자리를 옮긴 내 결정을 받아들일 수 없다고 악을 썼습니다."

　"종합병원이 보건소보다 더 낫지 않습니까?"

　"수입만 보자면 그럴 수 있겠지요. 하지만 보건소로 옮길 무렵 우리 부부는 더 이상 수입에 신경 쓰지 않아도 될 정도로 경제적으로 안정되어 있었습니다."

　"부인 입장에서는 돈이 많을수록 좋다고 생각할 수 있지요. 게다가 돈 말고도 다른 가치를 염두에 두고 있었을 수도 있고요."

　"나는 수술을 계속하고 싶지 않았습니다. 더 젊고 유능한 의사들이 많이 들어왔고, 내 기술은 이미 구식이 되었어요. 게다가 생사의 경계를 넘나드는 가느다란 생명을 붙들고 종일 씨름하면서 인생을 소진하기에 나는 너무 지쳐 있었어요. 아이도 이미 대학을 졸업하고 취직을 했고, 더 이상 눈코 뜰 새 없이 돈을 벌어들일 필요는 없었습니다. 끝까지 병원에 남아 병원장을 꿈꾸는 동료들도 있었지만, 나는 그런 데에 별로 관심도 없었고 재주도 없었습니다. 나는 경영인이 아니라 의사였습니다. 오디오 가게에서 한참 동안 스트라디바리를 듣고, 결국 스트라디바리를 거기에 두고, 달랑 시디 한 장을 사들고 온 날도 우리는 다퉜습니다."

　"어디 갔었어? 왜 연락이 안 돼?"

"전화 온 걸 몰랐어."

"어디 가면 간다, 왜 말 안 하고 다녀?"

"내가 가긴 어딜 가? 퇴근하고 오디오 가게에 들렀다가 오는 길이야."

"그럼 전화를 해야지."

"일일이 보고해야 해?"

"누가 보고하라고 했어? 기다리는 마누라 생각은 안 해?"

"당신이 날 기다리기는 했어?"

"그럼? 내가 길 가는 남자라도 불러들이려고 했다는 거야?"

"그만! 제발 그만!"

"왜 화를 내?"

"누가 화를 냈다고 그래?"

"지금 화내고 있네?"

"이제 그만합시다. 나는 정말 지쳤소."

"여자들과 시시덕거리다가 들어오는 거야?"

김승주는 넥타이를 풀어 옷장에 걸고 돌아서며 대답했다. 이전 드라마와 확연히 달라진 디테일이었다. 이전에는 아내가 남편의 넥타이를 받아서 걸었는데, 이제는 남편이 직접 장롱 걸이에 넥타이를 걸었다. 장롱 걸이에서 팔을 빼는 김승주의 말이 존댓말로 바뀌어 있었다. 치미는 화를 억지로 삼키는 듯한 목소리, 슬프지만 울지는 않겠다고 다짐한 사람의 결연한 목소리였다.

"말하지 않았소. 음반 구경을 했다고."

"그걸 누가 믿어?"

"가방에 시디 들어 있소. 보면 알 거 아니요?"

"시디? 그깟 시디 한 장 사려고 퇴근하고 3시간씩이나 돌아다닌 다는 게 말이나 돼? 내가 그따위 거짓말을 믿을 것 같아?"

"반말하지 맙시다. 누누이 이야기하지 않았소. 반말하는 거 싫다고. 그 정도 이야기했으면 귀에 딱지가 앉았겠소."

"반말이 싫어? 지금 그런 말이 나와? 뻔뻔스럽게 딴 여자나 만나고 다닌 주제에 반말 운운하는 말이 나오느냐고!"

"몇 번이나 말했소. 음반 구경했다고."

"말해봐. 어떤 여자야. 어떤 년이랑 어디서 무얼 하며 노닥거리느라고 아들 생일까지 잊었냐고?"

"잊기는 누가 잊어? 동훈이한테는 낮에 전화했소. 잘 지내고 있다고 하더이다. 애도 이제 안 아프다고 하고."

"집에 와서 전화하면 되지, 그런 전화까지 사무실에서 해야 해? 애한테 생일 축하한다는 전화까지 사무실에서 건성으로 해야 하냐고?"

"반말하지 말라고 했잖아! 그리고 누가 건성으로 전화를 했다고 그래? 자식한테 건성으로 전화하는 아버지가 어디 있어? 그리고 당신 뭐가 문제요? 뭐 때문에 이 지긋지긋한 일을 끝없이 반복하느냐고?"

"부부간에 반말이 어때서? 그럼 서방한테 반말도 못 해? 엉? 서방한테 반말 좀 하는 게 그렇게 나빠? 그렇게 못 견디겠어?"

"그래, 못 견디겠다. 못 견디겠으니 제발 그만 좀 하라고!"

"오호라. 그러니까, 아주 네네, 존댓말 꽉꽉 쓰며 아양 떠는 년하고 노닥거리다가 들어오셨구면. 그래 네네 하면서 종처럼 굽실거리는 년하고 이야기하니까 좋아? 선생님, 선생님 하면서 매달리니까 좋았어? 말해봐? 좋았어?"

"그만두지 못해!"

"뭘 그만둬? 지금 누가 큰소리야? 지금 당신이 큰소리 칠 때야?"

남편이 방문을 홱 열어젖히고 거실로 나가자, 아내가 그 뒤를 따라 나가며 알아듣기도 힘든 소리를 질러댔다. 거기에서 텔레비전 화면은 다시 철쭉이 만발한 봄의 벤치로 바뀌었다. 김승주의 목소리는 여전히 낮고 평화로웠다. 따뜻한 봄 햇살에 나른한 졸림이 묻어나는 것 같기도 했다.

"아내는 내가 음반을 사기 위해 늦게까지 음반 가게를 헤매고 다녔다는 사실을 믿지 않았습니다. 분명히 숨기는 게 있을 거라고 오해를 했지요. 나중에 음반 가게를 둘러본 게 사실임이 밝혀졌을 때는 대체 정신이 있는 사람이냐고 몰아붙였지요. 음반 하나를 사는 데 몇 시간씩 돌아다니다니 제정신이냐는 것이지요. 그러니까, 음반에 대한 아내와 내 생각이 전혀 달랐던 것입니다. 나는 음반을 구하기 위해 여기저기 돌아다니는 과정 자체까지도 즐거워했지만 아내에게는 글쎄요…… 그런 개념은 아니었습니다. 어쨌든 아내는 내 음악 취향에 공감하지 않았고, 나는 아내의 다른 취향에 공감하지 않았습니다. 그것이 좋거나 나쁘거나 한 것은 아니었습니다.

아내는 내가 오디오라는 기계에 미친 줄 알았겠지만, 그런 게 아닙니다. 나는 소리에 반한 것이지 스트라디바리를 좋아했던 것은 아닙니다. 잡히지 않는 소리, 잡을 수 없는 소리를 잡기 위해 다만 스트라디바리가 필요했을 뿐입니다. 작곡가가 떨리는 손으로 악보에 새겨 넣었던 소리, 좀처럼 눈에 띄지 않지만 눈이 밝은 지휘자라면 결코 놓치지 않고 복원했을 소리, 어린 오케스트라 연주자가 그것이 무엇인지도 모른 채 재현해낸 소리, 그래서 보통의 스피커는 재현할 수 없는 소리, 그래서 처음부터 없는 줄 아는, 그러나 분명히 거기에 있는 소리를 듣고 싶었던 것입니다.

내가 불과 몇 개월 전에 사들인 오디오를 새로 바꾸던 날 아내는 악에 찬 저주를 퍼부었어요. 나는 소리를 붙잡고 싶었습니다. 분명히 존재하지만 눈에는 결코 보이지 않는 소리를 잡고 싶었습니다. 불과 몇 개월 전에 산 새 오디오라고 하지만, 분명히 존재하는 소리를 잡아내지 못하니 그것은 없는 소리나 마찬가지였습니다. 나는 그것을 받아들일 수 없었어요. 내가 듣고자 하는 소리를 찾아내지 못하는 오디오는 자리를 차지하는 물체일 뿐 오디오가 아니었습니다. 그러니 내가 새로 사 온 오디오는 또 사들인 오디오가 아니라, 첫 오디오인 셈입니다.

아내는 그렇게 생각하지 않았습니다. 그녀의 입장에서는 이미 오디오가 있는데 쓸데없이 공간을 차지하는 새 오디오를 사들인 거였습니다. 돈과 공간과 시간을 쓸데없이 낭비한 것이지요.

아내는 청소할 때 스피커의 위치를 조금씩 옮겼어요. 청소를 하다보면 그럴 수 있지요. 나는 좀 더 조심성 있게 청소해줄 것을 요구했고, 아내는 하찮은 일에 시비 걸지 말기를 요구했습니다. 스피커 놓는 위치가 조금 바뀌는 게 무엇이 어떻다는 것이냐. 내가 하는 일이 그저 못마땅해서 시비를 걸고 싶은 것이냐고 반응했지요. 시비를 걸 생각은 털끝만큼도 없었습니다. 시비라니요. 그즈음 나는 아내와 가능한 한 말을 섞지 않으려고 노력했습니다. 하지만 내게 소리는 중요한 문제였습니다. 스피커의 위치를 바꾸는 것은 소리를 바꾸는 문제였습니다. 스피커 위치를 살짝 바꾸는 것이 소리를 바꾸는 것이라는 내 말이 아내에게는 자기가 하는 일에 딴죽을 걸고 싶은 마음으로 비쳤습니다. 그러니까 아내와 나는 운이 나빴습니다.

요하네스 브람스의 피아노 협주곡 1번 D단조 15번은 1859년 1월에 초연됐어요. 브람스가 피아노를 쳤고, 요아힘이 지휘를 했지요. 요하힘은 바이올리니스트였는데, 브람스의 후견인이었습니다. 단순한 후견인이 아니라 브람스의 음악을 완성하게 해준 사람이라고 할 수 있습니다. 후견인이자 스승이고, 친구고, 동업자며, 조력자였습니다. 만약 그가 없었더라면 오늘날 우리는 브람스의 기막힌 음악을 접하지 못했을지도 모릅니다. 무슨 일이든 가정한다는 것은 위험한 일이지만, 적어도 브람스와 요하힘의 관계는 그렇게 보아도 크게 틀리지는 않을 것입니다.

초창기만 해도 브람스의 작품은 청중들의 이해를 얻지 못했어요. 청중들은 야유를 보냈고, 말하기 좋아하는 비평가들은 그 따위를 음악이라고 하느냐, 협주의 기본을 모르는 연주다, 기본기를 다지지 않고 독창성부터 내세우는 것은 위험하다고 했습니다. 집에 가서 다른 음악가들의 연주를 열심히 흉내부터 내고 오라는 독설을 퍼붓는 사람도 있었습니다. 어떤 비평가는 퇴행이라는 단어까지 동원하면서 브람스를 비판했고요. 그도 그럴 것이 그때까지만 해도 협주라면 마땅히 독주악기와 관현악기가 대화하는 방식으로 드라마를 만들어가는 과정이라고 인식하고 있었어요. 그러니까 서로 다른 악기들이 서로 마주보듯 긴밀한 관계를 구축하면서 감동을 전달하는 방식이라고 할까요. 하지만 브람스의 이 작품은 주제와 모티브는 물론이고 모든 음악적인 재료들을 나누고 조합하는 과정에서부터 거시적이었어요. 말하자면 독주자와 오케스트라가 함께 길을 걸으며 묻고 답하는 방식이 아니라, 각자의 길을 멀리 돌아가서 궁극적으로 만나게 되는 혹은 소통하게 되는 방식이었지요.

피아노는 피아노대로, 오케스트라는 오케스트라대로 각자 고유의 영역과 정서와 스케일을 가지고 각자의 길을 가다가 어떤 부분에서 우연히 만났다가 꽝 하고 터지는 것이지요. 빅뱅이라고 해도 좋을 것입니다. 물론 이때의 만남이 우연이 아니라 고도의 연출에 의해 조작된 만남이지요. 이렇게 만나서 꽝 터질 때, 사람들은 예상하지 못했던 감동을 받습니다. 더불어 이렇게 만나 극적으로 포옹하기 위해 각자가 홀로 그 먼 길을 돌아 왔구나, 하는 것을 느낄 수 있는 것입니다. 오케스트라 협주는 기본적으로 안전하고 평화로운 드라이빙을 추구하는 것이 아니라, 각각의 악기가 불화할 수밖에 없는 각자의 소리를 내는 것입니다. 그 독립적으로 불화하는 각자의 소리가 한 장소에서 만나 하나의 조화로운 세계를 만드는 것입니다. 오케스트라는 군대의 제식훈련처럼 일사분란한 미를 추구하지 않습니다. 겨우 그 정도를 원했다면 그 많은 천재들이 그 오랜 세월 음악에 매달릴 필요도 없었겠지요."

"죽은 아내와도 그런 관계를 원했다는 말씀입니까? 말하자면 각자의 세계를 살되, 어느 지점에서 만나 포옹하고 꽝 웃음을 터뜨리는 관계랄까요."

"일견 닮은 부분도 있겠지요. 아무튼 피아노와 오케스트라는 분명히 협주를 하고 있지만 각자의 연주를 해야 합니다. 그렇게 각자 완성된 연주를 통해 만나고 헤어지고, 에둘러 가고, 불화하고, 화합하고 그리고 마침내 만나서 온 세상을 허물어버릴 듯 꽝 터지고…… 그렇게 완성되는 것입니다."

"연주야 오랜 훈련을 통해 그렇게 할 수도 있겠지만, 사람살이는 오케스트라처럼 오래 연습할 수도 없고, 연구할 수도 없지 않습니까. 사람살이라는 것은 결국 하루하루 닥쳐오는 일들을 조급하고 위태롭게 그리고 불완전하게 해결해가는 과정이라고 할 수도 있지 않겠습니까?"

"브람스 이전의 협주와 브람스 이후의 협주는 다릅니다. 이전의 협주자와 이후의 협주자가 만나 협연하기는 어려울 것입니다. 그렇다고 브람스 이전의 협주와 이후의 협주 중 어느 한쪽은 엉망이기 때문에 소멸해야 하느냐? 그렇지는 않습니다. 이전의 협주자는 이전의 협주자끼리, 이후의 협주자는 이후의 협주자끼리, 이전의 음악은 이전의 음악대로, 이후의 음악은 이후의 음악대로 협연을 펼치면 얼마든지 아름다운 연주를 할 수 있습니다."

"어려운 말씀이네요."

"그런가요? 큰 의미를 둘 필요는 없습니다. 그저 내 생각은 그렇다는 것입니다. 사실 음악에서 피아노는 어느 때라도 조력자의 역할을 합니다. 피아노뿐만 아니라 모든 악기는 기본적으로 조력자예요. 하지만 동시에 모든 악기는 주인공입니다. 조력자이기만을 바라는 악기, 조력자일 수밖에 없는 악기는 없습니다. 만약 그런 악기가 있다면 이미 악기가 아닙니다. 그런 악기들끼리 모여서 제대로 된 협주곡을 만들어낼 수는 없으니까요."

"하지만 연주자에 따라 역량이 다른 법이고, 그건 또 그대로 받아들여야 하지 않을까요?"

"연주자도 그렇고 악기도 그렇고, 어떤 파트든 자기는 묻어가겠다고 한다면 좋은 음악이 될 리 없어요. 오케스트라의 그 많은 악기 중에 어느 하나도 쓸모없이 자리를 차지하는 것은 없습니다."

인선은 김승주의 말에 동의하면서도 한편 반감이 들었다. 그렇게 어려운 음악을 대체 몇 사람이나 연주할 수 있다는 말인가. 100년에 한 번 나올까 말까 한 천재들이나 겨우 연주할 수 있을 것이다. 평범한 남편이나 아내에게 완벽할 정도의 독립적인 세계가 없다는 이유로 그 사람을 부족한 사람으로 몰아붙일 수는 없지 않은가. 게다가 결혼생활이 오케스트라처럼 복잡하거나 고도의 훈련을 필요로 하는 것은 아니지 않은가.

동의하기는 어려웠지만 어쨌거나 결혼생활학교에서 만든 결혼생활 드라마치고는 꽤나 은유적이고 품격 있다는 생각은 들었다. 그러다가도 이 학교가 초점을 잘못 맞춘 건 아닌가 싶은 생각이 들기도 했다. 이 은유적인 드라마를 보면서 누가 결혼생활과 협주를 연결해서 생각할 수 있을까. 평범한 사람이라면 누구라도 김승주의 진술이 단순히 음악에 관한 그의 취향이라고 생각하지 않겠는가 말이다. 연출 의도는 좋았지만 시청자의 눈높이를 고려하지 못한 연출이 아닐까 싶었다.

"어떻게 보셨습니까? 재미있게 보셨습니까?"

교장은 밝은 얼굴로 말했다. 무거운 드라마를 시청한 뒤인 만큼 일부러 밝은 표정을 짓는 것 같았다. 아마도 교장의 표정에 웃음기가 묻어난 것은 처음인 것 같았다. 그러고 보니 교장은 좀처럼 웃지 않았다. 아무래도 직접 대면하는 강의가 아니라 화상강의인 탓일 것이다. 학생들 표정을 볼 수 없으니, 본인의 표정에 변화가 없는 게 어쩌면 당연했다. 역시 피드백이 중요해.

"아내의 억지가 좀 심해 보이죠? 흔히 아내나 연인이 저렇게 억지를 부리면 남자들은 고개를 절레절레 흔듭니다. 그래서 아예 입을 닫아버리거나 오히려 버럭 화를 내기도 합니다. 그렇게 갈등은 깊어지고 싸움은 점점 커집니다. 남자분들, 아내나 연인이 저렇게 억지를 부리는 이유를 아십니까? 말도 안 되는 억지를 부리는 것은 억지를 부리고 싶기 때문입니다. 자기 말이 억지라는 걸 본인도 압니다. 말하자면 여자는 지금, 말도 안 되는 내 질문에 답해보라고 요구하는 것이 아니라, 자신이 외롭고 우울하고 힘드니까 위로해달라고 요구하는 것입니다. 아내가 명절음식 준비하고 손님맞이하느라 힘들어 죽겠다고 투덜대면 안아주고 어깨를 두드려주고 고생이 많았다고 위로해주면 되는데, 보통 남자들은 '그 정도도 못 해? 1년에 한두 번 차례상과 손님맞이하는 일이 그렇게 힘들어? 당신은 대체 뭐 하는 사람이야?'라는 식으로 반응합니다. 남자가 보기에는 아내의 투정이 어처구니없어 보이니까요. 대화가 이런 식으로 흘러가면 싸움이 되기 마련입니다."

교장은, 여성이 말도 안 되는 억지를 부리는 것은 그 표면적인 억지 아래 다른 뜻이 있다. 그러니 그 상처 받은 부위를 위로해주면 된다고 했다. 남편의 따뜻한 위로를 기대하며 억지를 부리는 아내에게 오히려 핀잔을 늘어놓으면 여자는 분노를 쌓는다고 했다. 교장은 대부분의 남편들은 아내의 말을 액면 그대로 받아들이는 경향이 있는 만큼 원만한 부부생활을 위해 여성들은 되도록 분명하고 구체적인 대화법을 쓰는 것이 좋다고 덧붙였다.

"통계에 따르면 결혼한 사람들이 혼자 사는 사람들보다 정신적으로나 육체적으로 건강하다고 합니다. 심지어 큰 병에 걸리거나 어려움에 처했을 경우에도 결혼생활을 하고 있는 사람이 독신보다 회복이 빠르다고 합니다. 정신적인 안정감은 결혼생활의 큰 장점입니다. 그러니 여러분들은 가급적이면 결혼을 하시는 것이 좋습니다. 여하한 손해를 감수하더라도 말입니다. 다만 어떤 사람과 결혼하느냐는 충분히 고민을 해봐야 합니다. 새로 산 자동차가 자질구레한 고장을 일으켜도 골치가 아프고, 하루가 엉망이 됩니다. 하물며 배우자가 골치 아픈 존재가 된다면 인생이 끔찍하게 변할 거란 건 불보듯 뻔합니다. 자동차는 즉각 수리나 리콜이 가능하지만 배우자는 그렇게 간단하게 처리되지도 않습니다. 자동차만큼 쉽게 배우자를 바꿀 수 있다면 결혼면허는 필요가 없었겠지요."

웃겨. 배우자를 어떻게 자동차에 비교한담. 하여간 남자란 인간들은 기본적으로 여자에 대한 배려가 부족해. 부부 갈등의 주 원인이 남편한테 있는 것만 봐도 그래. 결혼을 하고도 딴 여자를 흘끔거리지 않나, 제 아내를 무슨 시종처럼 부리려고 하지를 않나, 분풀이를 하지 않나, 남자란 것들이야말로 정말 결혼교육을 철저히 받아야 해. 인선은 남자들에게는 결혼면허시험 합격점을 더 높여야 한다고 생각했다.

"고생 끝에 복이 온다고들 합니다. 그래서 참고 살다보면 좋은 날도 있을 거라는 마음에 개고생하는 사람들도 많습니다. 오늘 시청하신 드라마에서 어느 정도 감을 잡으셨겠지만, 장담하건대 고생 끝에 골병듭니다. 개고생 끝에 개골병듭니다. 애초에 나랑 맞는 사람, 내게 어울리는 사람과 결혼하는 게 결혼도 무난하고 생활도 무난합니다. 욕심이 눈을 가리면 발이 진창에 빠집니다. 두 눈을 부릅떠야 합니다. 그 부릅뜬 눈으로 상대가 아니라 나를 보아야 합니다. 상대가 어떤 사람인지 파악하느라 내가 어떤 사람인지 파악하지 못하면, 좋은 배우자를 만나고도 서로의 인생을 망칠 뿐입니다. 자신을 똑바로 바라보고, 자신을 냉정하게 분석한 다음, 상대를 바라보아야 합니다. 그래야 내게 맞는 사람을 찾을 수 있습니다. 많은 미혼자들이 자신이 원하는 배우자와 자신에게 맞는 배우자를 곧잘 혼동합니다. 이 둘 사이에는 천양지차가 있습니다."

부부가 살다보면 좋을 때도 있고, 싫을 때도 있다. 웃다가 싸울 때도 있고, 싸우다가 웃을 때도 있다. 그래서 부부 싸움은 칼로 물 베기라고들 한다. 하지만 이 구식방정식이 누구에게나 적용되는 것은 아니다. 이런 말은 열흘에 한 번쯤 한 달에 한 번쯤 싸우고, 열흘에 한 번쯤 또는 한 달에 한두 번쯤은 별것도 아닌 일에 시시덕거리고, 나머지는 소 닭 보듯이 지내는 부부에게나 적용되는 소리다.

눈만 마주쳐도 화가 치밀고, 입만 열면 싸우고, 밥 먹고 숨 쉬는 것조차 꼴 보기 싫은 사람끼리 싸움은 칼로 물 베기가 아니라 칼로 목 치기다. 한 가지 위안이 있다면 단칼에 남편이나 아내가 죽지는 않는다는 사실이다. 그러나 또 한 가지 분명한 사실은, 아내나 남편은 상대가 죽을 때까지 칼을 휘두른다는 것이다. 서서히 그러나 결국 죽어가는 것이기 때문에 이 오랜 죽음은 결코 위안이 아니고, 오히려 기나긴 고통일 수도 있다.

"여러분이 흔히 TV 드라마에서 보는 남녀관계는 남자와 여자가 사랑하고 결혼하기까지 티격태격하는 상황에 관한 것입니다. 오랜 밀고 당기기 뒤에 결혼에 골인하는 것으로 드라마는 끝이 납니다. 이 과정에서 보여주는 갈등이란 게 기껏해야 화려한 결혼식 이벤트 이면에 숨은 고단함에 관한 것들입니다. 이를테면 혼수와 예단 갈등, 예식장 결정, 시어머니의 예단 눈높이에 따른 고통, 들어와서 살아야 한다거나 따로 나가 살고 싶다 따위, 그도 아니면 웨딩드레스를 입었을 때 팔뚝 라인이 예뻐야 한다며 그 바쁜 와중에도 다이어트에 몰두하는 모습 같은 것들입니다. 심지어 신혼집 평수와 벽지를 어떤 것으로 하느냐를 두고 남녀가 다투고 시부모와 갈등하는 장면을 연출합니다. 조금 더 나가면 '시월드'가 어쩌고저쩌고 하는 정도를 갖고 화려한 결혼의 이면에 숨은 고통이라는 말을 합니다. 정말 아무것도 모르고 하는 소리들입니다.

정작 중요한 것은 그 뒤부터입니다. 결혼과 동시에 낭만적인 드라마는 끝이 나고 칙칙한 생활이 시작됩니다. 혼수문제를 갖고 계속 싸웠다고요? 말도 안 되는 소립니다. 사람이 싫고, 헤어질 명분을 찾다보니까 계속 혼수를 갖고 다투는 겁니다. 사람이 서로 맞아보십시오. 혼수문제는 결국 슬그머니 사라집니다. 결국은 사람의 관계입니다. TV 드라마에서 다루는 화려한 결혼식 이면의 고통을 다 합쳐 봐야 결혼 당사자인 부부가 살면서 마주치는 문제의 십분의 일, 백분의 일, 아니 천분의 일도 안 됩니다. '시월드'가 문제가 아니라 '허즈랜드', '와이랜드'가 문제인 겁니다.

그런데 어째서 드라마에서는 사시장철 결혼하기까지의 이야기에만 집중하느냐? 지지고 볶고 눈물을 쥐어짜도 그 과정은 아직 아름다운 붉은색이기 때문입니다. 그러나 결혼식이 끝난 뒤 여러분이 마주서야 할 생활은 흐릿한 재색일 가능성이 높습니다. 하도 칙칙해서 눈물 따위는 나지도 않습니다.

여러분들도 결혼이 곧 행복을 보장하는 것이 아니라는 사실 정도는 압니다. 하지만 다수는 그 명백한 사실에 동의하지 않습니다. 아니, 동의하기 힘듭니다. 다른 사람들의 결혼생활은 얼마든지 불행할 수 있지만, 적어도 내 결혼생활은 그렇지 않을 것이라고 생각합니다. 무슨 근거로 그런 낙관을 하는지 저로서는 이해하기 어렵습니다. 많은 사람들이 외나무다리를 건너다가 떨어져 죽었다면, 나 역시 떨어져 죽을 가능성이 높습니다. 결혼 그 자체는 아름다울지 모르나 그 안에는 얼마든지 많은 악당들이 숨어 있을 수 있습니다."

교장은 결혼생활의 환상을 철저하게 깨트려놓겠다고 작정한 사람 같았다. 환상이 없다면 과연 결혼을 할 수 있을까. 누구나 환상을 갖고 결혼했다가 암울한 현실에 부딪혀 낙담하고, 우울해하면서도 꾸역꾸역 살아가는 게 결혼생활 아닐까. 어차피 닥치면 헤쳐 나가게 마련인 암울한 현실을 미리 알 필요가 있을까. 교장은 인선의 머릿

속을 훤히 들여다보고 있기라도 한 사람처럼 말했다.

"저는 여러분들이 갖고 있는 막연한 환상을 깨트려줄 작정입니다. 환상을 깨트려서 여러분의 결혼을 막겠다는 것이 아닙니다. 결혼은 분명히 건강과 인생에 좋은 제도입니다. 그러니 가능하면 결혼을 하시는 게 좋습니다. 다만 여러분이 환상 너머의 생활을 충분히 알고, 그래도 각오가 섰을 때 결혼을 하라는 말씀을 드리고 싶은 것입니다. 나아가 환상 너머의 칙칙한 생활에 대해 충분히 대비함으로써, 환상을 현실화하라는 것입니다. 충분히 대비할 능력이나 마음이 없다면 결혼하지 마십시오. 결혼 안 해도 안 죽습니다. 오히려 더 즐겁고 의미 있게 살 수도 있습니다."

열렬하고 치명적인 감정은 영원하지 않다. 아무리 치명적이고 열정적인 사랑도 반드시 끝이 있다. 남녀가 열렬히 사랑하는 기간은 길어야 1, 2년이다. 그 뒤로는 사랑의 감정이 아예 없거나 있어도 아주 조금, 희미하게 남아 있을 뿐이다. 그러면 그 뒤로는 안 살아도 되느냐? 사랑이 없다고 모두 헤어져야 하나? 아니다, 결혼은 사랑을 촉매로 하지만 사랑을 파먹고 사는 것은 아니다.

사랑이라는 감정은 뜨거운 여름날의 두부와 같다. 그만큼 쉽게 상한다. 치명적인 사랑이 떠나간 자리를 당신은 무엇으로 채울 작정이냐? 당신의 젊음과 화장, 성적 매력 말고도 당신을 매력적인 남성이나 여성으로 만들어줄 수 있는 것은 무엇인가? 그것이 무엇인지 스스로 알아야 하고, 그것을 찾아내서 발전시키거나 아직 없다면 갖춰야 한다. 적어도 결혼이라는 전쟁터로 나가려는 사람은 사랑이라는 소총 말고, 내 생명을 지켜줄 식량을 챙겨야 한다. 당신에게 그것은 무엇인가?

윤철을 사랑하는 마음 말고 내가 가진 것은 무엇일까. 1번, 세월이 가면 부모님의 재산 중 절반은 내 것이 된다. 2번, 대기업 중역이라는 아버지의 사회적 지위. 3번, 대학 졸업장. 또 뭐가 있지. 운전면허증? 힛. 인선은 운전면허증을 떠올렸다가 스스로 우스웠다. 또 뭐가 있지? 흠. 그런데 뭐가 있어야 하지? 이만하면 빠지지 않을 아름다운 외모, 건강한 몸, 같은 여자들도 부러워할 팽팽한 젖가슴, 남편을 잘 도와주고 아이를 낳아 잘 기르겠다는 각오 말고 더 무엇이 필요하지? 결혼이 무슨 거래도 아니지 않은가 말이다. 사랑을 시작할 때는 예쁜 얼굴이 큰 도움이 되지만, 예쁜 얼굴만 갖고 삶을 지속할 수는 없다고? 그럼 어떡하라는 거야.

"부부간에는 사랑보다 우정이 있어야 합니다. 평생 친구 같은 아내와 남편이 아주 이상적인 관계라고 할 수 있습니다. 그런 관계가 되자면 부부관계는 이해관계가 맞아 떨어져야 합니다."

이해관계? 지금 거래하냐? 대기업 총수집안끼리, 유력한 정치인 집안끼리 가문과 가문이 주고받는 결혼도 아니고 이해관계라니? 아주 결혼을 정치적·경제적 행위로 만들자고 작정을 했나?

"속물적이라고 할지 모르지만, 부부관계만큼 이해관계가 맞아떨어져야 하는 사업도 없습니다. 꼭 경제적인 부분만을 말씀드리는 것은 아닙니다. 사실 사람의 생존조건 자체가 속물적입니다. 사람은 한끼를 굶으면 배가 고프고, 하루를 굶으면 온몸에서 힘이 쏙 빠집니다. 사흘을 굶은 사람이 할 수 있는 일은 도둑질이나 구걸밖에 없습니다. 사람은 원래 그렇게 생겨먹었습니다. 그걸 부정한다고 달라질 건 없습니다. 살아 있는 한 우리는 이해관계 속에 있습니다. 부부도 마찬가집니다. 한쪽이 일방적으로 고상하거나 취미가 서로 전혀 다르거나, 세계관이 다를 때는 양쪽 모두 힘이 많이 듭니다.

가장 좋은 상대는 나와 비슷한 사람입니다. 앞서 시청하신 드라마도 그렇지 않습니까. 음악 하나를 두고도 사람마다 저렇게 인식이 다릅니다. 아내 입장에서는 청소하다가 스피커 위치를 조금 바꿨을 뿐인데, 남편은 그것을 자기의 음악을 훼손한 것이라고 받아들입니다. 또 반대로 내 음악세계를 지켜달라는 남편의 호소를 아내는 별것도 아닌 것 가지고 딴죽 건다고 받아들입니다.

사람은 흔히 자신과 다른 성향의 이성에 끌린다고 합니다. 소심한 사람은 대범한 상대에게 끌리고, 덤벙대는 사람은 꼼꼼한 사람에게 끌린다는 거죠. 하지만 이것이야말로 단순한 끌림일 뿐입니다. 이런 끌림만으로 평화로운 결혼생활을 지속하기는 어렵습니다. 끌림은 순간이지만 생활은 지속되어야 합니다."

그러니까 끼리끼리 결혼하라는 말이네. 당연히 대부분 끼리끼리 하지 않나? 의사는 의사들끼리, 공무원은 공무원들끼리, 갑부는 갑부들끼리, 선생은 선생들끼리. 근데 뭐? 그럼 난 백수니까, 백수하고 결혼해야 해? 그건 아니지. 여자 백수하고 남자 백수가 같냐? 내가 백수로 남은 것은 능력이 없어서가 아니잖아. 결혼해서 남편 잘 보살피고, 아이들 잘 키우는 것이 웬만한 직장 일보다 중요하잖아. 윤철이나 나나 같은 대학 같은 학과 나왔겠다, 나이도 엇비슷하겠다, 집안은 내가 조금 더 낫겠다, 우리 둘 다 스키를 잘 타고, 여행하는 거, 공연 보는 거 좋아한다, 그럼 우리는 취향도 수준도 끼리끼리라고 할 수 있겠네.

"그렇다면 나와 비슷한 사람을 어떻게 찾느냐? 복잡할 거 하나도 없습니다. 내 친구들을 보면 됩니다. 유유상종이라고 했습니다. 부담 없이 오래 만나는 내 친구들은 나와 이념이나 성향, 세계관, 삶의 수준, 취향이 비슷할 가능성이 높습니다. 배우자 역시 그런 사람을 만나야 합니다. 다만 결혼상대를 고를 때와 친구를 사귈 때 다르게 고려해야 할 점이 있습니다. 한 집에서 함께 살아야 한다는 점입니다. 밖에서는 좋은 친구가 집에서는 전혀 뜻밖으로 안 맞는 경우도 많습니다. 그래서 내 친구들과 비슷한 사람을 찾되, 집안 환경도 나와 비슷해야 합니다. 다시 강조하지만 경제력만을 이야기하는 것은 아닙니다. 가령 내가 양쪽 부모가 모두 계시는 집안에서 자랐다면, 상대 역시 양쪽 부모가 다 있는 집안에서 자란 사람이 더 적합합니다. 내가 한쪽 부모 아래에서 자랐다면 나의 배우자도 한쪽 부모 아래에서 자란 사람이 좋습니다. 아버지 없이 자랐다면 상대도 아버지 없이 자란 사람이 좋습니다. 내가 스무살 넘어서 부모가 돌아가신 경우에는 별 상관이 없습니다만."

그건 또 왜? 부모가 일찍 돌아가신 거야 완전히 운이 나빴을 뿐인데, 그것 때문에 결혼까지 그렇게 흘러가야 해? 이건 너무하잖아. 부모 없이 자란 남자는 부모 없이 자란 여자랑 결혼해야 하는 법이라도 있어?

"사람은 학교나 책에서만 배우는 게 아닙니다. 아버지와 어머니를 통해 자연스럽게 아버지의 역할과 어머니의 역할을 배우고, 자신도 모르게 그런 것에 대한 기대치를 갖기 마련입니다. 결혼생활 중에 이 암묵적 기대가 충족되지 않으면 불만이 쌓이게 됩니다. 남편이나 아내가 뭐 한 가지를 잘못해도 아버지 없이 자랐으니 저 모양이다, 엄마 없이 자랐으니 저렇다, 우리 엄마는 안 그랬는데 저 사람은 엄마가 없었으니 엄마 노릇을 못 하는구나, 하는 인식을 가질 수 있다는 겁니다. 양쪽 부모가 다 있으면 좋겠지요. 하지만 그런 문제 때문에 서로의 역할관계가 깨질 수 있다는 걸 기억해야 합니다. 물론 부모 없이 자랐더라도 자신의 노력 여하에 따라 더 나은 결과를 가져오기도 합니다만, 기본적으로 오랜 세월 몸이 습관처럼 체화했어야 할 것들을 머리로 행하기는 어렵습니다. 머리로 생각하고 행하면 어색하고, 왠지 생색내는 것처럼 비치기도 합니다. 그래서 오히려 오해를 불러일으키기도 하고요. 이런 건 어느 쪽이 맞다 틀리다의 문제가 아니라, 자란 환경이 달라서 생기는 생활문화의 문제라고 할 수 있습니다."

교장의 말에 이어 방영된 드라마의 제목은 '부부의 상식'이었다. 아내를 살해한 전직 의사 김승주 부부가 아니라 다른 부부의 이야기였다. 머리가 반쯤 벗겨진 남자와 파마머리의 여자가 대형마트에서 장을 보는 장면이었다. 카메라는 길게 늘어선 사람들을 따라 진행한 뒤 계산대 앞에 선 남자와 여자 앞에 멈췄다. 대머리 남자가 카트에 물건을 담고, 여자가 지갑에서 카드를 꺼내 계산원에게 건넸다.

계산을 마친 여자 손님은 계산원이 건네준 영수증을 꼼꼼하게 살폈다. 줄을 서서 차례를 기다리는 사람들을 생각해서 통로를 열어주고 확인하면 좋을 텐데, 여자는 계산대 앞 통로를 막아선 채 영수증과 물품을 일일이 대조했다.

"이거 계산이 안 맞네? 아가씨, 우유를 두 번 찍었잖아?"

여자가 영수증을 계산원에게 내밀며 카트 속에 든 우유를 들어 보였다.

"어째서 우유가 두 번이나 찍혀? 봐? 우유 한 개잖아?"

계산서를 받아든 여자 계산원은 카트 속에 든 우유를 확인하고 사과했다.

"어머 손님, 죄송합니다. 제가 실수했습니다. 정정해드리겠습니다."

"시일수? 지금 실수했다면 다야?"

"네, 손님. 죄송합니다. 제가 잘못했습니다. 곧바로 정정해드리겠습니다. 카드 주십시오."

여자는 카드를 계산원에게 건네면서도 말을 끝내지는 않았다.

"일을 이런 식으로 할 거야? OO마트 이거 완전 사람 잡는 마트 아냐? 당신네들 항상 이런 식으로 돈 버는 거야? 엉?"

"죄송합니다, 손님. 정정되었습니다."

"정정되었다고? 이거 내가 지적하지 않으면 어쩔 뻔했어? 내가 이대로 집에 갔다가 나중에 알게 되면 어쩔 뻔했냐고? 엉? 말해봐, 아가씨. 어떻게 책임질 거야?"

"죄송합니다, 손님. 정말 죄송합니다."

젊은 여자 계산원은 난처한 미소를 지었다.

"이 여자야, 지금 죄송하다고 해서 될 문제가 아니잖아? 내가 이걸 그냥 들고 가면 우유 한 팩 값은 어디서 보상받느냐고? 내가 나

중에 잘못된 걸 알고 오면 당신들이 어떻게 책임질 거야? 나보고 거
짓말한다고 할 거 아냐? 어떻게 책임질 거야?"

"손님, 제가 실수했습니다. 사과드립니다. 죄송합니다."

"이거 맹랑한 아가씨네? 지금 자꾸 죄송하다, 죄송하다 하면서
대충 도망치려는 수작 같은데, 이게 죄송하다고 해서 될 문제야? 내
가, 아니 우리 바깥양반이 피땀 흘려 번 돈을 마트에서 이렇게 가로
채도 되는 거야? 어떻게 할 거야?"

"손님, 이건 정말 실수지 제가 손님의 돈을 가로채려 했던 것이
아닙니다."

"뭐? 그걸 말이라고 해? 그래 들키면 실수고 안 들키면 그만이다,
이거야? 이거 완전히 도적놈들 아냐? 어디 이 따위 상술이 다 있어.
이러고도 너희들이 장사할 자격이 있어? 엉? 말해봐? 이러고도 장
사를 하겠느냐고?"

"손님, 너무하십니다. 제가 충분히 사과를 드렸고 계산도 바로잡
아드렸는데, 자꾸 이러시면 곤란합니다."

"곤란? 곤란? 너 말 다 했어? 말 다 했어? 그래 손님 돈 도둑질하
는 것은 괜찮고, 손님이 정당한 항의를 하는 것은 곤란한 짓이라 이
거야 지금? 뭐 이런 게 다 있어? 엉? 아, 나 참. 오늘 진짜 못 참겠네."

실랑이를 지켜보던 남자 직원이 옆으로 다가와 정중하게 허리를
숙였다.

"손님, 우리 직원이 실수했습니다. 용서하십시오. 앞으로 절대 이
런 일이 없도록 철저하게 교육하겠습니다. 죄송합니다."

"당신이 여기 책임자야?"

"네. 제가 식품점 매장관리자입니다."

"그래, 어떻게 할 거야? 이제 어떻게 할 거냐고?"

"어떻게 하다니요, 손님. 이미 잘못된 계산을 정정해드렸고, 이렇게 사과를 드리지 않습니까. 더 어떻게 해야 손님의 화가 풀리겠습니까?"

"그걸 내가 내놓아야 해? 잘못은 당신들이 했으니까, 해결책도 당신들이 내놓아야 할 거 아냐? 어엉?"

"손님. 죄송하다고 말씀드렸고, 잘못된 계산도 바로잡아드렸습니다. 더 이상 저희 보고 무엇을 어떻게 하라는 말씀입니까?"

"뭐 어떻게 하라는 말이냐고? 오호라, 그러니까 아무 대책이 없다, 이 말이네? 어? 당신들이 누구 덕에 먹고 살아? 엉? 다 나 같은 손님 덕에 먹고 사는 거 아냐? 그런데 손님한테 지금 그게 무슨 태도야? 그렇게 배웠어? 당신 말고 사장 오라고 해! 이것들이 내가 좋게 넘어가려고 했더니 도저히 안 되겠네. 이것들이 완전히 손님을 호구로 아네? 야! 빨리 사장 나오라고 해! 빨리 불러와!"

"거기 좀 나갑시다. 뒤에 사람들 많이 기다리잖아요."

길게 늘어서 있는 줄 뒤에서 어떤 남자가 소리쳤다. 남자는 생수를 한 박스 어깨에 얹은 채 차례를 기다리는 중이었다.

"선생은 뭐요? 지금 이 상황을 보고도 그런 말을 하는 거요?"

여자의 남편이었다. 그때까지 상황을 묵묵히 지켜만 보던 대머리 남편은 줄 서 있던 남자가 항의하자 즉각 아내를 응원했다. 생수를 어깨에 짊어지고 줄 서 있던 남자도 물러서지 않았다.

"계산도 바로잡았고, 사과도 받았으면 된 거잖아요. 다른 사람들이 이렇게 기다리잖아요. 그 좀 지나갑시다."

"아니, 이 사람들이 지금 제정신으로 그런 말을 하는 거요? 보고
도 몰라? 지금 계산이 잘못됐잖아? 상식이 있는 사람들이야 없는
사람들이야. 기가 막혀 말이 안 나올라 그러네."

"아, 좀 그만하고 갑시다. 여기 다들 바쁜 사람들입니다."

줄 속의 또 다른 남자가 거들었다. 그 와중에 줄 중간에 서 있던
여자가 뒤로 빠져 옆자리의 계산대로 이동했다.

"우리도 바빠요. 우리도 빨리 집에 가서 할 일이 많다고. 하지만
지금 상황이 그게 아니잖아? 잘못한 사람은 따로 있는데, 지금 당신
네들 우리한테 항의하는 거요? 예? 이래 가지고 어떻게 우리나라가
선진국이 되겠어요? 사람들이 다들 그렇게 무관심하니까, 범죄도
일어나고, 도둑들도 설치는 거 아니오?"

남편이 줄 속에 서 있는 남자를 향해 훈계를 늘어놓자, 아내가 다
시 거들었다.

"내 말이 그 말이야. 내가 이깟 돈 몇 푼 속았다고 그러는 게 아니
야. 이게 결국 우리 서민을 괴롭히는 도적질이라고! 안 그래, 아가
씨? 하여간 책임자 아저씨, 이제 어쩔 거야? 어떻게 할 거냐고? 우리
도 바빠, 바쁜 사람 잡고 자꾸 이러지 마. 어떡할 거야? 어?"

"네, 손님. 죄송합니다. 일단 뒤에 서 계신 손님들 계산하셔야 하
니까, 우선 저희 사무실로 가서 말씀을 나누시죠."

매장 책임자였다.

"뭐? 이 사람이 그걸 지금 말이라고 해? 일에는 순서가 있는 거 아
니야? 저 사람들보다 우리가 먼저 왔잖아? 우리 문제부터 풀어야 할

거 아냐? 당신 눈에는 뒤에 줄 서 있는 사람들은 보이고, 우리는 안 보여? 그러니까, 뭐야? 계산 끝난 사람은 손님도 아니다, 이 말이야? 당신네들은 그런 식으로 장사해? 장사 오늘만 하고 그만할 거야?"

여자는 막무가내로 우겨댔다.

"듣자듣자 하니 이 사람들 아주 막돼먹은 사람들이네. 내가 웬만하면 그냥 가려고 했는데, 도저히 안 되겠어. 여보, 당신 이거 다 올려."

막무가내로 신경질을 부리는 아내를 달래기는커녕 남편은 한 수 더 떠 카트에 담았던 물건을 계산대 위로 올리라고 했다. 그러면서 카트에 담았던 물건들을 계산대 위에 다시 올리기 시작했다. 여자 계산원이 더 이상 참지 못하고 울음을 터뜨렸다. 계산원이 울거나 말거나 부부는 카트에 담았던 물건들을 계산대로 올렸고, 뒤에 선 손님들은 하나둘 줄에서 빠져나가 옆 계산대로 향했다.

"잘 보셨습니까? 이 드라마의 제목은 '부부의 상식'입니다. 상식 하고는 전혀 거리가 멀다고 생각하십니까? 저 부부들에게는 저 상황이 상식입니다. 상식이라는 말이 사람마다 이렇게 다릅니다."

교장이었다.

"저 두 부부는 우리가 일반적으로 생각할 때 좋은 사람들이 아닙니다. 어처구니없는 이기주의자들이며, 심하게 말하면 사회에 해악을 끼치는 사람들입니다. 나쁜 사람인 것이죠. 그렇다면 저 두 부부의 사이는 어떨까요? 한번 짐작해보십시오."

교장은 약간의 틈을 주었다. 저 부부의 사이를 상상해보라는 말이었다. 저렇게 이기적인 사람들이라면 저희들이 사는 데도 저런 이

기심이 발동할 것이고, 날마다 서로 트집을 잡고 싸우다가 한평생을 다 보낼 것 같았다. 한마디로 끔찍한 사람들이었다.

"저 두 부부와 앞에 전직 의사 김승주 씨 부부를 한번 비교해보십시오. 어느 쪽이 교양 있고, 상식적인 부부라고 생각하십니까?"

그걸 질문이라고 하니?

"교양 있고 대체로 상식적으로 보이는 김승주 씨 부부는 끊임없이 불화했습니다. 하지만 마트에서 핏대를 올리며 계산원과 매장직원, 줄 선 손님들과 싸우는 저 부부는 금실이 아주 좋습니다. 아마, 저 장면 뒤에 벌어질 장면은 이럴 겁니다. 집으로 돌아가는 자동차 안에서 부부는 번갈아가며 계산원과 매장 책임자를 욕하고, 줄 속에 서서 항의하던 시민들의 도덕불감증에 대해서도 성토할 것입니다. 더 나아가 당신이 오늘 보여준 태도는 한국시민으로서 정의를 지킨 것이라고 서로 치켜세울지도 모릅니다. 그리고 짝짝꿍이 되어 손뼉을 치고, 집에서 가서는 고기를 지글지글 구워 한 점 집어 남편과 아내의 입에 넣어줄지도 모릅니다. 어쩌면 오늘의 공동전투를 기념해서 한바탕 질펀한 성관계를 가질지도 모릅니다. 세상에 이렇게 좋은 여자, 이렇게 좋은 남자가 어디 있느냐고, 나는 정말 복도 많은 남자, 여자라고 난리를 칠지도 모릅니다."

설마?

머리가 벗겨진 늙은 남자와 뽀글뽀글한 파마머리 여자가 엉켜서 뒹구는 장면을 상상하는 것만으로도 징그럽고 추했다. 인선은 그 늙고 쭈글쭈글한 몸도 징그럽지만, 저토록 몰상식한 배우자와 몸을 섞다가는 토악질이 날지도 모른다고 생각했다.

"만약 마트에서 계산원을 심하게 나무라는 아내에게 남편이 아주 상식적인 선에서 '당신 이제 그만하지? 계산하는 아가씨도 충분히 사과를 했으니 됐잖아?'라고 이야기했다면 어떻게 되었을까요? 아내는 남편의 충고를 받아들여 '내가 너무 심했나?' 하면서 은근슬쩍 물러날까요? 천만에요. 아주 상식적으로 보이는 이 말이 아내에게는 전혀 비상식적인, 그리고 이 사태를 엉뚱하게 몰고 가려는 남편의 비열한 행위로 비쳐졌을 겁니다. 아내는 온 세상이 떠나가라고 부부싸움을 하겠지요. 생판 처음 보는 새파란 여자, 그것도 계산을 잘못해 우리를 속이려 한 여자 편을 든다고 고래고래 고함을 지를 것입니다. 집으로 돌아간 뒤에도 한 며칠 동안 원수처럼 지낼지도 모릅니다. 어쩌면 아주 오래전에 다투었던 문제까지 끄집어내서 으르렁댈지도 모릅니다.

상식이란 게 사람마다 이처럼 다릅니다. 그래서 상식적이라는 말, 상식선에서 해결하자는 말은 때때로 전혀 상식적이지 않은 결과를 낳기도 합니다. 월급을 가능한 한 적게 주고 많은 일을 시키고 싶은 것은 고용자의 상식이고, 가능한 한 짧은 시간에 좋은 환경에서 일하고, 가능한 한 많은 월급을 받고 싶은 것이 근로자의 상식입니다. 회사 매출이 떨어졌을 때, 사장은 직원들이 일을 열심히 안 해서 그렇다고 상식적으로 생각하고, 직원들은 사장이 경영을 잘 못 해서 그렇다고 상식적으로 생각합니다.

좋은 남편은 학력과 사회적 지위가 높고, 수입이 많고, 상식적이며, 유머와 스포츠 감각이 뛰어난 남자가 아닙니다. 그런 사람은 잘난 남자가 틀림없지만 좋은 남편감은 아닙니다. 마찬가지로 아름답고 명랑하며, 지적인 데다가 현모양처의 자질을 갖춘 여자가 곧 좋은 아내감은 아닙니다. 좋은 남편, 좋은 아내는 내게 맞는 사람입니다. 나와 똑같은 부류의 사람이 나와 맞는 좋은 배우자인 것입니다. 그러니 먼저 내가 어떤 부류의 인간인지 알아야 합니다."

잘난 남자가 좋은 남편은 아니다. 뒤통수를 한 대 맞은 기분이었다. 윤철은 어떤 남자일까. 학창시절 그가 보여준 성실한 태도며, 반듯한 행동거지는 모범이 될 만했다. 인선이 아는 한 여자 문제도 없었다. 3학년 땐가, 어떤 여자를 사귄 적은 있었지만 문제를 일으킨 적은 없었다. 보통의 남자들처럼 이 여자 저 여자를 집적거린 적도 없었고, 술에 취해서 엉뚱한 데를 들락거리지도 않았다. 아니 그런 짓을 하는 사람이 아니라고 들었다.

윤철은 좋은 남자다. 틀림없다. 그러나 그것이 다는 아니라는 말이다. 윤철은 나와 맞는 남자일까. 무엇이 맞아야 맞는 남자일까. 속궁합이 맞아야 할까. 적어도 그런 문제라면 윤철과 나는 잘 맞는 것같다. 친구들이 하나둘 나이를 먹으면서 남자들의 섹스에 대해 불만을 터뜨리는 걸 간혹 들었지만, 윤철은 대체로 좋았다. 혼자 마구잡이로 덤비지 않았고, 오래오래 정성을 들여 상대방을 달아오르게 할줄 알았다. 관계가 끝난 뒤에도 제멋대로 돌아누워 버리거나 담배를 피우거나 한숨을 쉬지도 않았다. 얼른 나가자고 서둘러 옷을 주섬주섬 집어 입지도 않았다.

"지금도 서점에 가면 수많은 연애, 결혼 지침서가 있습니다. 그 책들은 하나같이 상대의 심리를 파악하고, 상대를 꿰뚫고, 그에 맞게 말하고 행동하라고 합니다. 제가 장담하건대 이런 말은 다 틀린 말입니다. 그렇게 해서 연애를 하고 결혼에는 성공할 수 있을지 모릅니다. 하지만 반드시 파탄이 납니다. 상대를 알기 전에 나를 알아야 합니다. 나를 알고 상대를 알아야 위태롭지 않습니다.

많은 남자와 여자들이 마음에 드는 이성을 만나면 그 사람을 얻기 위해 나를 속이고 상대를 파악하려고 합니다. 상대에게 맞추려고 합니다. 이거야말로 욕심 때문에 사지로 뛰어드는 것입니다. 다른 사람이 나와 꼭 같을 수는 없습니다. 그래서 우리는 다소간 맞춰가며 살아야 합니다. 그러나 하루이틀도 아니고 상대에게 억지로 맞춰가며 평생을 살 수는 없습니다. 결혼하면 달라지겠지, 하는 생각은 잘못된 생각입니다. 상대에게 억지로 맞추다보면 많은 것을, 어쩌면 타고난 모든 것을 포기해야 하는지도 모릅니다. 나를 알고, 내게 맞는 상대를 찾는 것이 가장 신뢰할 만한 방법입니다. 지금 당장 내 앞에 있는 여자와 남자를 붙잡지 못하면 모든 것이 끝장날 것 같습니까? 아닙니다. 이 남자 혹은 이 여자가 아니면 세상에 남자나 여자가 없을 것 같습니까? 아닙니다. 널리고 널린 게 남자고 여자입니다. 억지로 맞추려고 하지 마십시오. 나랑 상당 부분 맞는 사람은 있기 마련입니다."

나는 윤철에게 무엇을 맞추고 있는 걸까? 내가 억지로 그에게 맞추는 것은 무엇이 있을까? 그의 스케줄에 맞추고, 그의 음식 취향에 맞추고, 그의 말에 때때로 맞장구를 치는 것이 그에게 맞추는 것일까. 그는 내게 무엇을 맞추고 있을까. 그가 내게 억지로 맞추는 게 있기는 할까. 그가 나를 배려해서 맞추는 게 없다고 생각하면 틀림없이 서운한 일이다. 그러나 교장의 말대로 윤철이 내게 일부러 맞추지 않는데도 내가 그를 무난히 받아들일 수 있다면, 이것이야말로 우리가 잘 맞는다는 말이 아닐까.

"부부클리닉 전문가라는 사람들은 걸핏하면 부부간의 대화를 강조합니다. 아내가 달라졌어요, 남편이 달라졌어요, 부부가 달라졌어요, 라는 그럴듯한 프로그램을 만들어 대화와 배려를 강조합니다. 대화, 배려. 좋은 말입니다. 하지만 안 맞는 사람끼리 백날 대화해보세요, 싸움밖에 안 됩니다. 대화를 통해 양보하고 타협하고 이해하고 배려하고 서로 맞춰가며 살라고들 합니다. 웃기는 이야기들입니다. 부부 된 사람치고 양보 안 하고, 이해 안 하고 대화 안 해본 사람이 어디에 있겠습니까? 그런데도 어째서 세 집 건너 한 집이 이혼을 하겠습니까? 누군들 가정을 파탄 내고 싶어서 안달이 났겠습니까?

모든 이혼하는 부부, 부부관계가 파탄 난 부부들이 그 지경이 될 때까지 대화도 하지 않고, 상대를 이해하려는 노력도 안 하면서 손 놓고 있었던 게 아닙니다. 그 사람들도 나름대로 애를 썼습니다. 그러나 아무리 애를 써도 안 되니까 파탄이 나는 겁니다. 오며가며 만난 친구들끼리도 일이 틀어지면 화해하려고 여러 가지 시도를 합니다. 자식까지 낳고 사는 부부들은 오죽 노력했겠습니까? 아무리 노력해도 안 되니까 헤어지는 겁니다.

내게 맞는 사람, 꾸미지 않은 내 민낯에 맞는 사람을 만나야 합니다. 술꾼은 해장술에 망하고, 노름꾼은 본전 생각에 망합니다. 날씨가 아무리 추워보십시오. 술꾼이 술 사 마시지 옷 사 입나? 술꾼은 평생을 가도 술꾼입니다. 죽을병에 걸리면 그때 가서야 술을 끊습니다. 그때 가서 술 끊으면 뭐 합니까? 배우자인 당신은 남편이 혹은 아내가 죽을 때까지 병수발을 해야 합니다. 노름꾼은 빚에 아무리 쪼들려도 빚을 갚기는커녕 돈푼깨나 생기면 그 돈을 밑천 삼아 노름판으로 달려갑니다. 춤바람 난 여자도 마찬가집니다. 술꾼이 죽을 병에 걸리지 않는 한 술을 못 끊듯이 노름꾼은 손목을 자르지 않는 한 화투패를 못 놓고, 춤바람 난 여자는 발목을 자르지 않는 한 어림없습니다. 평범한 보통 사람들이 세울 수 있는 대책이란 것이 고작 춤바람 난 마누라 구두 뒤축 분질러놓는 정도인데, 구두 뒤축 백날 분질러놓아야 소용없습니다. 사람의 근본이 바뀐다는 게 이렇게 어렵습니다.

안 맞는 사람이라고 판단되면 지금이라도 깨끗이 포기하고 돌아서는 게 낫습니다. 지금까지 사귄 세월이 아까워 결혼하겠다고 덤볐다가는 더 큰 불행을 맞이할 뿐입니다. 이왕 손에 든 잔을 내려놓기 어정쩡해 마셨는데, 요행히 운이 좋아 생수일 수도 있습니다. 그러나 독배를 마시면 반드시 독사하게 되어 있습니다. 참 간단하지만 실천하기는 어렵습니다. 흔히 부부가 살면서 안 싸우는 사람이 어디 있느냐고? 싸우면서 산다고들 합니다. 맞는 말입니다. 하지만 싸우면서도 사는 사람들은 그래도 살 만하니까 사는 겁니다. 누구나 싸우면서도 그럭저럭 살 수 있는 것은 아닙니다."

희주는 말했다. 자신만의 세계에 오래 머물 수 있는 사람은 배우자가 필요하지 않다고. 지나치게 독립적인 사람에게는 결혼생활이 어울리지 않는다고. 때때로 지지고 볶고 싸우더라도 홀로 살 수 없는 사람들이 결혼에 어울린다고 했다. 그럴까. 그럴 것이다. 윤철에게는 내가 필요한 사람일까. 잠자리 말고 그가 내게서 얻고 싶어하는 것은 무엇이고, 내가 그에게 줄 수 있는 것은 무엇일까. 그에게 필요한 것은 무엇일까. 내가 없어서 그가 할 수 없는 일은 어떤 게 있을까.

"사람은 끼니마다 배를 채워야 하지만, 식당에서 살지는 않는다."

희주는 자기가 말해놓고 보아도 근사하다며 그 말을 반복했다. '사람은 끼니마다 배를 채워야 하지만, 식당에서 살지는 않는다.' 늘 식당에 머물기를 원하는 사람과 가끔 식당에 들렀다 떠나기를 바라는 사람은 비좁은 공간에서 평화로운 관계를 지속하기 어렵다.

"결혼을 생각하고 남자를 만날 때는 이 사람이 식당에 머물 사람인지, 배만 채우면 금방 일어날 사람인지를 아는 게 중요해."

"가슴이 쿵 내려앉는 사람이 아니고?"

성애와 인선이 동시에 물었고, 희주는 "놀고들 있네"라고 했다. 가슴이 쿵 내려앉는 남자는 연애할 남자고, 결혼할 남자는 함께 밥을 먹을 남자라고 했다. 희주의 말은 어렵기도 했고 못마땅하기도 했다. 가슴이 쿵 내려앉을 만큼 매력적이면서도 지겨워하지 않고 밥을 함께 먹어줄 수 있는 남자는 없는 것일까. 꼭 그 둘 중에 하나를 선택해야 한다면 인생이 너무 측은하다 싶었다.

성애, 사랑에 빠지다

성애는 진작부터 몸부림을 치는 중이었다. 털어놓고 싶은 말이 있는 것이다. 쏟아내고 싶은 말은 있는데 그 말을 꺼낼 기회를 찾지 못해 안달이 난 얼굴이었다.

답답한 성애, 바보 같은 성애. 오랜 친구들한테 못 할 말이 뭐람. 속 시원하게 털어놓기 힘들면, 지나가는 소리처럼 찔끔 흘리기라도 하면 좋을 것을. 그 졸졸 흘러내린 말을 받아서 희주가, 윤희가, 아니 내가 굉음을 내며 떨어지는 폭포수로 만들어줄 텐데.

희주가 남편이 이번에 프랑스 출장길에 선물로 사왔다는 샤넬 가방을 탁자 위에 턱 하니 올려놓았을 때도 성애는 의례적인 칭찬을 했을 뿐 말이 없었다. 아낌없는 부러움과 찬사를 기대했던 희주는 살짝 새치름한 표정을 지었다. 그러면서도 탁자 위에 부담스럽게 자리를 차지하고 있는 샤넬을 내리지는 않았다. 인선과 희주가 근래의 자질구레한 일상을 주고받는 동안에도 성애는 끼어들지 않았다. 인선의 이야기에 가끔 고개를 끄덕이기는 했지만 관심은 딴 데 가 있는 것 같았다. 슬쩍슬쩍 손에 든 스마트폰을 살피는 꼴로 봐서 누군가의 연락을 기다리는 것 같기도 했다. 물론 그 누군가는 남자일 것이다. 무슨 일이 있느냐고 물어보고 싶었지만, 말하지 않는 걸 굳이 묻지 않는 것도 예의라는 걸 배웠다. 답답하면 먼저 말문을 열겠지.

"아! 왜 그래? 무슨 일 있어?"

역시 용감한 희주였다.

"일은 무슨⋯⋯."

"근데? 유부녀가 귀하신 시간을 억지로 내서 나왔는데, 무슨 딴 생각을 하는 거야?"

희주가 귀하신 시간이라고 했을 때 인선은 '퍽이나!' 하며 실소했다. 그녀에게 흔해빠진 게 있다면 시간이었다. 결혼을 한 뒤에도 희주는 처녀 때나 별 차이 없이 친구들을 만나고, 영화를 보고, 저녁을 먹었다. 남편의 퇴근이 늦기도 했고, 해외출장도 잦았기 때문이다. 그녀의 남편 역시 희주가 종일 집에서 빈둥거리며 자기만 기다리는 것을 바라지는 않았다.

희주의 남편 장승택은 늦은 밤 퇴근길에 친구들과 수다를 떨고 있는 희주를 데리러 나타나기도 했다. 얼마나 모범적인 남편인가. 아내를 위해 종일 일하고, 퇴근길에는 그때까지 신나게 놀고 있는 아내를 모시고 집으로 간다. 모든 남편들이 그렇지는 않다. 그럴 필요도 없다. 내 남편이 될 사람만 그렇게 하면 되는 것이다. 남편의 손에 이끌려 일어서는 희주는 못내 아쉽다는 표정을 지었지만, 뒷모습에는 좋아서 죽겠다는 글씨가 큼지막하게 씌어 있었다. 얼마나 좋은가, 밤이 늦도록 친구들과 어울리고 늦은 밤에는 집으로 안전하고 편안하게 모셔다줄 남편이 있으니 말이다. 장승택이 자동차 동승자석 문을 열어주고, 희주가 우아하게 들어가 앉는 모습을 본 적이 있었다. 구중궁궐에 기거하시는 왕후마마께서 시종들의 부축을 받아 가마에 오르시는 얼굴이 그럴 것이다.

"무슨 안 좋은 일 있어?"

얼굴을 보아하니 좋아도 한참 좋은 일 같았지만 인선은 애써 걱정스러운 표정을 지었다.

"좋은 일도 아니고, 나쁜 일도 아니야."

여전히 기어들어가는 목소리였다.

"뭔데? 답답하게 왜 그래?"

"사실은…… 만나는 남자가 있어."

"뭐!"

희주와 내가 동시에 탄성을 터뜨렸다. 성애가 이전에 사귀던 남자와 헤어진 것이 지난 해 봄이었다. 벚꽃이 온 세상을 가득 채울 기세로 피어나던 날, 성애는 온 세상을 다 잃은 사람처럼 울었다. 울어서 번진 마스카라 때문에 시커멓게 범벅이 된 얼굴로 그녀는 나쁜 놈이라는 말만 계속 주워섬겼다. 내가 저한테 얼마나 잘했는데, 나쁜 놈. 어떻게 나한테 이럴 수 있어, 나쁜 놈. 벼락을 맞을 거야, 나쁜 놈. 지가 얼마나 잘 살 거 같아, 나쁜 놈. 그날 성애는 아무리 못해도 백 번쯤 나쁜 놈이라고 떠나버린 남자를 원망했다.

"완전 빅뉴스네!"

"야, 그게 좋은 일도 나쁜 일도 아니야? 완전 좋은 거네. 그래, 뭐 하는 남자야. 잘생겼어? 키는 커? 몇 살이야? 뭐 하는 사람이야? 어떻게 만났어? 돈 잘 벌어? 빨리 말해봐. 얼마나 됐어? 키스했어? 벌써 같이 잤어?"

희주는 속사포처럼 질문 공세를 퍼부었다. 인선은 성애의 얼굴에 번지고 있는 가느다란 미소를 놓치지 않았다. 그 남자를 생각만 해도 얼굴에 미소가 퍼지는 것이다. 남자가 꽤, 아니 상당히 마음에 든다는 말이다.

"아, 답답해. 빨리 말해봐. 좔좔좔 읊어보란 말이야."

희주가 탁자에서 샤넬 가방을 덥석 들어 내리고 성애 앞으로 바싹 다가앉았다. 성애의 새로운 남자친구가 나타나자 천연덕스럽게 버티던 샤넬은 곧바로 무대에서 쫓겨났다. 희주의 관심사는 결혼 전이나 후나 여전히 연애와 남자였다.

성애가 만나는 남자는 시청 공무원이었다. 공무원이라는 말에 희주는 대박이다, 대박. 요새는 공무원이 최고다, 하며 찬사를 퍼부었다. 공무원이라면 질색이라고 말하던 희주가 결혼 2년 만에 전혀 다른 평가를 내린 것이다. 희주는 살아보니까 제때 출근하고 제때 퇴근하는 남편이 최고더라고 덧붙였다.

성애는 3주 전에 선을 통해서 남자를 만났으며, 남자 쪽에서 금방 다시 만나자는 연락이 와서 못 이기는 척 만나왔다고 했다. 요망한 것. 벌써 3주나 됐는데 아직 보고를 안 했단 말이냐며 희주는 성애를 몰아세웠다. 성애는 여전히 자신 없는 목소리로 대꾸했다.

"그렇게 됐어……. 계속 만나게 될지, 그만두게 될지도 모르고 해서 말이야. 말 안 하려고 했던 건 아니야."

"아~ 그러셔? 그러니까 이제 보고를 하는 것은 그 남자와 계속 만나기로 결심했다는 것이며, 그 남자도 그럴 태세라는 말이지?"

성애는 고개를 끄덕였다. 그리고 살짝 웃었다. 한없이 착하고 순한 아이였다. 새로 만나게 된 남자 이야기를 꺼내고 싶어 안달하면서도 말을 꺼내지 못하고 부끄러워하는 아이였다. 착하고 순진하고 부끄러움 많은 성격은 성애의 최대 장점이었는데, 희주는 그게 오히려 단점이라고 말하기도 했다.

"잘생겼어?"

"아니야. 그냥 그래. 착하게 생겼어."

"흠. 내가 한번 만나볼까? 이 예리한 눈으로 어떤 남자인지 파악해주는 게 친구 된 사람의 마땅한 도리 아니겠니? 당장 불러봐."

"아, 안 돼. 안 돼. 갑자기 불쑥 만나자고 해서 친구들이 둘러앉아 있으면 놀랄 거야. 수줍음 많이 타는 남자야. 아직은 그럴 단계도 아니고."

"야야, 세월 좋은 소리하고 있네. 계속 만나도 좋을 남잔지, 즐겁고 짧게 놀고 빨리빨리 정리해야 할 남잔지 결정을 해야 할 거 아냐?"

남자를 만나는 건 성앤데, 희주는 그 만남을 지속할지의 여부를 자기가 판단해주겠다고 나섰다. 참 오지랖도 넓으셔. 애들도 아니고, 선을 통해서 만났다면 상대도 결혼을 전제로 만난다는 말이다. 게다가 이제 겨우 3주가 지났다. 3주쯤 만난 여자가 당신을 내 친구들에게 소개해주고 싶어요, 라고 말하면 남자들은 어떤 생각을 할까. 여자한테 인정받았다는 생각에 기뻐할까. '웬 김칫국?'이라고 생각할까. 어쨌거나 결혼을 진지하게 고려하고 있다면 일단 두 사람이 좀 더 서로를 알아가는 시간이 필요할 것이다. 괜히 친구들을 소개 해서 부담을 줄 필요는 없다.

역시 결혼생활학교를 다닌 효과가 있었다. 남자들은 여자에게 발 목 잡히는 것을 싫어한다고 했다. 스스로 여자를 낚아챘다는 생각 이 들도록 해야 한다. 친구들한테 소개를 하더라도, 일단 남자가 자 기 친구들을 먼저 소개한 뒤에, 나도 당신 친구들을 만나보고 싶다 고 할 때 해도 늦지 않다. 괜히 나서서 설레발치다가 남자 잃고 세월 잃고 자존심 잃고 망신만 당하는 법이다.

"이번엔 좀 잘해보려고."

성애가 미소 띤 얼굴로 말했다.

"오호? 쿵하고 가슴이 내려앉았어?"

"괜찮은 사람 같아."

"야아, 이거 완전 빅뉴스네. 근데 진도는 어디까지 나갔어?"

"그냥 이야기만 많이 나눠."

"키스도 안 했어?"

"아직……. 그렇게 빨리 가는 건 좀 그렇잖아? 이제 겨우 여덟 번 만났어."

"3주 만에 여덟 번이라. 완전 불타올랐구만, 불타올랐어. 그러니 까 이것이 3주 동안 여덟 번이나 남자를 만나느라고 통 연락이 없었 네. 아주 앙큼한 것일세."

희주는, 여덟 번이나 만났는데 아직 키스도 안 했다는 것은 좀 상 식 밖이다. 남자가 여자한테 빠지면 하루 만에도 달려드는 게 보통

인데 혹시 아직 간보고 있는 건 아니냐? 아니다. 아무래도 결혼을 전제로 하는 만남인 만큼 점잖은 척 일부러 시간을 늦추는 것인지도 모른다. 그런 건 나쁘지 않다. 앞으로 마르고 닳도록 할 텐데 서둘 거야 없다. 하지만 그래도 여덟 번이나 만났는데, 남자가 너무 숙맥인 거 아니냐? 아니다. 선수보다야 어수룩한 남자가 좋다. 요즘 공무원 시험이 얼마나 힘든데, 완전 공부 열심히 했겠다는 등 일관성 없는 이야기를 마구 늘어놓았다. 그리고 아무튼 잘된 일이며 축하한다는 말을 거듭 주워섬겼다. 그러다가 문득 생각났다는 듯 진지한 언니의 표정이 되어 일갈했다.

"근데 넌 너무 착하고 여성스러운 게 문제야."

"착한 것도 흠이니?"

인선이 반박했다. 성애는 대학 친구들 중에서 단연코 가장 여성스럽고 착한 아이였다. 성애에 이어 두 번째로 착하고 여성스러운 친구가 누구인지는 헷갈렸다. 그러나 누가 2등으로 착하고 여성스럽다고 해도 1등인 성애와의 격차는 100점과 30점처럼 멀었다. 인선은 착하고 여성스러운 것이야말로 성애의 장점이라고 믿었다. 친구들과 격의 없는 자리에서도 성애는 소리 내어 크게 웃는 경우가 드물었다. 어쩌다가 웃을 때도 손으로 입을 살짝 가리는 게 습관이 되어 있었다. 화를 낸 적도 없는 것 같았다. 다섯 명의 동창들이 10년 가까이 친하게 지내는 동안 한두 번씩은 다투거나 토라진 적이 있었다. 인선과 희주도 다퉈서 한때는 석 달 넘게 말을 안 한 적도 있었다. 친구들이 화해를 주선한 자리에서도 서로 한마디도 하지 않고 나머지 세 친구들과만 이야기를 하고 헤어진 적도 있었다. 희주에게 해야 할 말을 성애를 향해 했고, 희주 역시 인선에게 해야 할 말을 성애나 효선에게 하는 웃지 못할 촌극을 벌이기도 했다. 친구들은 누구나 한두 번씩 그렇게 토닥거렸지만 성애는 단 한 번도 그런 다툼의 주인공이 되지 않았다. 그만큼 자기 색깔을 드러내지 않았고, 순응하는 편이었다.

그렇다고 성애가 딱히 자기 생각을 감추고 일부러 비위를 맞추는 것 같지는 않았다. 성애는 천성이 솔직한 아이였고, 착한 아이였다. 여러 사람이 하자는 대로 그저 묵묵히 따르는 것을 좋아했다. 그야말로 상냥하고 여성스럽고 착한 아이였다. 그런데도 남자들은 희주처럼 분방하고 변덕꾸러기인 여자를 더 좋아했다. 참 알다가도 모를 것이 남자들의 마음이었다.

"남자들이 착한 여자를 좋아할 것 같지? 안 그래. 이 남자란 동물님들이 참 웃기게도 여성스러우면서도 터프한 남자, 쿨가이 같은 여자를 좋아한다는 거야. 여자가 항상 선머슴처럼 구는 것도 문제지만 늘 얌전한 것도 문제야. 가끔씩 터프한 모습을 보여주는 게 포인트야, 포인트. 인생 선배 말씀이니까, 명심해."

희주는 친한 동창들 중에 맨 먼저 결혼했다. 결혼한 뒤로 그녀는 남녀문제, 결혼문제에 관한 한 자신이 대선배이며, 따라서 남자와 관련한 모든 문제는 자신과 상담해야 한다고 우겼다.

"내 모습이 아닌데 어떡해?"

"이 맹추야. 사람이 꼭 생긴 대로만 사냐? 가끔 한 번씩 전혀 다른 모습을 보여줘야 해. 남자들은 예쁜 여자한테 쉽게 빠지지만 예쁘기만 한 여자를 지겨워해. 마찬가지야. 기본적으로 착하고 순한 여자를 좋아하지만, 착하기만 한 여자한테도 금방 싫증을 느끼는 거라고. 그러니까 가끔은 평소의 틀에서 벗어난 파격적인 모습을 보여줘야 한다, 이 말씀이야. 아주 강렬한 매력 포인트가 되는 거지. 그런 걸 이 선배님께서는 화려한 외식이라고 명명하고 싶구나. 집에서 늘 먹는 밥이 아니라 비싼 고급 식당에서 먹는 100만 원짜리 화려한 외식."

"그러니까 어떤 거?"

"뭘 어떤 거야. 가끔씩은 깜짝 놀라게 하라는 거지. 이를테면 뭐, 아 쌍, 닐리미 같은 욕도 좀 하고, 그렇다고 너무 자주 하면 안 되고, 치마 입은 채로 발차기 같은 것도 한 번씩 보여주라고. 노래방 같은 데 같이 가면 맹추처럼 앉아 있지 말고 신나게 춤도 좀 추고 말야. 술도 가끔 원샷을 때리고 잔을 턱 건네기도 하고 말이야."

"발차기? 나 못하는데?"

"누가 태권도 선수처럼 하랬냐? 그냥 발로 차는 시늉이라도 내라는 거야. 가령 경적을 심하게 울리며 지나가는 자동차가 있다 치자, 그럴 땐 짜샤! 하며 자동차 꽁무니를 향해 옆차기를 날리는 거지."

"남자들이 그런 걸 좋아해?"

"맨날 그러는 여자를 좋아하지는 않지. 요컨대 이 선배님의 말씀은 변화무쌍한 모습을 보이라는 거야. 지루한 여자보다는 혼란스러운 여자가 좋아. 완전 정신 나간 여자를 좋아할 남자가 어디 있겠냐만 너처럼 질서정연한 여자는 가끔 그런 모습으로 포인트를 찍어줘야 한다는 말씀이야."

"발차기와 욕."

"그래 발차기와 욕. 상냥함과 다소곳함 속에서 가끔 튀어나오는 터프함이지."

성애는 희주의 조언을 뇌리에 새겨 넣기 위해 안간힘을 쓰는 것 같았다. 아무리 머리에 새겨도 성애가 그런 일을 할 수는 없을 것이다. 괜히 어울리지 않는 엉뚱한 짓 하다가 외려 손해를 볼 수도 있다. 인선은 ML결혼학교에서 배운 걸 성애에게 그대로 들려주었다.

"괜히 그런 거 하지 마. 결혼이란 자고로 내 민낯 그대로를 보여주고, 그 모습과 맞는 사람을 만나야 하는 거야."

"아쭈? 결혼학교 다니더니 완전 세뇌됐나보네?"

희주 역시 ML결혼학교 과정을 수료하고 결혼면허를 땄다. 그러니 그 학교의 교육내용에 대해서는 훤하게 알고 있었다.

"세뇌가 아니라 그게 맞는 거 아니야? 일단 꼬드기고 보겠다고 내 진짜 모습과 다른 모습을 보여주는 건 결과적으로 해롭잖아. 언제까지 진짜 모습을 숨길 수도 없는 일이고. 그러니까, 성애 너. 괜히 이 요상한 아줌마 말 듣지 말고, 네 모습 그대로 보여줘. 네 본래 모습에 혹하는 남자야말로 너랑 맞는 남자 아니겠어."

"이것들이 정말! 요상한 아줌마라니! 선배한테."

희주가 히죽거렸다.

"이번엔 잘 해보고 싶어."

목 안으로 기어들어가는 목소리였다.

"그러니까 선배 말 들어, 이것아."

연애와 결혼에 관한 한 희주는 성공했고, 그래서 확신에 차 있었다. 이미 성공한 여자가 하는 말은 확실히 근거가 있지만 그렇다고 희주의 경우가 성애에게도 그대로 적용된다고 볼 수는 없었다. 게다가 성애가 지금 만나고 있는 남자는 희주의 남편과는 전혀 다른 성품일 수도 있었다.

"아니야, 이 아줌마가 성공했다고 너도 성공한다는 보장이 어딨어? 그러니까 너는 원래 네 모습을 유지하는 게 좋아. 그 남자가 터프한 여자를 싫어할지도 모르잖아? 게다가 발차기 그거 아무나 하는 거 아니다. 그것도 자연스럽게 배어 있는 여자들이나 하는 거지, 괜히 어설프게 했다가는 이상한 여자로 비칠지도 몰라."

"물론! 그건 인선이 말이 맞아. 그 점은 정말 조심해야지. 연출된 모습이 아니라 자연스러운 모습이 중요하지."

희주가 맞장구를 치자 성애는 그만 혼란스러워했다.

"연습이라도 좀 할까?"

"아이고, 이 아가씨야. 치워라, 치워. 그게 연습한다고 되겠냐? 그냥 너 생긴 대로 보여주라니까. 네 남자가 될 사람이라면 그런 네 모습을 좋아할 거고, 떠날 사람이면 어차피 떠나는 거야. 지금 이 남자가 아니어도 남자는 얼마든지 있다고 생각해. 기다리면 나와 맞는 남자는 반드시 나타난다고 말이야."

"그렇게 느긋하셔?"

희주가 생글 웃으며 눈을 흘겼을 때 인선은 뜨끔했다. 말은 그렇게 했지만 자신도 윤철이 떠나버릴까 노심초사하기는 마찬가지였다. 그 많던 남자들은 다 어디로 가고, 코빼기도 보이지 않는 것일까. 학교를 졸업한 뒤에도 가끔 연락을 해오던 동창들도 언제부턴가 연락을 툭 끊었다. 무심하고 괘씸하고, 생각이 없는 것들이었다.

새로 구해 들어간 직장에서 그럴듯한 여자를 만난 것이겠지. 나쁜 놈들.

"그리고 남자가 하자는 대로 다 하지 마. 자고로 남자란 동물은 자기가 하자는 대로 다 하는 여자, 약속을 갑자기 취소해도 화 안 내는 여자, 갑자기 불러내도 기다렸다는 듯이 금방 달려 나오는 여자를 우습게 생각하거든. 이것저것 자꾸 챙겨주지도 마. 비타민 사 줄 돈 있으면 너나 사 먹어. 이것들은 사랑을 받으면 감사할 줄 모르고, 외려 자기를 생각해주는 여자를 하찮게 생각한다니까."

"늘 튕기라는 거니?"

"튕기라는 게 아니라, 아무렇게나 대하도록 내버려두지 말라는 거야. 어쩌다가 한 번쯤은 불쑥 전화해도 나가줄 수 있지만, 그런 경우는 1년에 한두 번이어야 해. 부를 때마다 재깍재깍 튀어나가면 제 멋대로 굴어. 남자를 망치는 건 여자야. 이제야 하는 말이지만, 그 자식 거 이름 뭐냐? 하여간 그놈이 널 떠난 것도 다 이유가 있는 거야. 네가 하자는 대로 다 해주고, 자기 말이면 끔뻑 죽으니까 널 하찮게 생각하고 지겨워한 거야. 물론 그놈도 나중에는 땅을 치고 후회하겠지. 하지만 지금은 몰라."

"그 남자 이야기는 왜 또 꺼내고 그러니."

"하여간 내 말 명심해! 싸게 굴지 마. 자고로 남자한테 여자는 전리품이 되어야 해. 대단히 힘든 싸움에서 얻어낸 값비싼 전리품 말이야. 어렵게 얻은 전리품일수록 귀하게 생각하는 법이야. 남자란 것들은 뭐 하나 예외 없이 그렇게 생겨먹었어."

정말로 희주는 청산유수에, 남자들 심리라면 모르는 게 없는 것 같았다. 인선은 한편 빈정거리고 싶다는 뜻을, 또 한편으로는 감탄했다는 뜻을 담아 말했다.

"역쉬 박사님이십니다."

친구들과 헤어지고 집으로 들어가는 길은 참담했다. 남자친구도 없이 외로워하고 불안해하던 성애에게 남자가 생긴 것이다. 참 잘된 일이다. 마땅히 축하하고 잘되기를 빌어주어야 한다. 그것이 친구 된 사람의 마땅한 도리일 것이다. 하지만 성애는 지금 선을 통해서, 그러니까 결혼을 전제로 남자를 만나고 있다. 지루할 정도로 오랜 연애 끝에 결혼에 도달하려는 것이 아니다. 요모조모 따져보고 별 흠이 없으면 당장에라도 결혼을 하겠다는 것이다. 그러니 다음 달이라도 결혼하겠다고 선언하지 말라는 법은 없지 않은가?

이러다가 성애마저 덜컥 결혼해버린다면? 황량한 사막에 나만 남는다. 친구들이 결혼을 하고 아이를 낳고, 그 아이가 자라서 아장아장 걷기 시작할 때까지 싱글로 남아 있는 것은 아닐까. 두려움과 서글픔이 밀려왔다. 나 좋다고 쫓아다니던 수많은 남자들은 지금 다 어디로 가버렸는가. 귀찮을 정도로 따라다니던 남자들은 하늘로 솟았나, 땅으로 꺼져버렸나. 인정머리 없는 것들!

윤철은 지금 뭘 하고 있을까. 전화를 해볼까.

아니다. 전화를 해도 그가 해야 한다. 내가 전화를 걸어봐야 소용이 없다. 어차피 시간을 내기 어려운 쪽은 윤철이니 말이다. 그래도 한번 해볼까? 마침 집으로 가는 버스가 왔고, 인선은 전화를 걸고 싶은 유혹을 뿌리치기로 결심한 사람처럼 냉큼 버스에 올랐다.

버스는 한산했다. 자리에 앉아 스쳐가는 창밖의 풍경에 시선을 집중했다. 기분은 여전히 울적하고 불안했다. 윤철이 나와 결혼하겠다고 결심을 굳혀도, 결혼학교 과정을 이수하고 면허를 따자면 1년이 더 걸린다. 지금 바로 나서도 1년이다. 그런데 윤철은 아직 천하태평이다. 그는 내가 이렇게 쫓기고 있다는 걸 조금도 고려하지 않는 것이다. 이대로는 안 된다. 무슨 수를 써서라도 7월부터 시작하는 하반기 결혼학교에 윤철을 입학시켜야 한다.

　인선은 긴 한숨을 쉬었다. 이마에 닿는 5월의 밤바람은 더할 나위 없이 싱그러웠다. 그러나 가슴에서 일어나는 바람은 눅눅하고 차가웠다.

먼저 홀로 행복해져라

"벌써 7월입니다. 여러분은 이제 결혼학교 과정의 반을 마쳤습니다. 제가 입학식 날 여러분께 말씀드렸던 것으로 기억합니다. 결혼과 사랑이라는 포석을 기준으로 인생을 설계해서는 안 된다고 말입니다. 그러면 행복한 결혼생활을 위해 어떤 포석을 깔아야 하는가, 궁금해하는 분들도 있을 것입니다. 여러분들 중 상당수는 그 포석의 의미가 무엇인지 모르면서도 운 좋게도 바람직한 포석을 하신 분들도 있고, 전혀 손을 쓰지 않은 분도 있을 줄 압니다.

남자분들 중에 결혼하기 위해 현재의 직장을 구하신 분은 없을 것입니다. 특히 여자분들은 지금부터 제가 드리는 말씀을 분명하게 기억하셔야 합니다. 대부분의 남자들은 결혼을 자기 인생의 중심에 두지 않습니다. 대부분의 남자들에게 결혼은 인생을 살아가는 한 부분에 불과합니다. 결과적으로 결혼을 하고 안 하고를 떠나서 결혼을 굳이 해야 한다고 생각하지도 않습니다.

여기서 불행이 싹틉니다. 대체로 남자는 결혼을 인생의 중심으로 생각하지 않는데, 여자는 결혼을 인생설계의 중심으로 생각한다는 것입니다. 예외도 있습니다만, 남녀가 연애를 하다가 헤어질 때 대체로 여자가 남자보다 훨씬 큰 상처를 받습니다. 그 남자와의 사랑을 인생의 중심에 놓고, 남자만 바라보았기 때문입니다.

이에 반해 남자들은 설령 자신이 버림받았다고 하더라도 자기 인생의 한 부분과 이별하는 정도의 고통을 느낄 뿐입니다. 물론 병적으로 집착하는 예외적인 경우가 있습니다만, 보통의 남자들은 연인과의 이별을 여자들만큼 힘들어하지 않습니다. 드라마 한 편 시청하신 뒤에 이어가겠습니다."

남편 김승주는 거실 소파에 앉아 책을 읽고 있었다. 이윽고 현관문이 열리고 그의 아내가 다소 발그스름한 얼굴로 들어왔다.

"재미있었소?"

"아, 나 오랜만에 한잔했어, 여보오."

여자의 목소리에 술기운이 살짝 묻어났다.

"기분 좋았던 모양이네."

그날은 아내의 여고동창 모임이 있는 날이었다. 초저녁에 시내로 나간 아내는 자정이 가까워서야 귀가했다. 술을 조금 마시기는 했지만 취한 것 같지는 않았다. 여자는 안방으로 들어가 대충 겉옷을 벗어놓고 거실로 다시 나왔다.

"여보, 송미 있잖아? 김송미?"

남자는 잘 모르겠다는 눈으로 아내를 올려보았다.

"왜에, 전에 내가 이야기했잖아. 대학 졸업하고 대기업에 취직한 동창 있다고. 결혼 안 하고 혼자 사는."

"아아, 그 사람…… 그런데?"

"나 참. 기가 막혀서."

여자는 소파에 털썩 주저앉았다가 금방 남편을 향해 자리를 고쳐 앉으며 말했다.

"글쎄, 김송미 고게 이번에 전략기획부장으로 승진했다는 거야. 자기네 회사에서 여자 전략기획부장 1호라나 어쨌다나. 그러면서 오늘 지가 한턱 쏜대요."

"잘됐네. 어차피 결혼도 안 했겠다, 자식도 없겠다. 직장에서라도 승승장구해야지."

"내 말이! 그런데 고게 얼마나 잘난 척을 하는지, 전략이니 기획이니 유럽환율이니 해외 부동산이니 아무도 관심 없는 이야기를 얼마나 해대는지. 나 참 웃겨서. 전략기획부장이면 뭐 해? 결혼도 못한 주제에."

남편 김승주의 표정에 미묘한 변화가 일어났다. 아내는 그것을 아는지 모르는지, 발그스름한 얼굴로 종알댔다.

"왕년에 누군 직장 안 다닌 사람 있어? 나도 병원 계속 다녔으면 지금쯤 대학병원 간호부장 하고도 남았을 거야, 안 그래? 지가 잘난 척을 해봐야, 간호부장보다 나을 것도 없어요. 게다가 전략인지 기획인지 부장인지 본부장인지 하면 뭐 해? 지가 남편이 있어, 자식이 있어? 늙어서 혼자 밥상 차릴 일밖에 더 있겠냐고. 백날 그래봐야 거기서 거기라고. 근데 잘난 척은 얼마나 하는지, 나 참 꼴사나워서."

　남편 김승주 역을 맡은 배우의 연기는 보면 볼수록 감탄스러웠다. 아내의 입에서 '결혼도 못 한 주제에'라는 말이 나오는 순간, 그의 얼굴에서 일어난 미묘한 변화는 그야말로 압권이었다. 슬픔이랄까, 분노랄까, 혐오 혹은 경멸이랄까. 그도 아니면 아픔이나 절망, 체념이라고 해야 할까. 어쩌면 그 모든 감정을 집대성해놓은 듯한 미묘한 표정의 변화였다. 그는 결코 얼굴을 일그러뜨리거나 화를 내지는 않았다. 그러나 그 얼굴에는 틀림없이 가슴에 깊이 각인되었을 상처가 새겨졌다. 그 설명할 수 없는 무엇을 김승주 역을 맡은 배우는 미묘하고도 완벽하게 표현해내고 있었다.

　영화 '아이언 마스크'에서 프랑스 루이 14세 역을 맡았던 배우 레오나르도 디카프리오의 표정이 그랬을 것이다. 디카프리오는 '아이언 마스크'에서 잔혹한 왕의 역할과 왕의 쌍둥이 동생으로 평생 철가면을 쓴 채 지하감옥에 갇혀 살던 동생 역할을 전율이 일어날 정도로 훌륭하게 연기했다.

　쌍둥이 형제였지만 향락에 빠져 지내는 잔혹한 왕 루이 14세를 연기했을 때와 잔혹한 왕을 제거하기로 작정한 삼총사에 의해 얼떨결에 왕위에 오른 동생 필립을 연기했을 때, 디카프리오는 같은 얼굴이되 다른 얼굴이었다. 영화에서 삼총사는 잔혹한 루이 14세와 쌍둥이 동생 필립을 바꿔치기 하기 위해 평생을 감옥에서 지낸 필립을 구출해내고 그에게 루이 14세의 행동거지와 말투를 오랫동안 가르친다. 그리고 거사 날을 택해 진짜 왕을 납치하고, 가짜 왕을 그 자리에 올려놓는 데 성공한다. 루이 14세와 필립을 동시에 연기한 디카프리오는 똑같은 얼굴, 똑같은 행동, 똑같은 말투를 썼지만 다른 사람이었다. 대체 무엇이 다르냐고 묻는다면 설명하기 힘들지만 분명히 다른 사람이었다.

인선은 레오나르도 디카프리오가 뛰어난 배우, 세계적인 배우라는 명백한 증거를 전 세계 흥행 1위작이었던 '타이타닉'이 아니라 '아이언 마스크'에서 보았다. 아내가 '결혼도 못 한 주제에'라고 말했을 때 남편 김승주 역을 맡은 배우의 얼굴에 나타났던 그 설명할 수 없는 표정의 변화가 그런 거였다.

"드라마 잘 보셨습니까?"

영화 '아이언 마스크'와 '타이타닉'을 지나 디카프리오가 정신착란을 앓는 형사로 출연했던 '셔터 아일랜드'까지 기억을 더듬어 갔던 인선은 교장의 목소리에 문득 현실로 돌아왔다.

"뭐 이렇게 짧은 드라마가 다 있느냐고, 무슨 이야기를 하자는 것이냐, 궁금해하시는 분들이 있을 줄 압니다."

아니나 다를까 교장은 인선이 주목했던 김승주의 표정에 대해 이야기했다.

"남자는 아내가 자신을 자랑스럽게 여겨주기를 바랍니다. 하지만 아내의 자랑거리가 자신과 결혼한 것이 전부이기를 바라지는 않습니다. 조금 전 드라마에서 아내가 자기 친구에 대해서 '부장이면 뭐 해, 결혼도 못 한 주제에!'라고 말했을 때, 남편의 얼굴에 스친 변화를 혹시 보셨습니까? 미묘하지만 심각한 변화였습니다."

교장도 그 표정에 주목하고 있었구나 싶어서 인선은 자기도 모르게 으쓱했다.

"저 배우 연기 잘하지요? 저희가 전국의 극단 배우들을 대상으로 오디션을 통해 선발한 홍성오 씨입니다. 극단 마루 대표이기도 하고, 연기 경력이 27년 된 분입니다."

저 사람 이름이 홍성오구나. 저렇게 연기를 잘하는 배우가 있었구나. 작은 극단에 있기는 정말 아깝다.

"결혼했다는 사실이 인생 최대의 승리이자 유일한 승리라고 믿는 아내에게서 남편은 자부심을 느끼지 않습니다. 자부심이 아니라 그런 아내를 경멸하게 될지도 모릅니다. 여자들은 별 생각 없이 저런 말을 합니다. 사회적으로 성공한 친구를 보면서 여고시절엔 내가 공부를 더 잘했는데, 내가 더 좋은 대학 나왔는데 혹은 결혼도 못 한 주제에, 라는 식이지요.

그러나 저런 말이 남편들 귀에는 자신이 이 여자를 수렁에서 구해준 구세주라는 생각을 하게 할 수도 있고, 아내를 자기보다 한참 아래인 사람, 그래서 자기와 대등한 입장일 수 없는 여자라는 생각을 갖게도 합니다. 지금까지도 아내가 여러 면에서 못마땅했는데, 알고 보니 자신과 결코 대등할 수 없는 여자였구나. 나랑 결혼한 게 이 여자한테는 인생의 전부였구나. 그런 여자가 함부로 반말을 하고, 가사분담을 하자고 하고, 이러쿵저러쿵 잔소리를 늘어놓고, 때때로 그악스럽게 대든다고 생각하는 순간 남편들은 싸늘하게 변하거나 분노하게 됩니다.

내 아내는 내가 자랑할 만한 여자여야 하는데, 자랑은커녕 이렇게 못난 여자였구나, 라는 생각을 하게 된다는 말입니다. 남편 앞에서 결혼도 못 한 친구 이야기를 하지 말라는 게 아닙니다. 남편과 결혼을 저평가하라는 말이 아닙니다. 결혼이 내 인생 최대의 승리, 성과라는 사고방식에서 벗어나라는 말씀입니다.

결혼은 여러분 인생의 한 부분입니다. 그것이 최대의 성과라면, 그 최대의 성과를 안겨준 남편은 대체 무엇입니까? 결혼을 인생의 최대 성과로 생각하며 살고 싶다면 남편을 하늘처럼 떠받들고, 짐처럼 업고 살아야 합니다. 그렇게 살 수 있습니까? 강을 건넜으면 배는 버려야 하고, 높은 데에 올랐으면 사다리는 잊어야 합니다. 강을 건넌 뒤에도 배를 이고 지고, 높은 데 오른 뒤에도 사다리를 업고 다닐 작정입니까? 자기의 길을 가야 합니다.

남편의 업적, 남편의 사회적 지위를 자랑스러워하는 것은 좋은 일입니다. 하지만 남편의 길이 나의 길이고, 남편의 지위가 나의 지위고, 남편의 명예가 나의 명예일 수는 없습니다. 이것이 머리로는 이해가 되는데, 좀처럼 체화되기는 어렵다는 게 현실입니다. 많은 여성들이 미혼일 때는 안 그랬는데, 결혼한 이후 그렇게 변해갑니다. 그것을 가족 공동체의식 또는 주인의식으로 생각하는지 모르겠지만 아주 좋지 않은 변화입니다.

스스로 빛나는 발광체가 되어야 합니다. 어떤 분야라도 상관없습니다. 남편이 명의니까 아내도 의사여야 한다는 말이 아닙니다. 남편이 명성이 자자한 변호사거나 대기업 회장이니까 아내도 그래야 한다는 말이 아닙니다. 무엇이든 자신이 빛날 수 있는 일을 하나쯤은 하십시오. 남편이 받아 온 상장을 자기가 받은 상장처럼 생각할

게 아니라, 자기가 받아 온 상장을 남편에게 자랑할 수 있는 아내가 되어야 하는 것입니다. 남편들은 자신이 받아 온 상장에 뛸 듯이 기뻐하는 아내보다 스스로 상장을 받아 오는 아내를 더 좋아합니다. 그런 성취를 달성한 여자와 함께 사는 자신을 복 받은 남자라고 생각합니다. 자식이 학교에서 받아 온 상장보다 아내가 받아 온 상장과 업적을 더 크게 생각하는 게 남자들입니다. 그런데 어떻습니까?

수많은 아내들은 남편이 받아 온 상장, 자식이 받아 온 상장을 자기가 받은 상장이라고 착각합니다. 평생 거기에만 매달리는 사람들도 있습니다. 남자들은 그런 여자를 존경하지 않습니다. 잘난 남자일수록, 자기 인생에 자부심이 강한 남자일수록 잘난 아내, 자랑스러운 아내를 원합니다. 물론 가끔 잘난 아내를 두려워하고 의심하는 남편들도 있습니다. 대체로 남자가 자신감을 상실했을 때 일시적으로 그런 반응을 보이기도 합니다. 그럴 때는 적당한 수위조절과 포옹이 필요합니다. 아주 드물게 아내는 자기보다 못난 사람, 부족한 사람이 편하다고 생각하는 남편들도 있습니다. 그런 남자들은 대체로 아내를 자기 인생의 하녀 정도로 생각하는 사람이라고 생각하시면 맞을 겁니다."

가슴이 답답했다. 그러는 한편 무엇인가 짚이는 게 있는 것 같았다. 윤철과 자신의 쳇바퀴 같은 대화가 꼭 그랬다. 윤철은 결혼을 지금 해야 할 숙제로 생각하지 않았다. 직장생활을 익히고, 안정을 찾은 뒤에 하겠다고 고집을 부렸다. 일단 결혼부터 한 뒤에 생각해도 된다는 말에 그는 동의하지 않았다. 7월부터 시작하는 하반기 결혼학교 과정에 등록하라고 그토록 종용했지만 끝내 듣지 않았다. 갖가지 이유를 댔지만 인선에게는 핑계처럼 들렸다.

"결혼하지 않겠다는 거야?"

앞에 '나와'라는 말을 넣고 싶었지만 굳이 넣지 않아도 아는 바였다. 만나서 밥을 먹고 술을 마시고, 영화를 보고 같이 자는 결혼적령기의 남녀라면 누구라도 결혼을 전제로 만나는 것이다. 그러니 굳이 '나'를 강조할 필요도 없었다.

"하겠지."

"하겠지? 언제?"

"그거야 모르지."

"몰라?"

"해야 할 일이 많잖아."

거기서 인선은 입을 다물었다. 남자를 붙잡는 것은 눈물이나 부탁이 아니다. 남자를 붙잡는 것은 매력이다. 할 일이 많다니. 그 많은 일 중에 가장 시급한 것이 결혼이 아닌가. 하지만 윤철은 결혼을 한참 후순위로 생각했다. 사람은 왜 사는가? 행복해지기 위해서 살지 않는가. 결혼적령기의 남녀가 행복해지는 것은 결혼하는 것 아닌가. 직장이 있어야 돈을 벌듯, 결혼을 해야 행복할 것이 아닌가. 윤철이 아직 세상을 모르는 것인지, 자신이 남자를 모르는 것인지 알수가 없었다.

"많은 사람들이 결혼하는 이유를 행복해지기 위해서라고 합니다. 제가 장담하건대 지금까지 없던 행복이 결혼한다고 생겨나지는 않습니다. 공장의 생산라인처럼 결혼이라는 재료를 집어넣으면 행복이라는 생산품이 나오는 것이 아닙니다. 결코 그런 일은 없습니다."

결혼한다고 행복해지는 것은 아니라고? 그럼 사람들이 불행해지려고 결혼한다는 말이니? 결혼한 뒤에 결과적으로 불행해질 수는 있다. 그러나 결혼을 할 때는 누구나 행복한 삶을 누리기 위해서 하는 것 아닌가. 교장 선생님, 뭔가 착각하고 계신 거 아니에요?

"결혼하기 전에 이미 행복한 사람만이 결혼한 뒤에도 행복할 수 있습니다. 자기 홀로일 때도 행복했던 사람이 행복한 결혼생활을 영위하는 것이지, 홀로일 때 불행했던 사람이 결혼한다고 행복해지는 것은 아니라는 말씀입니다."

나는 지금 행복한가. 행복한가? 윤철과 함께라면 행복할 것이다. 굳이 결혼하지 않아도 윤철과 늘 함께 있을 수 있다면 행복할 것이다. 그러면 행복한 것일까. 윤철이 없어도 나는 행복할까.

"먼저 자기 삶을 행복하게 가꾸는 것이 중요합니다. 남편이나 아내 없이 나 홀로 몰두할 수 있는 무엇을 가지고 있을 때 행복합니다. 그것이 회사의 업무일 수도 있고, 취미생활일 수도 있습니다. 남편이나 아내 없이도 행복한 사람만이 행복한 결혼생활을 영위할 수 있습니다."

교장은 말했다. 자기만의 세계가 없는 사람은 흔히 상대만 바라보는 경향이 있다. 몰두하고 집착하는 것이다. 그러나 상대는 어린 자식을 대하듯 배우자만을 바라보지 않는다. 그에게는 직장의 일이 있고, 취미가 있고, 친구가 있고, 갖가지 의무가 있다. 특히 대다수 남자들은 결혼과 동시에 이전의 모든 관계나 일을 정리하지 않는다. 할 일이 많은 그에게 나만 바라보라고 할 수는 없는 것이다. 집착하고 몰두하고 매달리면 상대는 성가시다고 생각하며 짜증을 낸다. 그러니 그가 내 곁에 없더라도 내가 몰두할 수 있는 일이 있어야 한다.

교장은 남편 김승주의 얼굴에 스쳐간 미묘한 표정에 대해서 다시 이야기했다. 대놓고 불만을 터뜨리지는 않지만 안으로 깊은 자상을 입는 것에 관한 이야기였다.

어떤 남자는 아내가 숟가락이나 젓가락, 밥그릇을 식탁 위에 놓을 때 내는 탁! 소리를 견디지 못한다. 문을 닫을 때도 마지막에는 손에 힘을 주어 살짝 닫지 않고 되는 대로 쿵 닫히도록 내버려두는 것, 뒤꿈치를 살짝 들듯이 사뿐사뿐 걷지 않고 쿵쿵 발소리 내며 걷는 것에서 모멸감을 느끼고, 경멸의 눈으로 상대를 바라볼 수 있다고 했다.

마찬가지로 어떤 여자는 남편이 자기 앞에서 함부로 방귀를 뀌는 것, 쩝쩝 소리를 내며 음식을 먹는 것, 양말이나 옷을 벗어서 아무 데나 던져놓는 것, 씻지 않고 이를 닦지도 않고 침대로 기어드는 것을 견딜 수 없는 사람이 있다고 했다. 그런 행동이 경멸을 부를 수 있다고 했다.

"문소리 발소리 좀 내는 게 뭐가 어떻단 말이냐고 되물을 수 있습니다. 너무 까탈 부리는 것 아니냐고 오히려 질책할 수도 있습니다. 그런 걸 대수롭지 않게 여기는 사람들도 많습니다. 하지만 그런 걸 용납할 수 없는 남자나 여자도 있습니다. 그러니 서로 비슷한 사람끼리 만나야 합니다."

교장은 특히 오늘의 강의는 여성들이 꼭 기억해야 한다고 강조했다. 자신이 남자라서 남자 입장에서 말하는 것이 아니라, 여성들이 좀처럼 납득하기 힘든 남성들의 결혼관 혹은 생활방식에 대해 알려주고 싶다고 했다.

남편이 집 밖에서 누구를 만나며 무슨 일을 하는지 일일이 알려고 하지 마라. 약속이 있어서 늦는다고 하면 액면 그대로 받아들여라. 누구와 어디서 무슨 일로 만나는지 알려고 하지 마라. 당신과 함께 있지 않는 시간에 그가 누구를 만나는지, 무슨 일을 하는지 일일이 확인하려고 해서는 안 된다. 남편은 당신의 아들이 아니다.

아내가 남편한테 몰두하고 집착할 때 남자들은 자신이 사랑받는다고 생각하지 않는다. 오히려 숨통이 콱 막힌다고 생각하기 십상이고 때때로는 당신이라는 덫에 걸렸다고 한탄할 수도 있다. 당신이 자신의 목줄을 죄고, 발목을 잡는 덫이라고 생각하기 시작하면 그 가정은 파탄이 난다. 잔소리와 싸움이 끊이지 않는다.

여자가 울고불고 매달리거나 나쁜 놈이라고 비난한다고 해서 당신에게 마음을 줄 남자는 없다. 당신의 눈물에 마음이 약해져서 돌아왔다고 해도 곧 다시 떠난다. 남자를 붙잡는 것은 당신의 집착이나 눈물이 아니라 매력이다. 쿨한 매력, 독립적인 생활이 그를 당신 곁에 영원히 붙잡아둘 수 있다. 남자친구 없이도 남편 없이도 얼마든지 씩씩하게 살아갈 수 있다는 모습을 보일 때 남자들은 당신에게 끌린다. 당신의 연약한 모습은 남자로 하여금 당신을 짐짝처럼 생각하게 만든다. 어떤 남자도 무거운 짐짝을 평생 이고 지고 먼 길을 가려고 하지는 않는다. 당신은 짐짝이 아니라 그의 동반자가 되어야 한다. 당신이 곁에 있어서 남자 자신의 인생이 빛난다고 믿도록 해야 한다.

남편이 모든 것을 해주기를 바라지 마라. 궂은일을 내 대신 처리해주기 위해 남편이 있는 것이라고, 그래서 결혼을 한 것이라고 생각하지 마라. 남편은 아내에게 발생하는 모든 궂은일을 처리해주기 위해 대기하고 있는 사람이 아니다. 궂은일을 스스로 처리하고, 저녁 식탁 앞에 마주 앉아 별일 아닌 것처럼 '낮에 그런 일이 있었다'고 말해보라. 당신의 남편은 당신을 자랑스러워할 것이고, 당신에게 매력을 느낄 것이고, 당신을 더욱 사랑할 것이다.

자동차 접촉사고가 나면 경찰과 보험회사에 연락을 해야 마땅하지만, 많은 아내들은 남편에게 전화를 해서 사태를 해결해달라고 말한다. 교통사고 현장에서 처리해야 할 일을 직장에서 바쁘게 일하고 있는 남편에게 처리해달라는 것이다. 그런 일은 당연히 남편이 해야 할 일이라고 생각한다. 어째서 남편이 그런 역할을 해주어야 하는가? 남자들은 그렇게 해줄 마음도 시간도 없다. 남편은 당신을 위해 봉사하고, 일하고, 보살피고, 궂은일을 대신하기 위해 당신과 결혼한 사람이 아니다. 자동차 접촉사고를 알리는 당신의 전화를 받고 남편이 할 수 있는 일은 기껏해야 경찰과 보험회사에 연락하는 것뿐이다. 그런 일은 마땅히 사고현장에 있는 당신이 해결해야 한다.

그럴 거면 뭐 하러 결혼을 하느냐고? 그렇게 생각한다면 당신은 결혼할 준비가 되어 있지 않다. 그런 태도를 버릴 수 없다면 결혼하지 마시라. 남자든 여자든 스스로 홀로 서지 못하는 사람은 결혼할 준비가 안 된 사람이다. 평생 배우자에게 무거운 짐이 될 뿐이다. 결혼 이후 발생한 실직이나 사고로 불가피하게 짐이 되는 것과 처음부터 짐이 되기로 작정하는 것은 전혀 다른 문제다.

내가 못하는 것을 남편이 해주기를 종용하고 기다리는 것보다, 내가 그 일을 할 수 있는 능력을 기르는 것이 훨씬 빠르고 효과적이다. 배우자를 통해서 사회적 지위를 확보하고, 경제력을 확보하겠다는 생각도 마찬가지로 틀렸다. 일단 혼자서도 충분히 해나갈 수 있는 능력을 갖춘 뒤에 결혼을 해야 한다.

남자도 마찬가지다. 결혼은 잠자리 파트너와 하녀를 구하는 의식이 아니다. 그럼에도 많은 남편들은 집안의 모든 일을 아내가 해주기를 바란다. 종일 드러누워 뒹굴다가 아내가 차려준 밥을 먹고 숟가락을 놓자마자 또 소파에 드러누워 텔레비전을 켠다. 자기 밥그릇 하나 개수대에 담그지 않고, 국 한 그릇, 물 한 잔 제 손으로 갖다 먹지 않으려고 한다. 돈 벌어줬으니 당연하다고 생각한다. 양말이나 옷을 벗어서 아무 데나 걸쳐놓고, 집 안이 아무리 지저분해도 청소기 한 번 안 돌린다. 그런 건 전부 아내가 해야 한다고 생각한다. 아내가 푸념이나 잔소리를 하면 버럭 소리를 지르거나 문을 쾅 닫고 나가서 술을 퍼마신다. 그 따위로 살면서도 남편 대접받기를 바란다. 정말 그럴 요량이면 나가서 돈이라도 한없이 벌어 와야 한다. 죽도록 시중들고 일만 하는 아내가 돈이라도 걱정 없이 쓰게 해야 한다. 하지만 그럴 재주도 없는 남자들이 폼만 잡는다.

밖에서 남의 집 여자나 딸들한테는 그렇게 친절하고 신사다우면서도 집에만 들어오면 엉망이 되어버린다. 행여 회사의 어여쁜 여직원이 무거운 짐이라도 들면 냉큼 달려가서 대신 받아주면서 집에서 죽도록 일만 하는 아내의 무거운 짐은 당연하다는 듯이 바라본다.

'힘을 써, 힘을! 냉장고 하나 번쩍 못 들어 올린다는 게 말이나 돼? 내가 벌어다준 돈으로 세 끼 밥 꼬박꼬박 챙겨 먹으면서 힘이 그 정도밖에 안 돼?' 하고 삐딱하게 바라보는 게 고작 하는 일이다. 남의 집 귀한 딸을 데리고 와서 그렇게 부려먹고 괴롭히고, 애를 태우면서도 미안한 감정 하나 없다.

그게 결혼생활이고 그게 남편이고 아내라고 착각하는 것이다. 참 뻔뻔스러운 사람들이다. 자신은 얼마나 고귀해서 한 여자를 또는 한 남자를 그토록 괴롭히고 부려먹으면서도 천벌을 안 받을 것이라고 생각하는지 모르겠다. 좋은 아내, 좋은 남편은 상대에게 무작정 기대거나 하염없이 부려먹지 않는다.

"여성들은 흔히 결혼하면 이전의 친구들과 소원해지는 경우가 많습니다. 연락을 아예 끊는 사람들도 있습니다. 남편과 집안에 집중하기 위해서라는데, 이런 것은 굉장히 나쁩니다. 친구들과 자주 만나고 취미생활을 계속하고, 자신이 관심 있는 분야의 일을 붙들고 집요하게 파고들어야 합니다. 남편과 자식, 집안을 등한시하라는 말이 아닙니다. 가족들을 충분히 사랑하고 배려하십시오. 그리고 희생하십시오. 그러나 집착하지는 마십시오. 가족이 내 인생의 전부가 되어서는 안 됩니다.

여성들은 흔히 자녀들을 다 성장시킨 뒤에 우울증에 시달리는 경우가 많습니다. 자기 인생을 모두 투자해서 남편과 자녀들 뒷바라지를 했더니, 남는 것은 빈 둥지뿐이라는 생각이 드는 것이죠. 자기 인생이 허무하다는 생각도 듭니다. 홀로 있을 때는 자기도 모르게 서글픈 눈물이 줄줄 흐르기도 합니다. 내 인생을 그렇게 방치해서는 안 됩니다. 남편과 자녀에게는 그들의 인생이 있습니다. 자녀는 자라서 떠나기 마련입니다. 마땅히 떠나야 합니다. 자녀가 성장한 뒤에도 부모 곁에 맴돌며 새끼 제비처럼 부모한테 입만 쩍쩍 벌린다고 생각해보세요. 그것도 지옥입니다. 부모에게 패륜 저지르는 자식들 대부분이 나이 들어서도 부모 집에 얹혀사는 사람들입니다. 그러니 다 자란 자식이 부모의 품을 떠나는 것은 고마운 일이지 허탈한 일이 아닙니다. 자식이 떠나고 빈자리를 무엇으로 채워야 할까요? 자기만의 세계가 있어야 합니다."

교장의 말은 확실히 일리 있었다. 윤철은 나 없이도 바쁘고 즐거운 시간을 보내고 있다. 굳이 회사 일이 아니더라도 마찬가지다. 회사에서 풀려났다고 해서 나머지 시간을 모두 나를 위해 쓰지도 않는 눈치다. 늘 회사 핑계를 대지만 늘 일만 하는 것 같지는 않고, 늘 회사 상사들과의 술자리라 빠질 수 없다고 말은 하지만 정말 회사 상사들과만 마시는지는 알 수 없다. 그가 친구들과 어울리지 않을 까닭이 없지 않은가.

그래, 확실히 윤철은 나보다 바쁘다. 해야 할 일이 있고, 익혀야 할 업무가 있고, 만나야 할 친구들이 있고, 봐야 할 스포츠 게임이 있고, 취미가 있고, 그리고…… 직장에는 다른 여자들이 있을 것이다. 그러고 보니 그랬다.

그가 말하는 직장 상사가, 그가 자주 함께 술을 마셔야 하는 직장 상사가 꼭 남자란 법은 없지 않은가. 2,3년 일찍 입사한 선배라고 하더라도 윤철보다 나이 어린 여자일 수도 있지 않은가. 아니, 분명히 어린 여자일 것이다.

어째서 여태 그런 생각을 못 했을까.

윤철이 남자이기에 그의 직장상사는 모두 남자일 것이라고 지레 짐작해버린 것이다. 바보 같으니라고! 그 많은 선배들 중에 여자 선배가 왜 없겠는가. 대기업에 입사한 여자라면 똑똑할 것이다. 함께 업무를 처리하는 동안 자연스럽게 눈을 맞추고, 옷깃을 스치고, 동지의식을 느낄 것이다. 술잔을 부딪치며 그날의 스트레스를 풀 것이다. 그리고……

교장은 남자들은 똑 부러지게 자기 일을 하는 여자에게 매력을 느낀다고 했다. 비록 외모가 좀 빠지더라도 분명한 일처리, 뛰어난 업무능력에 매력을 느낀다고 했다. 그러니까 잘난 여자에게 끌린다는 것이다. 피겨여왕 김연아가 그렇다고 했다. 김연아가 절세미인은 아니지만 세상의 어떤 절세미인보다 더 미인처럼 보인다는 것이다. 그것이 교장만의 취향일까?

"여성들은 흔히 자기 욕심만 생각합니다. 자기 욕심을 채워줄 수 있는 남자, 자기의 부족함을 메워줄 수 있는 남자와 결혼하기를 원합니다. 그렇게 자기 생각만 하기 때문에 남자한테 무슨 욕심이 있는지 잘 모르고, 알려고 하지도 않습니다. 외모만 가꾸면 되는 줄 압니다. 결코 그렇지 않습니다. 아름다운 외모에 눈이 가는 것은 분명하지만 결혼과 결혼생활에서는 외모가 그다지 중요한 기준이 아닙니다. 그 많은 미모의 여자 탤런트들이 왜 이혼하거나 실연당하겠습니까? 남자들한테는 다른 욕심이 있습니다.

여자한테 얹혀서 살겠다는 말이 아닙니다. 굳이 돈을 버는 일이 아니라 재능이 있어서 시를 잘 쓰거나 그림을 잘 그리거나, 아름다운 음악을 연주할 줄 아는 것도 큰 도움이 됩니다. 집안을 예쁘게 가꾸는 데 취미가 있거나 화초를 키우는 데 관심이 있어도 좋습니다. 가족들이 입을 옷을 만들거나 작은 가구를 만드는 데 몰두해도 좋습니다. 무엇이든 자기만의 일, 자기 세계가 있는 여자가 매력 있는 여자입니다."

윤철이 여자한테 바라는 것은 무엇일까. 그는 나의 어떤 점에 매력을 느끼는 것일까. 그의 회사 상사나 동료 중에 매력을 풍기는 여자는 없을까. 그의 회사 선배 중에 나이 어린 여자 선배가 있을지도 모른다는 생각이 자꾸 들자 답답하고 불안했다. 길은 멀고 해는 저무는데, 중간에서 도적까지 만난 형국이 아닌가.

갑자기 마음이 급했다. 딱히 서둘러 가야 할 곳이 있는 것도 아닌데 갑자기 발걸음도 빨라졌다. 행여 허겁지겁 걷는 자신의 모습을 누가 지켜본 것은 아닐까 싶어 인선은 앞뒤를 슬그머니 살피며 걸음을 늦췄다. 걸음은 원래의 속도를 회복했지만 가슴은 여전히 빠르게 뛰고 있었다. 버스 정류소에 서서 인선은 윤철에게 문자를 날렸다.

빅뉴스가 있어!^^

빅뉴스라고 쓰고 말았다. 나한테 무슨 빅뉴스가 있다는 말인가. 뉴스 따위는 없었다. 그러나 그렇게라도 해야 회사에서 일하는 바쁜 사람에게 문자를 날리는 명분은 될 것 같았다. 회사에서 일하는 사람에게 '뭐 해?'라고 물을 수는 없었다. '뭐 하기는 일하지?'라며 한심해하지 않겠는가. 그런데 무슨 뉴스를 찾지. 뭐가 있을까. 의외로 윤철의 답은 일찍 도착했다.

간만에 일찍 퇴근. 별일 없으면 볼까?

별일이 없으면 보다니? 별일이 있어도 나는 너를 보고 싶다. 오늘 네가 내게 숨기고 있는 비밀을 샅샅이 찾아내고 말 작정이다. 각오해라. 거짓말 따위는 통하지 않는다. 네 얼굴만 봐도 나는 훤히 알수 있다. 뛰어봤자 부처님 손바닥 안이다. 하지만 무슨 빅뉴스가 있다고 할까. 아무려면 어때. 아무거나 떠오르는 대로 이야기하자. 재빨리 답 문자를 날렸다.

어디서?

너희 동네 그 카페.

웬일이니. 우리 집 근처로 오겠다니. 집 근처에는 모텔도 없는데. 오늘은 별 생각이 없나 보네. 많이 피곤한가? 그런 생각이 들다가 그마저 의심스러웠다. 여자와 자는 거 마다할 남자가 어딨어. 결국 몸이 원하지 않는다는 거잖아? 이게 정말 여자가 생긴 거 아냐?

문자를 찍는 손이 가늘게 떨렸다.

알았어. 6시.

인선은 버스 정류소 벤치에 앉아 윤철이 보내 온 문자를 다시 살폈다. 문자 안에 숨은 암호를 찾아내고야 말겠다는 듯이 한 글자 한 글자 꼼꼼히 살폈다. 짧은 문장들을 이리저리 옮겨서 조합하다보면 윤철이 숨기고 있는 마음을 찾아낼 수도 있을 것 같았다. 부분의 맥락에서 전체를 읽고, 전체의 맥락에서 부분을 곱씹었다.

간만에 일찍 퇴근. 별일 없으면 볼까? 별일 없으면 보다니? 이게 애인한테 할 말이야? 별일이 있어도 보자고 해야 하는 거 아냐. 아니다. '별일 없으면 볼까?'라는 말은 딱히 무슨 할 말이 있다는 건 아니다. 그러니 적어도 벼락처럼 '나 사실은 새로 사귀는 여자가 생겼어'라든가 '우리 이제 그만 만나'라는 말을 하려는 것은 아닐 것이다. 그래, 그럴 리 없다. 그는 다만 바빴을 뿐이다. 아니다. 바쁘기 때문에 사랑하는 여자를 만날 시간이 없다는 말은 거짓말이다. 남자는 사랑하는 여자를 만나기 위해 먼 길을 마다않고 달려온다. 머리 위로 세상이 와르르 무너져 내려도 달린다. 사랑하는 여자를 위해 남자는 무엇이든 할 수 있다. 틀림없는 진실이다. 그러나…… 남자는 한 여자를 영원히 사랑하지는 않는다. 이 또한 변하기 어려운 진실이다.

'아, 정말 짜증나.'

어쩌다가 이렇게 돼버린 것일까. 대학 시절만 해도 윤철은 눈에 들어오는 남자가 아니었다. 그는 정말 그렇고 그런, 그냥 착한 남자애였다. 윤철과 연애를 한다거나 결혼할 것이라는 생각은 단 한 번도 해본 적이 없었다. 그러나 지금은 윤철과 결혼하지 못한다는 것은 상상만으로도 화가 나고 억울한 일이 되어버렸다. 사람의 관계가 이토록 급전해도 되는 것일까.

집착하지 말자. 집착할수록 상대는 더욱 멀어진다고 했다. 인선은 교장의 말을 되새기며 핸드백에서 손거울을 꺼냈다. 작은 장미꽃이 테두리에 디자인되어 있는 거울이었다. 오늘따라 화장이 잘 먹는다고 생각했는데, 네 시간이 지났지만 피부상태는 여전히 좋았다. 파우더를 꾹꾹 눌러 행여 들떠 있을지도 모를 화장을 다독였다.

오락가락하던 장맛비는 인선이 버스에 오르고 두 정거장을 지날 무렵부터 사납게 퍼붓기 시작했다. 빗물이 버스 창문을 타고 주르륵 흘렀다. 뉴스에서는 장마 대비요령으로 축대를 점검하고, 하수구 입구를 막지 말라고 당부했다. 담배꽁초나 나뭇잎, 쓰레기가 들어가는 것을 막기 위해 비닐 장판이나 깔개로 하수구 맨홀을 덮어 놓는 사람들이 많았다. 그 때문에 빠져나갈 구멍을 찾지 못한 빗물은 도로와 골목을 헤매다가 상가와 집으로 밀려들어왔다. 전기감전 사고도 의외로 자주 일어났다. 전봇대 근처에 물이 고여 있으면 들어가지 말라는 주의방송도 나왔다. 잠수교의 자동차 통행이 통제되고 있다고 했다.

어느 한쪽이 집요하게 매달려서 결혼을 하는 경우도 많다. 그러나 결혼이란 나와 상대가 동시에 서로를 선택하는 것이다. 중요한 것은 서로 사랑하는 것이다. 단 한 번이라도 좋으니 내 목숨보다 상대를 더 사랑해본 적이 없다거나, 상대로부터 그런 사랑을 받아본 적이 없다면 결혼하지 않는 것이 옳다. 결혼이 폭풍 같은 사랑만으로 이루어질 수는 없지만, 단 한 번도 폭풍 같은 열정에 휩싸이지 못할 상대라면 내 상대가 아닐 수 있다. 그런 관계로도 얼마든지 결혼할 수 있고, 그렇게 결혼하는 사람들도 많이 있다. 그러나 단 한 번뿐인 인생에서 단 한 번뿐이어야 좋을 배우자를 선택하는 문제에서 그렇게까지 양보할 필요는 없다. 그렇게라도 결혼을 해야 할 만큼 절박한 이유가 있다면 모를까, 그렇지 않다면 차라리 혼자 사는 것도 나쁘지 않다. 실패한 결혼보다는 결혼을 안 하는 것이 낫다.

교장은 결혼은 이해관계의 결합이며, 서로 맞는 사람과 해야 한다고 강조하면서도 그 바탕에는 사랑이 있어야 한다고 덧붙였다. 단 한 번, 단 한순간이라도 내 목숨보다 더 사랑한 적이 없는 사람이라면 부부가 되기에는 너무 허약한 관계다. 좋은 관계가 계속 이어진다면 허약한 고리도 그럭저럭 버틸 수 있다. 그러나 결혼생활에는 사계절이 아니라 오만 가지 계절이 변화무쌍하게 펼쳐지기 마련이다. 훗날 부부생활이 난관에 부딪혔을 때 위안이 될 추억마저도 없다면 사람이 무슨 수로 견디겠는가. 치명적인 사랑은 덧없이 소멸하게 마련이지만, 그런 사랑이 있었다는 것과 애초부터 없었다는 것은 전혀 다르다고 했다.

빗방울이 버스 창문을 세차게 때렸다. 빗방울이 아니라 콸콸 틀어놓은 수돗물처럼 창문을 타고 흘렀다. 거리는 온통 부옜다. 아직 해가 지자면 멀었을 시간인데도 도로로 나온 자동차들은 모두 라이트를 켜고 거북이걸음이었다. 하늘에는 분명히 해가 떠 있지만 먹구름과 세찬 빗방울은 얼마든지 그 해를 가릴 수 있다. 이 어둡고 광포한 날에 라이트와 유리창이 없다면 어떻게 운전을 할 것인가.

"불이 활활 타오를 때는 웬만큼 젖은 장작도 마르면서 불이 붙습니다. 나무를 대충 던져 넣어도 잘 탑니다. 하지만 불이 약할 때, 꺼져가려고 할 때 젖은 나무는 치명적입니다. 사람 일이란 게 그렇습니다. 열렬히 사랑하는 연인들은 자기네 만남이 필연이라고 생각합니다. 그 필연을 확인하기 위해 그때까지 한 번도 가본 적이 없고, 생각해본 적도 없는 저 외딴 골짜기에 버려진 이야기라도 찾아내려고 애를 씁니다. 두 사람이 만나기 전에는 조금도 관심을 가지지 않았을 일에도 의미를 부여하고, 두 사람이 각자 다른 시간에, 다른 이유로 스쳐갔던 장소에서도 필연을 발견합니다.

마찬가지로, 불행한 부부는 자신들의 악연을 증명하기 위해 지난

날의 모든 과오와 우연과 실수를 악착같이 끄집어냅니다. 좋았던 시절에는 아무렇지 않았던 실수와 우연이, 사이가 나빠지면 악연의 명백한 증거로 부활하는 것입니다. 한 남자를 혹은 한 여자를 죽도록 사랑해본 적이 있습니까? 그런데 이제는 그 사람을 죽여버리고 싶어진다면 어떡하겠습니까? 죽도록 사랑했던 사람을 죽이고 싶은 마음이 들게 할 수 있는 것이 결혼생활이고 부부관계입니다. 예나 지금이나 사람은 그대로인데, 결혼이라는 관계로 맺어지면 마음이 그렇게 변할 수 있습니다."

ML결혼학교 교장은 확실히 특이한 사람이었다. 그의 이야기를 듣고 있자면 결혼을 굳이 해야 하나…… 하는 의구심이 들었다. 결혼학교를 다니는 까닭은 결혼면허를 취득하기 위해서고, 결혼면허를 취득하는 것은 결혼하기 위해서다. 그러니 결혼생활학교에서는 가능한 한 결혼을 긍정적으로 생각하도록 해야 할 필요가 있다. 그러나 ML결혼학교 교장은 결혼의 긍정적 요소에 대해서는 딱히 강조하지 않았다. 그런 측면에서 볼 때 교장은 괴상쩍은 면이 있었다. 하지만 환상만으로 결혼생활을 영위할 수 없다는 입장에서 본다면 ML이야말로 제대로 된 교육을 하고 있는지도 몰랐다.

"남자에게는 어떤 자세가 필요할까요? 남자는 직업이 분명해야 합니다. 안정적인 수입을 가져올 수 있는 직업이 있어야 한다는 말입니다. 가족의 생계와 집안의 평화를 유지하는 근간은 돈입니다. 가족간 갈등과 불화, 생활고, 괴팍한 성질, 심지어 우울증까지도 경제적 이유 때문에 발생하는 경우가 허다합니다. 경제적으로 어려워지면 작은 갈등도 점점 커지고, 소소한 정신적 문제도 심각한 질병으로 진화하게 합니다. 직업이 있고, 바깥에서 여러 사람과 만나고 햇빛을 받으며 일하는 사람은 다소 정신적으로 문제가 있어도 그럭저럭 견뎌갑니다.

털털하고 너그럽던 남자가 좀팽이가 되고, 성질을 부리고, 폭력적으로 변하는 것은 대체로 자신이 무기력한 사람이라고 느낄 때입니다. 자기 힘으로 가족을 부양하지 못한다는 느낌이 들면 아내의 평범한 말에도 과민반응을 보입니다. 평범한 말조차 비난처럼 들리는 것이지요. 아내가 급한 일이 있어서 식사를 차려주지 않으면 자기를 무시한다고 생각합니다. 평소에는 바쁜 아내가 보기 좋다가도, 자신이 실업자가 되거나 무능력하다고 여겨지는 순간, 아내가 나를 무시하고 따돌린다고 생각합니다. 그러니 남자는 어떤 일이 있어도 직업을 가지고 있어야 합니다. 설령 직장에서 아니꼬운 대접을 받더라도, 나가라는 눈치를 대놓고 주더라도 다른 일을 구하기 전에는 다니던 직장을 그만두어서는 안 됩니다. 못마땅한 직장 상사에게 대들고, 배짱 좋게 회사를 그만두는 것은 독신자의 특권이지 남편 된 자가 할 짓은 아닙니다.

결혼한 남자는 침을 뱉어주고 싶은 상사 앞에 허리를 깊숙이 숙일 줄 알아야 하고, 이왕 허리를 숙인 김에 웃는 얼굴로 상사의 구두에 묻은 먼지까지 닦아줄 수 있어야 합니다. 입김을 하아하아 불어가며 깨끗하게 닦아줄 수 있어야 합니다. 자고로 남편 된 자, 아버지 된 자는 만 가지 짐을 기꺼이 지고, 만 가지 치욕을 달게 받아야 합니다. 힘들다고 징징대는 것은 어린애들이 하는 짓이지, 결혼한 남자가 할 짓은 아닙니다. 힘들고 치욕스러운 일을 한 잔의 소주로 씻어내고 웃는 얼굴로 집으로 들어갈 수 있어야 합니다. 그것이 결혼 생활에 임하는 남자의 도리입니다."

성공적으로 결혼생활을 하고 있는 남자들은 모두 그런 마음으로 하루하루 살아가는 것일까. 힘들고도 치욕스러운 일을 당한 뒤에도 그것을 드러내기보다는 한 잔의 소주로 잊고 애써 밝은 표정을 짓는 것일까. 남자들이 갖춰야 할 자세를 이야기하는 교장의 목소리에는 비장미가 묻어 있었다. 아마도 그 자신이 남자고, 아버지고 남편이기 때문일 것이다. 아니지, 이혼했다고 했으니 이제 남편이라는 명찰은 떼야겠다.

비가 억수같이 퍼부었기에 차들이 많이 막혔고, 버스는 예상보다 늦었다. 지하철로 갈아탄다고 해도 더 나을 것 같지는 않았다. 버스에서 내려 지하철을 타기 위해 걸어가고 다시 지하철을 기다리는 시간이나 길 위에서 막히는 시간이나 엇비슷할 것 같았다. 약속시간이 3분밖에 남지 않았고, 아직 다섯 정거장이나 남았지만 어쩔 도리가 없었다. 조금 늦는다고 문자를 보낼까, 하다가 그만두었다. 윤철도 걸핏하면 늦었고, 10분이나 15분쯤 늦을 때는 늦는다는 문자조차 없었다. 비가 이렇게 퍼붓고 있으니 윤철도 늦을 가능성이 높았다. 그나저나 무슨 빅뉴스를 만들어내야 할까.

"어서 와."

윤철은 먼저 와 있었다. 꽤나 밝은 표정을 짓는 걸 보니 기분이 괜찮은 것 같았다. 그는 언제 보아도 선량한 얼굴이다. 그가 싱긋 미소를 지을 때는 더없이 순수하고 맑은 청년의 모습이 나타났고, 활짝 웃을 때는 정말이지 해맑은 소년의 냄새, 조금 전까지 바깥에서 신나게 뛰어놀다가 들어온 아이한테서나 날 법한 햇볕 냄새가 나는 것 같았다. 인선은 사람의 머리카락에서 햇볕냄새가 날 수도 있다는 것을 윤철을 만난 뒤에 알았다. 따뜻하고 평화롭고 정직하고 사랑스러운 냄새였다. 그를 사랑하지 않을 수 없었다.

"오래 기다렸어?"

"금방 왔어."

"비가 완전 퍼부어. 차들이 다 거북이야."

"그러게. 올해 장마는 유난해."

"저녁 먹자. 뭐 먹을래?"

주로 저녁에 만났지만 저녁을 먹는 경우는 드물었다. 술과 안주로 저녁식사를 대신하는 것이 그의 버릇이었다. 인선은 비교적 저녁을 챙겨 먹는 편이었지만 윤철을 만나는 날에는 자연스럽게 저녁을 먹지 않았다. 그러고 보니 그런 것도 윤철의 취향에 일부러 맞추는 것은 아닐까 싶었다. 일부러 맞추는 것은 아닌데, 그렇게 되어버렸다. 별 거부감을 느끼지 않을 정도의 습관이나 취향이라면 조금씩 서로 맞추어가는 것이 연인들의 자연스러운 관계가 아닐까 싶었다.

"빅뉴스가 뭐야?"

"어?"

"빅뉴스가 있다면서?"

"글쎄, 그게 말이야. 성애가 결혼할 남자를 만났대?"

생각하지도 않았던 말이 불쑥 나와버렸다. 성애가 선을 봐서 남자를 만났다는 게 빅뉴스일까? 빅뉴스라고 할 것까지는 없었다. 그러나 굳이 빅뉴스가 아니랄 것도 없었다. 결혼 적령기에 이른 여자가 남자를 만나 결혼하는 것은 그다지 큰 뉴스감이 될 일은 아니다. 하지만 학창시절 배운 바, 뉴스의 가치는 시의성, 예외성, 영향력, 저명성 그리고 근접성에 의해 결정된다고 했다. 성애가 결혼할 남자와 연애를 시작했다는 것은 바로 며칠 전에 발생한 사건이니 시의성에 적합하고, 아주 가까운 친구의 중차대한 인생행로에 관한 일이니 근접성으로 볼 때도 가치가 크다. 말하자면 결혼을 전제로 한 성애의 연애는 저 머나먼 아프리카 사하라 사막에 1미터짜리 운석이 떨어져 낙타 두 마리가 죽은 것보다 확실히 가치 있는 뉴스가 아닌가 말이다. 아닌가?

"성애? 우리 과 그 얌전한 성애?"

"으응, 놀랍지 않아?"

"난 또 뭐라고. 그게 뭐가 뉴스야? 결혼할 때 됐으니 하는 건데."

"뭐야? 명색이 신문방송학을 전공했다는 사람이 뉴스가치를 그런 식으로밖에 평가 못 해? 어디 가서 신방과 나왔단 소리 하지 마라. 남들 알까 두렵다."

"언제 해?"

"아직 날을 잡은 건 아니고, 곧 날을 잡을 건가봐. 남자가 시청 공무원이래. 뭐 좀 답답하기는 하지만 그만하면 안정적이지. 성애도 일이 있으니까, 둘이 벌면 그럭저럭 사는 데는 문제없겠지."

"고시?"

"아니고…… 그냥 7급 행정직인가봐."

"괜찮네. 요즘 공무원 되는 거 하늘에서 별 따긴데. 7급이면 만만치 않지. 정년까지 버티면 못해도 서기관은 하겠네."

"서기관? 그거 높은 거야?"

"사무관 위에 서기관. 4급이지. 시청에서 과장쯤 돼. 구청으로 나가면 국장이 될 수도 있고. 구청마다 좀 다르기는 하지만."

"와우! 국장이면 굉장히 높은 거 아냐? 성애 고것이 완전 대박을 쳤네."

그렇게 말하고 보니 은근히 샘이 났다. 성애보다야 자신이 확실히 예뻤다. 몸매도 나으면 나았지 못하지 않다. 착하고 여성스럽다는 것 말고 성애에게서는 팜므파탈의 언저리에라도 갖다놓을 만한 매력을 찾을 수는 없었다. 그에 비하면 확실히 섹시하고 다소간 팜므파탈의 치명적인 매력까지 갖춘 자신은 그보다 한참 나아야 했다. 참 세상 고르지 않네. 성애같이 밋밋한 여자가 미래에 국장이 될 남자를 턱 꿰찼는데, 예쁘고 섹시한 나는 빈손이란 말인가. 하여간 인간들이 다들 재주도 좋아요.

"뭐 대단하다면 대단한데, 그래도 고시파들이 다 잡고 있으니까, 비고시 출신은 고달프지. 나이는 더 많은데 진급은 훨씬 늦고, 아무리 올라가봐야 한계가 있고. 스트레스는 좀 받겠네. 대학은 어딜 나왔대?"

"지방대 나왔대. 성애랑 고향이 같대, 전주."

"잘됐네. 서로 통하는 것도 많겠고."

그래 이쯤이면 됐다. 뭐 대단한 뉴스는 아니지만, 그럭저럭 뉴스 감을 제공했고, 뉴스를 소재로 두 사람이 모두 관심을 가질 만한 이야기도 나눴다. 이제 슬슬 그가 숨기고 있는 비밀을 밝혀야 한다. 인선은 겉으로는 너그러운 표정을 지었지만 마음을 단단히 먹었다. 이런 기분일 때 내 눈빛은 남자들에게 어떻게 비칠까. 잔인할까, 표독할까, 어쩌면 매력적일까. 결코 불안에 떠는 것처럼 보여서는 안 된다. 어떤 경우에도 자신감을 잃어서는 안 되니까 말이다. 인선은 마음을 다 잡았다.

"근데 자기 부서에는 몇 명이나 있어?"

"우리? 글쎄…… 열둘, 열셋, 총 열네 명이네. 업무 보조하는 아줌마 직원까지 합치면 열다섯."

"많네."

"딱히 많은 부서는 아니야. 서른 명이 넘는 부서도 있어."

"그 열네 명 중에 자기가 제일 막내야?"

"막내지. 입사 동기 하나 있고."

"바로 위하고는 몇 년 차이 나는데?"

"2년. 근데 왜?"

"아니, 우리 결혼학교 교장이 그러더라. 결혼해서 남편이 되고 아버지가 된 사람들은 어떤 치욕이나 좌절을 맛보더라도 직업을 가지고 있어야 하고, 직장 상사가 아무리 무례하고 말도 안 되는 지시를 하더라도 웃는 얼굴로 대할 수 있어야 한다고. 아무리 못마땅한 상사라도 그 앞에서는 허리를 깊숙이 숙이고, 허리를 숙인 김에 그의 구두에 하하 입김을 불어가며 닦아줄 수 있어야 한다고 말이야. 심지어 나이 어린 여자 상사한테 커피까지 기쁜 마음으로 타서 바치라고 하더라. 그것이 가족의 행복을 지키는 길이라면 어떤 위험이나 치욕도 각오해야 하는 것이 남편 된 자의 도리라고. 자기 회사 생활도 그런 거야?"

여자 상사에게 커피를 타서 바치라는 말은 인선이 지어낸 말이었다. 교장은 그런 이야기를 하지는 않았다.

"하하. 그 교장 대단한 사람일세."

"그 말 듣는 순간 눈물이 핑 돌려고 하더라. 정말로 아버지들이, 남편들이 죄다 그렇게 힘들게 사는가 싶어서 말이야. 정말 자기 회사생활도 그래? 상사들이 윤철 씨를 그렇게 힘들게 해?"

자, 이제 줄줄 읊어봐. 그러니까 윤철 씨 직장 상사는 어떤 사람들이 있으며, 그중에 어떤 여자가 있는지, 어떤 이야기를 나누는지 말이다. 거짓말 해봐야 소용없다. 버벅대는 순간 넌 죽는다.

"사람 나름이고 직장 나름이지. 세상 모든 직장이 다 그럴까. 이런 날도 있고, 저런 날도 있는 거지. 매일매일 괴롭기만 하다면야 직장생활 어떻게 하겠어."

"딱히 윤철 씨를 찍어서 갈구는 사람은 없어?"

"없어. 딱히 찍어서 갈굴 게 뭐 있냐. 내가 맹한 사람도 아니고. 게다가 아직은 무슨 큰 책임을 져야 할 단독 업무가 주어지는 것도 아니고, 시키는 일만 하는 정돈데, 뭐."

"그럼, 바로 위 상사랑 한 팀이 돼서 일하는 거야?"

"팀은 있지만, 각자의 업무가 달라. 각자 자기 일을 하는 거라고. 그치만 회사 경영에 결정적인 영향을 끼칠 업무는 아니야. 정해진 일을 배우면서 처리하는 과정이라고 할까. 그니까, 일이 산더미처럼 밀려 있기는 하지만 고도의 판단이나 결단을 요구하거나, 큰 기획을 요구하는 일은 아니란 거지. 아직은 그럴 때도 아니고……."

윤철이 말끝을 다소 흐렸다. 어딘가 자신 없는 듯한 눈치였다. 현재 업무에 다소간 불만이 있는 것 같기도 했다. 하지만 지금 알고 싶은 것은 그의 업무만족도가 아니다. 한 가지 주제에 집중해야 한다.

"바로 위 상사는 몇 살인데? 설마하니 군대를 안 갔다 와서 윤철 씨보다 나이가 어리거나 뭐 그런 거 아냐? 나이 어린 직장 상사 정말 골치 아프다던데."

"바로 위는 여자야. 2년 선밴데, 일공(10)학번이야."

"뭐?"

오 마이 갓! 최악의 경우였다. 그럴 수 있다고 생각했지만, 설마하니 그럴 리는 없다고 믿고 싶었다. 10학번이라면 우리보다 2년이나 후배였다. 올해 만 스물여섯 살짜리 여자가 윤철의 2년 선배인 것이다. 눈앞이 캄캄해지는 것 같았다. 대체 스물여섯 살짜리 그 여자는 무슨 마음으로 그토록 맹랑하게 취직을 했다는 말인가. 공부해서 취직하고 싶은 것은 자기 마음이다 치자, 왜 하필 남이 가는 길을 가로막고 도적질을 하려고 하느냔 말이다.

쿵쿵쾅쾅 뛰는 가슴을 가라앉히기 위해 물을 마셨다. 놀란 표정을 윤철도 보았을 것이다. 인선의 당황하는 모습에 윤철도 놀라는 기색이 역력했다. 너무 놀란 표정을 지어서는 안 된다. 아니, 스물여섯 살짜리 여자가 윤철을 꼬드기고 있다는 증거도 없지 않은가 말이다. 어쩌면 그만한 대기업에 입사할 정도였으니 밤낮으로 공부만 한 여자인지도 모른다. 도저히 외모로는 승부를 볼 수 없기에 공부에 목숨을 건 부류의 여자일지도 모른다. 어쩌면 한 사무실에서 같이 일은 하고 있지만 쳐다보는 것만으로도 구역질이 날 정도인지도 모른다. 아니다. 그런 생각은 말도 안 되는 말로 스스로 위로하려는 꼼수에 불과하다. 그럴 리가 없지 않은가. 아무리 성적을 우선한다고 하지만 대기업이 사람을 뽑을 때 외모를 고려하지 않았을 리 없다. 추해서 보기 싫을 정도라면 면접에서 떨어졌을 것이다. 그 여자는 아무리 나쁘게 잡아도 보통 이상의 외모는 될 것이다. 게다가 대기업 채용시험에 턱 합격했다면 똑 부러지는 여자일 것이다. 거의 네이티브 스피커들처럼 영어를 줄줄줄 쏟아낼지도 모른다.

교장은 남자들이 자기 일을 똑 부러지게 해내는 여자한테 매력을 느낀다고 했다. 그러니까 그 스물여섯 살인지 스물여섯 판인지 하는 여자는 윤철의 비위를 맞출 것도 없고, 애교를 부릴 필요도 없다. 그저 자기 할 일을 똑 부러지게 하는 것만으로도 윤철의 마음을 빼앗는 것이다.

인선은 티내지 않으려고 애쓰면서 심호흡을 했다. 마음을 가라앉혀야 한다. 흥분하고 분노해서 될 일은 없다. 상황을 정확하게 판단해야 한다. 그 여자는 나보다 어리다. 나보다 똑똑하다. 직업이 있다. 출근해서 퇴근할 때까지 윤철과 함께 있다. 회식자리에서는 러브 샷도 할 것이다. 처녀와 총각이니 선배들이 농담 삼아서라도 '잘 어울린다', '결혼해라' 하며 천하에 몹쓸 소리를 지껄일지도 모른다. 나쁜 놈들! 어쩌면 단체로 회식을 마친 뒤에는 후배들끼리 한잔 더 하자며 2차를 갈지도 모른다. 그렇게 늦은 밤 그녀의 집까지 바래다주고 가는지도 모른다.

손윤철이 회사 사람들과 회식자리에 단 한 번도 빠지지 않았던 것은 빠질 수 없어서가 아니라 빠지고 싶지 않았기 때문인지도 모른다. 어쩌면 회식자리가 일찍 끝날까봐 안절부절못했는지도 모른다. 손윤철! 내가 이 나쁜 놈을! 인선은 이를 깨물었다. 그리고 다시 심호흡을 했다. 마음을 가라앉히자. 가라앉혀야 한다. 흥분해서는 안 된다. 지금 나는 나보다 훨씬 유리한 조건의 적을 상대로 싸우는 것이다. 정신 바짝 차려야 한다.

"갑자기 왜 그래? 어디 안 좋아?"

윤철이 근심스러운 눈으로 물었다.

어디가 안 좋아? 지금 너 같으면 오장육부가 안 뒤틀리겠냐? 어디 한 군데만 안 좋은 줄 아냐? 내가 지금 오장육부 사지육신 어디한 군데 멀쩡한 데가 없다. 아주 돌아버릴 지경이다, 이 자식아.

눈물이나 비난, 애원으로는 남자의 마음을 잡을 수 없다고 했다. 귀에 딱지가 앉도록 들은 말이다. 남자를 사로잡는 것은 매력이다. 이럴 때일수록 명랑하고 상냥한 태도를 보여야 한다.

"어쩜 좋아. 왜 하필 나이 어린 여자가 상사래? 윤철 씨 많이 불편하겠다. 그 여자 상사한테 당한 거 있으면 나한테 풀어. 내가 오늘 다 받아줄게. 우리 착한 윤철 씨를 누가 괴롭혔어? 으응? 말만 해. 내가 달려가서 때려줄게."

"상사는 무슨? 그냥 선배지. 겨우 2년 차이인데."

"그 선배란 여자는 어때?"

'어때?'라는 질문은 참 편리하다. 여기서는 단순히 그 선배란 여자가 윤철 씨를 괴롭히지는 않느냐라는 대수롭지 않은 질문일 수 있다. 그러나 이면에는 그 여자는 어떤 여자냐? 윤철 씨는 그 여자를 어떻게 생각하느냐? 그 여자는 윤철 씨를 어떻게 생각하느냐?

네가 보기에 그 여자의 매력점수는 얼마냐? 대놓고 말해 그 여자가 나보다 나은 구석이 있느냐? 등등 온갖 함의를 가진 질문이었다. 영리한 윤철이 그 말뜻을 못 알아들었을 리 없다.

"글쎄, 눈이 자주 충혈되는 사람이야. 찬바람이 불면 눈자위가 발갛게 되더라고."

"누가 눈 물었어?"

"그럼?"

"그러니까, 내 말은, 그니까……."

그러니까, 넌 그 여자를 어떻게 생각하느냐? 네가 보기에 그 여자는 매력이 있느냐? 그 여자는 널 어떻게 생각하느냐고 묻고 있지 않느냐, 라고 말해주고 싶었다. 이게 어디서 못 알아듣는 척하기는.

"그 선배라는 여자가 윤철 씨를 괴롭히지 않느냐고? 나이야 두어 살 어리지만 그래도 선배라고 선배 유세하지 않느냔 거지."

"별로 그런 거 없어. 2년 선배라고 하지만 저나 나나 아직 졸병인데 뭘."

"다행이네? 근데 윤철 씨, 나이 어린 여자한테 선배님, 선배님 그렇게 불러야 하는 거야?"

"그야 어쩔 수 없지. 어쨌거나 입사 선밴데. 그래도 선배님은 아니고, 그냥 선배라고 불러."

"그럼 그 여자는 윤철 씨를 뭐라고 부르는데?"

"그냥 윤철 씨 그러지 뭐."

"와아. 이거 완전 억울하네. 윤철 씨는 한참 후배인 여자한테 선배라고 부르고, 학교에서 만났다면 선배라고 불러야 할 여자는 윤철 씨 이름을 따박따박 부르고."

"직장생활이 그런 거지, 그런 걸 갖고 뭘 그러냐?"

"회사에 윤철 씨보다 나이 어린 선배는 그 여자밖에 없어?"

"글치. 다들 나보다 나이가 많지. 여자 선배가 하나 더 있기는 한데, 그 선배는 나보다 나이는 한 살 위, 입사는 5년이나 위지."

"남자들 억울하겠다. 나라 지키러 군대 갔다 와서 외려 푸대접을 받으니까 말이야."

"그거 이제 알았냐?"

윤철은 대수롭지 않다는 듯 웃었다. 나이 어린 여자한테 선배라고 부르는 것에 대해서 별다른 거부감이 없는 것 같았다. 딱히 그 여자와 어떤 특별한 느낌을 공유하는 것 같은 눈치도 아니었다.

나이 어린 여자 선배에 대해 이야기하는 그의 목소리에 어떤 감정의 변화나 경계심 같은 것도 없었다. 탁자 위에 올려놓은 두 손을 불안한 듯 어루만지지도 않았다. 인선은 윤철의 눈을 똑바로 바라보았다. 무엇인가 숨기는 것이 있다면 시선을 피하겠지. 윤철은 인선의 눈을 피하지 않았다. 눈에 눈을 못 박은 듯 두 사람은 잠시 서로를 마주 보았다. 윤철은 그 여자를 조금도 신경 쓰지 않는 것일까.

알 수 없다. 오늘 같은 질문이 나올 것을 알고 미리부터 대비한 것인지도 모른다. 무예의 고수들은 태무심한 상태에서 갑자기 상대의 공격을 받으면 자기도 모르게 몸이 방어자세를 취한다. 몸이 저절로 반응하는 것이다. 하지만 상대의 기습공격을 예상하고 있었다면 이야기는 달라진다. 그들은 무술을 전혀 모르는 사람처럼 몇 대 얻어맞고 쓰러지며 '아이고 사람 죽네, 사람 죽어'라고 과장되게 설레발치며 상대의 경계심을 풀어놓을 것이다. 윤철이 그렇지 않다고 어떻게 장담할 것인가.

좋게 생각해서 아직은 그렇고 그런 썸씽이 없었다고 치자. 앞으로도 아무 일 없을 것이라고 누가 장담할 수 있다는 말인가. 어떤 여자인지 만나보고 싶었다. 회사로 한번 찾아가서 도시락이라도 건네면 어떨까. 너무 유치한가. 오히려 역효과를 낼지도 모른다.

그날 윤철은 함께 자자고 말하지 않았다. 집 근처 카페에서 만나자고 했을 때부터 짐작한 바였다. 그러니까 그는 처음부터 오늘은 함께 자지는 않겠다고 생각하고 나온 것이다. 어째서 그럴까. 혈기 왕성한 남자가 한두 번도 아니고, 헤아리기도 힘들 만큼 여러 번 함께 잤던 여자를 고이 집으로 돌려보내려는 까닭은 무엇일까. 다른 여자에게 마음이 생기기 시작한 것일까. 같이 자는 사이의 또 다른 여자가 생겨서, 그 여자에 대한 정조를 지키고 싶은 것일까. 아니면 내게서 슬슬 성적인 매력이 사라지고 있는 것일까. 그가 자자고 말해도 그러고 싶지는 않았지만, 그냥 집으로 바래다주겠다고 했을 때는 기분이 상했다.

다행스럽게도 윤철은 집 앞에서 헤어질 때 키스를 했다. 인선은 윤철의 차가 골목을 완전히 빠져나갈 때까지 대문 앞에 서 있었다. 그사이 장맛비는 그쳤고, 눅눅하고 후텁지근한 바람이 불었다. 인선은 그 익숙한 바람 속에 묻혀 있을지도 모를 비릿하고 낯선 냄새를 찾기 위해 코를 킁킁거렸다. 그리고 마침내 눅눅한 대기 속에서 비릿하고 불쾌하고 불안하고 낯선 냄새를 찾아냈다.

'찬바람이 불면 눈이 자주 충혈돼?'

찬바람을 쐬면 눈이 충혈되는 여자는 많다. 그런데 찬바람이 불 때 그 여자의 눈이 발갛게 충혈된다는 게 어째서 너의 눈에 들어온 거지? 이건 그 여자는 덧니가 있어, 라는 말이 아니다. 그 여자는 웃을 때 덧니가 살짝 드러나, 라는 말이 아닌가? 손가락이 가늘고 긴 여자는 얼마든지 있다. 어째서 그 여자의 마르고 긴 손가락이, 그 손등의 파르스름한 정맥이 네 눈에 각인되느냔 말이다. 긴 머리카락을 질끈 묶은 여자는 널리고 널렸다. 그러나 그 여자가 걸음을 옮길 때마다 질끈 묶은 머리카락이 좌우로 찰랑찰랑 흔들리는 게 어째서 네 눈에 들어오느냔 말이다.

이것들이 정말!

인선은 갈피를 잡지 못하고 제멋대로 뛰는 가슴을 달래느라 인적이 끊어진 대문 앞에 한참 동안 서 있었다.

행복하지 못한 부부들

아파트 현관 차임벨을 누르려다가 서미란은 멈칫했다. 집 안에서 쇠북이 찢어지는 것 같은 고함소리가 터졌기 때문이다. 이윽고 남편을 향한 여자의 욕지거리가 속사포처럼 쏟아져 나왔다. 싸우는 중인 것이다. 건강하고 애틋한 관계의 가족이란 그런 것이다. 만나면 싸우고 떨어져 있으면 그립고 안쓰러운 것이다.

그러나 저 북을 찢는 듯한 소리, 길을 가다가 우연히 몸을 부딪혀 싸우는 사람끼리라도 입에 담을 수 없는 악다구니는 인간관계의 밑바닥에 이른 부부만이 낼 수 있는 소리다. 법적으로는 이혼했으나 한 집에 함께 살 수밖에 없는 사람들. 당장 세상을 끝장내고야 말 것처럼 싸우는 저들에게 행복세를 부과할 수 있을까. 그래도 함께 사는 한 위장이혼이라고 볼 수밖에 없지 않은가. 서로를 죽이지 못해 저토록 으르렁대면서도 함께 살아야 하는 까닭은 도대체 무엇일까. 이토록 견고하고 폭력적인 결혼제도를 처음 고안해낸 사람은 누구일까. 그는 세상이 이 모양이 될 줄 꿈에라도 생각했을까. 이 폭력적인 제도를 옹호하며 그 속에서 숨죽인 채 하루하루를 꾸역꾸역 살아가는 사람들을 외면하는 사람들은 대체 무슨 생각을 하고 있는 것일까.

행복세는 그야말로 부모의 이혼으로 고통 받는 아이들을 위해 쓰이는 재원이었다. 더불어 저 부부처럼 사람이 낼 수 없는 소리로 싸우면서도 갈라서지 못하는 부부들에게 갈라서는 명분을 주는 제도이기도 했다.

부부간에 폭력과 살인사건이 잇따라 발생하면서 결혼생활 10년이면 자동으로 이혼하고, 이혼하지 않는 부부에게는 분기별로 과태료를 부과하는 법안이 여야 합의로 발의됐을 때 시민단체와 여성단체, 노인단체의 반발은 거셌다. 반발이 예상 외로 거세자 합의로 법안을 발의했던 여당과 야당은 상대편에 책임을 전가했다. 그럼에도 결혼 10년 자동이혼과 과태료 부과 법안은 폐기되지 않았다. 반발만큼이나 지지세가 강했던 것이다. 급기야 이 파격적인 법안을 국민투표에 붙이자는 주장이 설득력을 얻었다. 국회의원들도 이 주장에 동의했다. 이토록 예민하고 국민생활에 직접적인 영향을 미치는 법안을 자기네들 손으로 처리할 용기가 없었던 것이다. 법안은 두 개였다. 결혼 10년이면 이혼하고 이혼하지 않을 경우 1년에 네 번 분기별로 과태료를 부과한다는 안과, 결혼생활 10년마다 행복세를 부과한다는 법안이었다.

국민투표가 결정되었을 때 나라는 둘로 쪼개졌다. 지역감정이나 이념으로 갈라졌던 이전의 분열과는 차원이 달랐다. 같은 동네 사람이라도 의견은 제각각이었고, 같은 나이 대라도 생각은 달랐다. 여성과 남성으로 갈라지지도 않았다. 여성 단체들 간의 입장도 판이했다. 어떤 단체는 법안에 반대했고, 어떤 단체는 찬성했다. 입장을 달리하는 단체들은 저마다 자신들이 원하는 결과를 얻어내기 위해 표심잡기 운동을 펼쳤다. 대통령이나 시장, 국회의원을 선출하는 선거도 아니고, 생활관련 법안의 가결이냐 부결이냐를 놓고 격돌한 한국 초유의 선거 캠페인이었다.

서미란은 그 무렵 이제 갓 대학에 입학했으며, 아름다운 봄날의 중심에 서 있었다. 새내기 여대생으로 이혼은커녕 결혼조차 생각해본 일이 없었던 그녀는 아침부터 늦은 저녁까지 피켓을 들고 고함을 질러대는 운동원들을 보면서 참 별난 사람들이 다 있다는 생각을 했다. 그 시절 캠페인 문구 중에 가장 눈길을 끌었던 표어는 '결혼한 게 죽을 죄냐. 결혼 10년 자동이혼법 강력 지지한다'였다. 그 옆에는 어김없이 '흉악범에게도 주는 재활의 기회, 선량한 부부들에게도 달라'고 고함을 질러대는 운동원들이 서 있었다.

당시에는 참 웃기는 사람들이라고 생각했다. 사람살이, 참 알다가도 모르겠다 싶었다. 두 법안이 동시에 국민투표에 붙여졌지만 결혼 10년이면 자동으로 이혼해야 하고, 이혼을 미룰 경우 과태료를 부과한다는 법안은 근소한 차이로 부결됐다. 그러나 결혼 11년차와 21년차, 31년차 부부에게 행복세를 부과한다는 법안은 예상을 깨고 통과됐다. 사회평론가들은 결혼 10년 자동이혼법안은 통과될 가능성이 높지만, 행복세 법안은 조세저항을 받을 것이라고 예상했는데 결과는 반대였다. 특히 젊은층들이 부모의 이혼으로 어려움에 처한 어린이들을 행복하게 사는 부부가 도와야 한다는 데 적극 동의한 때문이었다.

나라가 둘로 완전히 쪼개지는 상황에서도 서미란은 무관심했다. 당시 그녀에게 결혼은 먼 이야기였고, 이혼은 더욱 먼 이야기였다. 그러나 세월이 흘러 결혼을 하고, 아이들 학원비라도 보태겠다는 마음에서 행복세 징수원으로 나선 뒤로는 생각이 달라졌다. 결혼은 지금보다 더 어려워지고 이혼은 훨씬 쉬워져야 한다는 게 요즘 그녀의 입장이었다. 더불어 이혼에 따른 사회적 문제를 예방하기 위해 행복세는 반드시 필요하다는 생각을 갖게 되었다.

행복세 징수원의 자격은 대졸 이상이었다. 고학력을 요구하는 만큼 대우도 좋은 편이었다. 그러나 그런 이유로 행복세 징수에 열을 올렸던 것은 아니었다. 시간이 갈수록 사명감이랄까, 의무감이랄까, 하여간 이대로는 안 된다는 생각이 깊어졌다.

언젠가 친구들 모임에서 현주가 말했다. 대학에서 영어영문학을 전공했지만 대학원에서는 여성학을 전공한 친구였다. 현주는 지지고 볶으면서 꾸역꾸역 참고 사는 집에 가서 행복세 내라고 하는 게 좀 그렇지 않으냐고 따지듯이 물었다. 미란은 전혀 그렇지 않다고 답했다. 힘들지만 꼭 해야 하는 일이라고 힘주어 말했다.

"일찍이 수많은 철학자들이 말했어. 사람은 자고로 희망이 있어야 산다. 로또보다 더 큰 행운이 있다면 바로 희망이다. 지금은 비록 불행하지만 앞으로 행복해질 수 있는 희망이 내게도 있다. 이 지옥 같은 불행에서 벗어날 수 있는 날이 다가오고 있다. 이런 희망이 있어야 살 거 아니냐. 지지고 볶으면서도 천년만년, 죽을 때까지 지금 남편, 지금 마누라하고 산다고 생각해봐. 미칠 것 아니냐고? 그래서 서로 죽이는 부부도 있잖아? 이제는 싸우고 죽이고 할 필요도 없어요. 10년이면 자연스럽게 이혼할 강력한 기회를 국가에서 마련해주잖아. 자연스럽게 가는 거라고. 그 돈으로 버려진 애들도 잘 보살피고 말이야. 부부가 대책 없이 이혼하는 바람에 자녀 가출, 고독사, 자살, 묻지 마 범죄, 게임중독, 학교폭력이 얼마나 많이 생겨? 행복세는 그야말로 일석이조지. 나는 복지국가 창달을 위해 뛰는 전령이고."

"놀구 있네."

현주는 행복세는 마땅히 폐지되어야 한다고 주장했다. 부모의 이혼으로 어려움을 겪는 아이들은 다른 재원을 마련해서 보살필 문제지, 잘 사는 부부들에게 부담을 주어서는 안 된다고 했다. 미란은 잘 사는 부부보다 죽지 못해 사는 부부가 더 많은 게 문제라는 거지, 라고 대꾸했다.

행복세 징수는 쉽지 않았다. 단란하고 행복한 결혼생활을 영위하는 부부들은 행복세 고지서를 들고 스스로 금융기관을 찾아가 당당하게, 때로는 자랑스럽게 세금을 냈다. 그리고 수납기관에서 발급하는 '행복한 가정' 스티커를 받아서 훈장처럼 거실에 턱 붙였다. 집에 행복한 가정 스티커가 있느냐 없느냐는 자녀들의 결혼에도 상당한 영향을 미쳤다. 결혼정보업체에 가입할 때 행복한 가정 스티커가 있는 집안의 자녀는 같은 조건이라도 한 등급 올려 기재됐다. 기왕이면 제 자식을 행복한 가정의 자식과 결혼시키려는 마음은 부모들의

인지상정이었다.

미란이 찾아다녀야 하는 사람들, 그러니까 부부가 한 집에 같이 살면서도 행복세를 납부하지 않는 사람들은 제각각 만 가지 사연을 갖고 있었다. 단순히 경제적 형편을 이유로 납부하지 못하는 사람도 있었고, 법적으로 이혼하고도 함께 살기는 하지만 남보다 못한 부부관계 때문에 행복세는커녕 국가로부터 위로금을 받아야 한다고 주장하는 사람도 있었다. 그야말로 행복세를 내지 않기 위해 위장결혼한 부부도 가끔은 있었다. 어쨌거나 그들은 갖가지 이유를 들이대며 행복세 납부를 거부했다.

부부싸움이 한창인 마당에 차임벨을 눌러 화를 돋울 수는 없었다. 미란은 엘리베이터를 타고 밖으로 나가 집으로 전화를 냈다. 애들은 무얼 하고 있는 것일까. 할머니를 애먹이지는 않을까 걱정도 됐다.

시어머니는 아이들에게 자주 화를 냈다. 눈에 넣어도 아프지 않을 당신의 손녀손자였지만, 아이들과 종일 지내다보니 짜증이 느는 모양이었다. 언젠가 한번은 막내한테 '호로새끼'라고 욕을 한 적도 있었다. 그 말을 듣는 순간, 그 목소리에 묻어 있는 증오에 숨이 컥 막히는 것 같았다. 틀림없이 악에 받힌 목소리였다. 순간 이 할망구가 갑자기 노망이 들었나 싶었다. 호로새끼라니! 자기 손자한테 어떻게 그런 말을 할 수 있는지 기가 막혔다.

호로새끼는 후레자식의 시어머니 고향 방언이었다. 사전적으로 후레자식은 본데없이 막 자라서 버릇이 없는 사람이라는 말이다. 좀더 적나라하게 말하자면 애비 없이 자라는 바람에 보고 듣고 배운

게 없는 쌍놈의 자식이라는 말인 셈이다. 부모와 자식을 싸잡아 욕하는 셈이니 그만큼 심한 욕도 없을 것이다. 훈이가 후레자식이라면 자기 아들이자 내 남편인 윤정식이 세상에 없다는 말이다. 살아 있어도 있으나 마나 한, 그래서 자식한테 뭐 하나 가르쳐주거나 본을 보여주는 게 없는 개망나니 같은 아비란 말이다. 미치지 않고서야 어떻게 그런 말을 할 수 있다는 말인가.

어머니 이제 우리 집에 안 오셔도 됩니다, 당장 어머니 집으로 가시라는 말이 목젖까지 치밀었다. 설령 일을 그만두는 한이 있더라도, 아니 차라리 아이들을 저희들끼리 방치하는 한이 있더라도 그런 시어머니한테 맡기고 싶지는 않았다. 새파랗게 질린 서미란의 얼굴을 본 시어머니는 앗 뜨거워라 싶었는지 아이들 방으로 쏙 들어가 종일 거실로 나오지 않았다.

참 알다가도 모를 사람이었다. 시어머니는 그토록 증오에 찬 말을 뱉어놓고는 그 다음 날 아침 아무렇지도 않다는 듯 집으로 왔고, 아이들 볼에 입을 맞췄다. 후레자식이란 말이 무슨 말인지를 모르는 훈이는 또 그런 할머니가 반갑다고 온갖 예쁜 짓을 다 했다. 후레자식이라는 말과 '아이고 내 새끼'라는 말 사이의 멀고도 험한 길을 그토록 아무렇지도 않게 넘나드는 시어머니는 대체 어떤 사람일까. 어린아이를 돌본다는 것이 그토록 힘든 과업일까. 나이를 먹고 세상을 알 만큼 아는 노인들도 좋은 것, 귀여운 것, 깨끗한 것만 좋고, 힘들고 귀찮은 것, 성가신 것은 받아들이기 어려운 것일까.

씻어주지 않는데 깨끗한 아이가 어디에 있을 것이며, 귀여워하지 않는데 사랑스러운 아이가 어디에 있을까. 아기를 씻어주려는 노력은 귀찮고, 깨끗하기만을 바라는 마음을 대체 어떻게 이해해야 하는 것일까. 다 큰 어른은 스스로 씻어 깨끗이 하고, 고운 말로 품위를 지켜야 한다. 다 자란 사람을 씻어주고, 안아줄 필요는 없다. 하지만 아직 어린 아이들이 깨끗한가 어여쁜가는 오직 어른의 손에 달려 있지 않은가 말이다. 시어머니는 좋고 나쁜 점에 대한 평가에 예민했을 뿐, 좋고 나쁨의 원천에 대해서는 무관심한 편이었다.

언제나 느긋하고 자상한 시아버지를 생각하면 시어머니는 열 살짜리 계집애나 다를 바 없었다. 시어머니는 이제 아홉 살과 일곱 살인 아이들이 잘못을 저지르면 엄하게 꾸짖어서 고치려는 대신 아이들과 싸움을 하려고 들었다. 양쪽 모두 아홉 살이나 일곱 살짜리 같았다. 그런 태도는 친정엄마도 서미란 자신도 크게 다르지 않았다. 남편은 걸핏하면 "당신, 애들하고 자꾸 싸우지 말고 엄하게 꾸짖어"라는 말로 약을 올려대곤 했다. 정말로 부모의 위치에서 권위를 갖고 엄하게 꾸짖어주고 싶은데 어째서 싸움이 되는지 알다가도 모를 일이었다. 여자란 동물은 나이를 아무리 먹어도 고만한 그릇밖에 안 되도록 생겨먹은 것일까. 어째서 엄하게 꾸짖기보다 빽 고함이 먼저 터지는지 기가 찰 노릇이었다. 빽 고함을 지른 뒤에는 곧 후회를 하지만, 시간이 지나면 자기도 모르게 입에서는 쇳소리가 먼저 터져나왔다.

아이들과 통화를 마치고 다시 아파트 현관문 앞으로 돌아왔을 때 집 안은 고요했다. 태풍이 지나간 모양이었다. 어쩌면 태풍의 눈에 든 것인지도 몰랐다. 어쩌됐든 이 고요한 틈을 이용해 일을 처리해야 한다. 행복세 납부를 끝내 거부한다면 위장이혼 과태료 처분이라도 해야 했다. 어느 쪽이든 조치하는 것으로 그녀의 업무는 끝이 났다.

딩동~.

의외로 현관문은 쉽게 열렸다. 누구냐고 묻지도 않았다. 좀 전까지 서로 물고 뜯으며 싸운 사람이라고 보기 힘들 만큼 남자의 얼굴은 평온했다. 서미란을 바라보는 그의 표정에 '웬 이런 괜찮은 여자가 우리 집엘 다 왔지?' 하는 기대가 살짝 스쳐갔다. 이런 남자라면 다루기 쉽다. 무턱대고 성질을 부리지는 않을 것이다. 스쳐가는 여자지만 잘 보이고 싶은 것이다.

"행복세 징수원 서미란입니다."

"행복세?"

"네. 김기준 씨, 윤경희 씨 부부 맞으시죠?"

"맞습니다만……."

"지금부터 우리가 나누는 대화는 녹취됩니다. 더 나은 대국민 서비스를 위한 것인 만큼 양해해주시기 바랍니다."

행복세 징수원의 방문을 받은 적이 없다거나 과태료 부과 따위를 받은 적이 없다고 오리발 내미는 사람들이 늘어나면서 국세청은 녹취를 시작했다. 만일의 경우 법원에서 증거자료로 쓸 수 있다는 취지에서였다. 인권침해 논란도 살짝 있었지만 영상을 찍는 것도 아니고, 대화를 녹음하는 것인 만큼 별 문제가 없다는 결론이 났다.

"김기준 씨, 윤경희 씨는 1995년 2월 19일 일요일에 결혼하셨네요. 혼인신고는 그 해 3월 3일, 금요일에 하셨고요. 올해로 결혼 21년째가 됩니다. 결혼 21년 차에는 동산과 부동산 평가액, 금융소득을 포함한 전 재산의 1퍼센트를 행복세로 납부하셔야 합니다. 673만 원입니다."

남자는 참 기가 막힌다는 표정을 지으면서도 벌컥 화를 내는 대신 서미란이 건넨 고지서를 눈으로 휘리릭 살폈다.

"김기준 씨와 윤경희 씨의 지난 해 연말 현재 소득 원천징수 영수증을 근거로 산출한 금액이니까 착오는 없을 겁니다."

"착오가 없는 게 아니라 아주 큰 착오가 있습니다."

"계산이 잘못되었나요?"

"아니, 계산이 아니라 우리는 이혼했어요. 벌써 8년 전에요."

이미 예상한 오리발이었다. 이럴 때는 교육받은 대로 사무적이고 기계적으로 답해야 한다.

"알고 있습니다. 하지만 행복세는 사실혼 여부에 따라 부과됩니다. 법적으로도 부부로 되어 있는 분들께는 우편으로 행복세 고지서가 발부되고, 법적으로 이혼했으나 함께 살고 있는 분들께는 방문 발부하도록 되어 있습니다."

"하 참. 알 만한 분이 왜 이러십니까? 이혼을 했는데 어떻게 행복세를 냅니까? 조선시대에 죽은 사람한테 인두세 부과했다는 이야기는 들어봤어도 대명천지 대한민국에서 이런 법이 어디 있습니까? 이거야말로 죽은 사람한테 주민세 내라는 말이잖아요?"

"선생님. 법은 제가 정하는 것이 아닙니다. 이 법은 국민투표로 결정된 것이고, 저는 다만 국세청 종사원으로……."

"아아, 필요없어요. 가져가세요."

남자가 돌연 표정을 바꾸며 손사래를 쳤다. 서미란은 기계적으로 읊었다. 일단 고지하는 것으로 징수원의 역할은 끝이 나는 것이다. 고지서를 받고도 납부하지 않으면 집달리들이 처리할 문제였다.

"김기준 씨와 윤경희 씨는 서류상 이혼한 것으로 되어 있지만, 실제적으로 혼인관계를 유지하고 있기 때문에 행복세 납부 대상입니다. 다른 이유가 있는지는 모르지만, 오직 행복세를 내지 않기 위해 이혼했다면 세금 포탈 혐의를 적용받을 수 있습니다."

"뭐요? 지금 협박하는 거요?"

"협박이 아니라 법집행과정이 그렇다는 말입니다. 하지만 제가 보건대 선생님이 그럴 분 같지는 않고, 이미 8년 전에 이혼하신 걸로 봐서 세금 포탈 혐의는 없는 것으로 기입할게요. 이건 제 선에서 해결할 수 있으니까, 문제가 없도록 하겠습니다. 말씀하시는 것으로 보아 교양 있는 분이고, 세금을 포탈할 의도는 없었다고 판단됩니다. 이건 순전히 제 개인적인 판단이지만 그 문제만큼은 일차적으로 저희 징수원들에게 판단 권한이 있으니까 그렇게 처리하겠습니다."

남자의 말투에서 특별히 교양을 확인할 수는 없었다. 하지만 1년 넘게 행복세 징수 일을 해오면서 배운 게 있다면 칭찬이었다. 일단 상대를 품위 있고 교양 있는 사람으로 치켜세우면 막무가내로 언성을 높이거나 성질을 부리는 경우가 확실히 줄었다. 칭찬은 고래를 춤추게 할 뿐만 아니라 구두쇠의 지갑을 열게도 했다. 남자는 못마땅한 표정을 지었지만 일단 고지서를 받을 수밖에 없다는 듯 '알았어요. 생각해볼 테니 일단 주고 가세요'라고 했다. 그러나 남자가 막 아파트 현관문을 닫으려는 순간 새된 목소리가 날아왔다. 현관문을 반쯤 열고 서 있는 남편을 밀치며 밖으로 나온 여자의 얼굴은 울어서 통통 부어 있었다.

"이봐요, 아가씨. 아가씨 눈에는 우리가 행복해 보여? 지금 불난 집에 부채질하는 거야."

아가씨라니? 내가 어디를 봐서 아가씨란 말이니? 벌써 아이를 둘씩이나 낳은 중견 아줌마다. 여자가 아가씨라고 지칭하는 까닭은 그 말끝에 고스란히 나타나 있었다. 그러니까 나이 든 아줌마의 입장에서 나이 어린 아가씨한테 자연스럽게 반말을 하는 것이니까 그렇게 알라는 거였다.

"우리…… 아가씨 오기 바로 전까지 물고 뜯고 싸웠어. 이렇게 사는 게 행복한 부부야? 죽지 못해서 사는 사람들한테 행복세를 내라는 거야? 정말로 듣자듣자 하니까 기가 다 막히네."

"그래도 부부로 살고 계시잖아요?"

생각 같아서는 그렇게 물고 뜯고 죽지 못해서 살 바에야 왜 같이 사세요, 라고 말해주고 싶었다. 차마 이혼하기 어려운 부부, 그래서 당신네들처럼 죽지 못해 사는 부부들을 구제해주려고 나라에서 행복세라는 좋은 제도를 만들지 않았니? 이 좋은 제도를 활용해서 어쨌거나 살 생각을 않고 왜 죽을 궁리부터 하고 있어요, 라고 이죽거려 주고 싶었다.

"나, 두말 안 해. 아가씨 이거 도로 갖고 가든지 던지고 가든지 알아서 해. 나는 못 내. 서방이라는 게 법적으로 이혼하고, 그나마 한 집구석에 살면서도 다른 여자랑 붙어먹는데 행복세를 내라고? 행복세 받으려면 저 인간하고 붙어먹은 그년한테 가서 받아."

아예~ 그래서 싸우셨군요. 아이고, 그 나이 드시고도 아직 시앗 문제로 지지고 볶고 싸우시는군요. 그것도 법적으로 이혼한 남편의 첩을 갖고요. 참 금실도 좋으셔라. 정말로 행복세 꼭 납부하셔야겠네요. 이보다 더 행복한 부부가 어디에 있겠어요? 남편이 바람을 피우는지, 아내가 서방질을 하는지 관심도 없이, 집에 들어오고 나가는지도 모르고 사는 사람들도 많아요. 그런 사람들도 행복세 꼬박꼬박 내요. 이거 왜 이러세요.

"누가 붙어먹었다고 그래? 그 말 좀 가려서 못 해?"

진즉 안으로 들어간 남편이 버럭 고함을 질렀다. 남편의 일갈에 여자는 "마알? 말 가려서 하라고? 네 행동거지나 가려라, 이 뻔뻔한 인간아!"라며 남자에게 달려들었다. 저 나이 먹고도 저렇게 싸울 힘과 애정이 있는 부부는 그나마 행복한 게 아닐까 하는 생각도 들었다. 자고로 본처는 첩을 용서할 수 있지만 첩은 첩을 용서하지 못한다고 했다. 여자가 저렇게 길길이 날뛰는 것을 보면 혹 저 여자도 원래 부인을 몰아내고 부인 자리를 차지한 첩 출신은 아닐까 싶어 쓴웃음이 났다.

일부일처제의 대가

"앉아봐요. 할 이야기가 있소."

남편 김승주였다. 찌개 그릇을 식탁 위에 올려놓은 아내가 방열 장갑을 벗으며 마주 앉았다. 무슨 이야기를 꺼내려는 걸까, 여자의 눈이 반짝 빛났다. 동시에 그녀의 입에서 나온 반응은 아줌마 특유의 염려였다. 생활에 위험한 변화를 주지 않으려는 아내의 본능적인 저어함 같은 거였다.

"왜? 무슨 일…… 있었어요?"

"일은……. 병원 그만두기로 했소. 보건소에 자리가 났소."

밥숟가락을 들다가 말고 아내는 탁 소리 나게 숟가락을 놓았다. 숟가락 놓는 소리와 목소리에 똑같은 질감의 분노가 묻어났다.

"왜 그걸 이제야 말해?"

"오늘 결정했으니까, 오늘 이야기를 하는 거요."

김승주는 길게 이야기하지 말자는 듯 시선을 국그릇에 고정하고 숟가락으로 국물을 떴다.

"지금 그게 이야기하자는 거야?"

"이야기하고 있잖소?"

"이게 어떻게 이야기야? 이게 어떻게 이야기냐구? 이야기 다 끝난 거네? 혼자 맘대로 결정하고 일방적으로 통보하는 거네?"

"마침 적당한 보건소 자리가 났고, 종합병원에서 하루걸러 한 번씩 수술을 해내기에 나는 늙고 지쳤소. 후배 의사들이 올라오고 있고…… 자연스러운 순환이라고 보면 되는 거요."

"그래, 그 자연스러운 순환이 오늘 갑자기 닥친 거야? 그 전부터 조금씩 다가오고 있었을 거 아냐?"

"……."

남자는 묵묵히 밥알을 씹고, 국을 떴다.

"왜 여태 말 안 했어?"

"밥 먹읍시다."

"지금 밥이 넘어가? 밥이 넘어가냐고? 왜 말 안 했어?"

"보건소 자리가 결정된 건 오늘이오. 자리가 나지 않았다면 달리 도리가 없었을 테니, 병원 그만둘 일도 없었을 것이고."

"그래? 보건소 자리가 나면 언제라도 병원 그만둘 작정이었어? 당신 혼자만 생각해? 집안 사정은 생각 안 해?"

"동훈이도 직장을 구했고, 집도 있고, 노후 걱정 안 할 만큼 저축도 있소. 뭐가 문제요?"

"뭐가 문제냐니? 한마디 상의도 없이 직장을 때려 치워놓고 지금 그걸 말이라고 하는 거야? 난 못 해. 난 못 받아들여. 당장 병원 가서 계속 다닐 거라고 말해."

"이미 끝난 일이오. 사직서 냈고, 원장하고 이야기도 끝냈고."

"끝나? 원장하고 끝나면 다야? 그 원장이 우리 집 살림 책임져? 원장이 우리 먹여 살려주냐고?"

"보건소에도 월급이 있어. 그다지 나쁜 자리도 아니고, 그 자리도 누구는 못 가서 안달이라고! 나한테는 딱 적당한 자리요."

"다 필요 없어! 다 필요 없으니까, 오늘 당장 원장한테 가서 병원 계속 다닐 거라고 말해. 사표 낸 거 취소한다고 하란 말이야!"

"병원 당신이 다녀? 당신이 일하냐고? 아무런 문제가 없는데 왜 그렇게 까탈을 부리는 거요? 당신은 대체 뭐가 문제요?"

"뭐가 문제? 누가 문젠데? 지금 누가 집안에 풍파를 일으키는데? 이 집구석에서 문제를 일으키는 사람이 누군데?"

김승주 씨가 잘못했네. 여태 김승주 씨 부부의 싸움은 대체로 남자보다는 여자 쪽에 문제가 있는 것처럼 보였다. 하지만 이번 건은 다르다. 아내와 한마디 상의도 없이 멀쩡하게 다니던 직장을 그만둔 것은 명백히 남자 쪽의 잘못이다.

인선은 훗날 윤철이 어느 날 갑자기 회사를 그만두었다고 통보하면 어떤 기분일지 상상해보았다. 윤철은 의사가 아니니까 따로 갈 만한 보건소가 없을 것이고, 정년퇴직하는 날까지 회사를 그만두는 일은 없을 것 같았다. 그러다가 문득 윤철이 회사에서 잘리는 경우가 발생하면 어떻게 될까 하는 데에 생각이 미치자 답답했다. 복잡하다. 복잡해. 아휴, 아직 결혼도 안 했는데 무슨 쓸데없는 생각을!

"드라마 내용 어떻습니까? 아마 남자분들 중에서는 애도 컸고, 집도 있고, 노후걱정도 없으니 그럴 만하다 싶은 사람들도 있을 것이고, 여자분들 중에서는 말도 안 된다는 분들이 많을 것입니다."

교장은 싱긋 웃었다.

"남자와 여자의 대화법이나 일처리가 이렇게 다릅니다. 말하자면 남자들은 '이야기 좀 하자'고 사람을 불러놓고는 '집 팔았다', '회사 그만뒀다', '나 암이라더라'는 식이죠. 여성은 대체로 이런 대화법에 익숙하지 않습니다. 아내가 '이야기 좀 하자'라고 하면 남편들은 바짝 긴장합니다. 무슨 폭탄선언을 하려는 것인가 하고 말입니다. 하지만 여성들은 그야말로, 정말 그때부터 이야기를 시작합니다. 이야기를 꺼내게 된 배경부터 시작해서 전후 상황, 앞으로 예견되는 일들, 이렇게 하는 게 좋을까, 저렇게 하는 게 좋을까. 그렇게 장황하게 설명해놓고 '그래서 말인데 집을 파는 게 좋을까, 안 파는 게 좋을까? 혹시 팔고 나면 집값이 오르는 게 아닐까?'라고 묻는 거죠. 집을 팔겠다 혹은 집을 팔았다, 라고 시작하는 게 아니라 아직 집을 내놓지도 않은 상태인 거죠. 집을 내놓기는커녕 집을 내놓겠다고 결정조차 안 한 거죠. 남자들은 여자들의 이런 이야기를 밑도 끝도 없는 이야기라고 생각하고, 손사래를 칩니다. 무슨 이야기가 결론도 없고 흑백도 없냐는 거죠. 그래서 아내가 또 이야기를 꺼내면 지겹다 지겨워, 그만, 그만! 하고 소리 지릅니다. 아내들은 마땅히 나누어야 할 대화를 남편이 거부하니까 기가 막히고, 화가 나고, 뭐 이런 무책임한 인간이 다 있느냐 하는 생각이 들지요."

그러니까 남자들은 두서없이 이야기하는 것을 싫어한다는 거다. 그들은 결론부터 말하고, 꼭 필요한 경우에만 주변 상황을 조금 부연하는 정도로 대화를 끝내고 싶어한다. 이에 반해 여자들은 앞뒤 좌우 상황을 모두 이야기하고, 결론을 향해 나아가되, 꼭 결론을 낼 필요가 없는 이야기라도 오래오래 진지하게 하기를 원한다. 이런 과정을 통해 설령 결과를 도출하지 못하더라도 위안을 얻고 공감대를 형성할 수 있기에 가치 있다고 생각한다. 하지만 남자들은 이런 대화 방식을 밑도 끝도 없는 이야기로 간주하고 고개를 저어버린다. 간단히 말해 여성은 사실관계보다는 상황이나 태도를 중요하게 생각하고, 남자는 태도보다는 논리와 사실관계에 집중한다는 것이다.

입장이 이러하니 남편은 아내의 장황한 이야기에 스트레스를 받고, 아내는 남편이 자기 이야기를 들어주지 않는다고 답답해하고 불안해하며 화를 낸다. 그러나 남편이 아내의 말에 여자 친구들처럼 맞장구를 치지 않는다고 해서 아내에게 불만이 있거나 아내의 말이 고까워서는 아니다. 남자들은 다만 그렇게 생겨 먹었을 뿐이다. 그러니 남편이 자기 말에 귀를 기울이지 않는다고 해서 불안해하거나 위축되거나, 불만을 터뜨릴 필요는 없다. 그렇게 생겨 먹었으니 그렇게 받아들이면 된다.

'그렇게 생겨 먹었으니 그렇게 봐주라고?'

인선은 교장이 참 편리한 사고방식을 가진 사람이라고 생각했다. '회사 그만두었다'라는 말을 아무런 부담 없이 받아들이라고? 앞으로 집안 경제에 심각한 영향을 미칠 텐데, 어떻게 아무런 부담 없이 남편의 실직을 받아들인단 말인가. 회사를 그만두었다는 말을 '깜빡 잊고 저녁밥을 안 지어놨네'라는 말처럼 받아들일 수 있는 사람이 세상에 있을까? 밥이야 지금이라도 지으면 그만이지만 직장은 그런 문제가 아니지 않느냔 말이다.

"여성들은 흔히 결혼하면 미혼 시절 친구들과 멀어지는 경향이 있습니다. 남편과 자식, 집안에 초점을 맞추기 때문인데, 그렇다고 하더라도 친구들과 연락을 끊는 것은 권장할 만한 것은 아닙니다. 결혼한 뒤에도 처녀시절 여자 친구와 긴밀한 관계를 유지하는 편이 좋습니다. 살다 보면 위안을 받고 싶고, 수다를 떨고 싶을 때가 있기 마련입니다. 그럴 때는 남편이나 자식이 아니라 전화통을 붙잡고 친구와 이야기를 나누는 것이 좋습니다. 남편은 옆에 있는 사람이지만 멀리 있는 여자 친구만큼 아내의 수다에 귀 기울이지 않습니다."

교장은 남자와 여자는 대화 방식뿐만 아니라 매사에 다른 부분이 많다고 했다. 남자와 여자가 비슷할 것이라고 생각하거나, 부부니까 비슷해야 한다고 생각하는 것 자체가 잘못이라고 했다. 워낙 다르게 생겨먹은 존재여서 무난하게 결혼생활을 이어간다는 것만으로도 위대한 일이라고 했다.

"쇼핑만 해도 그렇습니다. 남자들도 쇼핑을 합니다만 대부분 마지못해 합니다. 그래서 대부분의 남자들은 백화점이나 마트에 들러 한눈파는 일이 거의 없습니다. 필요한 물건을 미리 정하지 않고 무작정 쇼핑에 나서는 경우는 극히 드뭅니다. 백화점에 가서도 이리저리 둘러보며 구경하지도 않습니다. 보통의 남자들은 딱히 필요한 것이 있을 때, 그것도 미루고 미루다가 마트나 백화점에 들르고, 일단 쇼핑에 나서면 빠르고 효과적으로 물건을 구입하고, 서둘러 마트를 떠나려고 합니다. 쇼핑을 진정으로 사랑하는 여자들과 정말 다른 모습이죠.

대부분의 여자들에게 쇼핑은 싫지만 해치워야 할 숙제가 아니라, 기쁨이며 행복이고 위안이고 자신이 존재하는 이유이기도 합니다. 이것저것 구경하고, 입어보고 벗어놓고, 만져보고 흔들어보고, 친구들에게 물어보고, 그 물건을 사용하는 자기 모습, 그 옷을 입은 가족의 모습을 상상하는 동안 여성은 스트레스를 날려버립니다. 마음에 드는 물건이 없으면 두세 시간을 윈도우 쇼핑만 하고 빈손으로 백화점을 떠나기도 합니다. 필요한 상품이 있었는데 백화점에 들르고 보니 마침 그 상품이 없다면 비슷한 것을 구입하는 것으로 만족하는 남자들과 전혀 다른 모습입니다. 말하자면 여성에게 쇼핑은 재미지만, 남성에게 쇼핑은 해치워야 할 숙제인 겁니다. 한 집에, 한 나라에, 한 시대에 살지만 남자와 여자는 이렇게 다릅니다."

하하.

쇼핑이 해치워야 할 숙제라는 말에 인선은 웃었다. 그럴 수도 있겠다. 남자와 여자가 다르니 서로 어울려 사는 것이고, 티격태격하지만 그래서 재미있는 세상이고, 그래서 여자는 남자에게, 남자는 여자에게 끌리는 것인지도 모르겠다. 쇼핑과 맞장구치기를 좋아하면서도 남자의 육체, 남자의 마음, 남자의 향기를 가진 남자는 어디에 없나? 완전 좋을 텐데. 제기랄!

"오늘은 남자와 여자가 참 다르다는 이야기를 하는 중입니다. 어떻습니까? 제가 드리는 남녀의 차이에 대해 어느 정도 공감을 하십니까? 이제 본격적인 말씀을 드릴까 합니다. 부부관계에 금이 가는 큰 차이 중에 또 하나가 남성과 여성이라는 동물적 본능입니다. 단도직입적으로 말씀드리겠습니다. 화내지 마십시오. 우리나라뿐만 아니라 세계의 많은 선진국가가 제도화하고 있는 일부일처제는 남자의 속성에 맞지 않는 제도입니다. 한 남자와 한 여자가 부부가 되어 가정을 이루고 사는 방식이 남자들한테는 어울리지 않는 제도라는 말씀입니다. 더 나아가 어쩌면 여성에게도 일부일처제는 본질적으로는 맞지 않는 제도일 것입니다."

'뭐? 지금 무슨 말을 하려는 거야? 교장 아저씨, 정신 나갔어요? 지금 그걸 말이라고 해요? 이건 완전 고발감이다. 여성단체 사람이 들었다면 이 학교는 당장 문을 닫아야 할 거다! 실수였다고 사과하세요!'

인선은 제 귀를 의심했다. 그러나 실수가 아니었다. 농담처럼 한 말도 아니었다. 부지불식간에, 그러니까 남녀의 다른 점을 이야기하다가 즉흥적으로 뱉은 말도 아니었다. 교장의 목소리는 조금 전과 다름없이 낮고 평화로웠다. 그러니까 그는 일부일처제가 남자의 속성에 맞지 않는다는 이야기를 꺼내려고, 남녀의 차이에 대해 장황하게 늘어놓았던 것이다.

"기본적으로 남자는 여자를 필요로 하지만, 속성상 한 여자와 결혼해서 평생 사는 것에 만족할 수 없는 동물입니다. 아주 사실적으로 말씀드리자면 남자들은 대부분 한 여자와 끝까지 함께 사는 것보다 늘 새로운 여자가 옆에 생겨나기를 원합니다. 평생 부담 없이 연애만 하기를 원한다는 것이죠. 일부일처제는 한 남자에게 정착해 평온하고 익숙한 생활을 영위하려는 여자들이 고안해낸 제도라고 할 수 있습니다. 뭐, 그렇다고 여자가 평생 한 남자만 좋아한다는 말은 아니고요. 앞에서도 말씀드렸다시피 여성들의 본능도 한 남자와 살기를 원하는 것은 아닙니다. 다만 일부일처제가 생존과 육아에 가장 적합하고 유리하다고 결론 내린 것일 뿐입니다.

세계적인 문명사학자 윌 듀런트 박사는 '여자가 가정이란 것을 만들고 남자를 자신의 가축으로 길들여 집안에 들이고, 사회성과 예의를 훈련시켰다'고 말합니다. 다소 과격한 표현일지는 모르지만 아마도 윌 듀런트 박사의 진단은 옳을 것입니다. 말하자면 애초에 가정이나 일부일처제도는 여성이 고안해낸 제도일 뿐 남성과 여성의, 그러니까 인간의 속성과는 거리가 먼 제도라는 말입니다. 안정적이고 행복하다는 가정은 남편이 가축처럼 일하는 데 만족하고, 아내가 집안 전체를 통솔하는 형태인 경우가 많습니다. 남편=가축, 아내=주인인 구조가 흔들릴 때 가정은 불안정하거나 깨지기 일쑤입니다. 그 구조가 마음에 들고 안 들고를 떠나서 현실입니다.

여성이 일부일처제를 원하는 것은 생물학적으로 여러 가지 원인이 작용하기 때문입니다. 가장 큰 이유는 남자에게 2세가 친자라는 확신을 주어 충분한 보호와 식량을 얻기 위해서라고 합니다. 남자들이 자식을 낳기만 하고 자기 자식이라는 확신이 없어서 돌보지 않았다면 인류는 진즉에 멸종했을지도 모릅니다. 아니면 아마존 밀림의 원시부족처럼 육아와 생활을 모두 여자가 책임져야 하는 사회가 되었을 겁니다. 그런 사회는 확실히 경쟁력이 약하고 위태롭지요. 여성으로만 구성된 아마존 부족사회가 점점 몰락해가고 있다는 사실도 남녀가 역할을 분담할 때 경쟁력이 강하다는 것을 보여주는 근거입니다.

　여성의 보호 본능이 일부일처제를 선호하고, 그 덕분에 인류가 이처럼 전 지구적으로 번창한 것은 사실입니다. 그러나 그 바탕에는 자신의 속성과 맞지 않는 제도를 수용해야 하는 남성의 억눌림이랄까, 수고랄까, 불만이랄까 그런 게 있다는 것이죠. 때때로 이런 수고와 억눌림을 이기지 못해 남성들은 다른 여성들에게 눈을 돌립니다. 말하자면 남자는 여자와 엮여 지내기는 하되, 늘 새로운 여자와 엮이기를 원한다는 것이지요. 아무리 뜯어보아도 자기 아내보다 못한 여자와 바람을 피우는 남자들의 심리도 그런 데서 비롯된다고 할 수 있습니다. 다 그런 건 아니고 사람마다 차이는 있지만, 평생에 열 명 이상의 여자와 2, 3년씩 번갈아 살았으면 좋겠다는 남자들도 있습니다. 여자들 중에도 그런 사람들이 적지 않고요.

　어쨌든 전 세계의 850여 개 문화권 중에 일부일처제 사회는 15퍼센트 정도밖에 안 됩니다. 아무리 높게 잡아도 20퍼센트가 안 됩니다. 오해하지 마십시오. 남자가, 아니 사람이 그렇게 생겨 먹었으니 혹은 다른 문화권에서 일부다처 혹은 일처다부, 다부다처제를 채택하고 있으니 우리 한국도 그런 사회를 만들자는 말이 아닙니다. 저는 다만 인간의 속성에 어울리지 않는 일부일처제를 지켜나가는 길이 굉장히 어렵다는 말씀과 함께, 그 자연스럽지 못한 제도를 지켜나가기 위해 우리가 쏟아야 할 노력과 수고에 대해 말씀드리려는 것입니다."

　교장은 남자들의 바람기가 총각시절의 자유로운 생활을 그리워하기 때문이 아니라 본능이라고 보는 것이 옳다고 말했다. 아내를 두고 바람피우는 남자들이 모조리 바람둥이 기질을 타고난 것도 아니라고 했다. 남자는 기본적으로 한 여자와 살기에는 적합하지 않고, 한 여자와 살기 위해서는 끊임없이 노력해야 한다고 강조했다. 결혼한 뒤에도 도저히 본능을 억누르기 힘든 남자라면 차라리 결혼을 하지 않는 게 낫다고 했다. 사람이 자기 하고 싶은 대로 다 하고 살겠다면, 그건 사람이 아니라는 말도 덧붙였다.

예의의 본질은 거짓말, 거짓된 미소, 거짓된 행동이며, 자신은 정직해서 몸과 마음이 시키는 대로 솔직하게 말하고 행동하겠다고 생각한다면 결혼하지 않아야 한다고 했다. 결혼은 그 자체로 앞으로 평생 거짓말과 거짓행동을 하겠노라는 일종의 약속이라고 했다.

"결혼생활은 하기 싫은 일도 해야 하고, 하고 싶은 일도 때로는 포기하는 것입니다. 울고 싶다고 울고, 배고프다고 칭얼대고, 갖고 싶다고 무작정 떼를 쓰는 것은 어린애들이나 하는 짓이지 결혼한 남자나 여자가 할 짓은 아닙니다."

그렇게 말하는 교장의 얼굴은 근엄했다. 진짜 중고등학교 교장 선생님이 학생들에게 훈시하는 모습 같았다.

"결혼한 부부들 모두 체질에 맞지 않는 일부일처제에 맞추느라 애를 씁니다. 특히 남자들이 더 애를 씁니다. 이런 점을 인식하고 서로가 서로를 도와야 합니다. 요즘도 결혼하고 나면 폭 퍼져버리는 사람들이 있습니다. 어쩌다가 화장을 해도 외출할 때만 합니다. 여자나 남자 할 것 없이 결혼만 하고 나면 편하게, 편하게, 더욱 편하게 살 궁리만 합니다. 그러고도 매력적인 남자, 매력적인 여자, 사랑받는 남자나 여자가 되기를 바랍니다. 욕심은 큰데 노력은 안 하는 거죠. 남자든 여자든 조금씩 변신하는 모습을 보여야 합니다. 얼굴과 몸매를 거듭 뜯어고치라는 말이 아닙니다. 가끔이라도 매력적이고 낯선 모습을 보이라는 말입니다. 집에서도 가벼운 화장 정도는 하고 지내세요."

교장은, 남자는 새로운 여자에게 감탄하는 경향이 있는 만큼 외모뿐만 아니라 생활에서도 가끔은 예기치 못한 신선한 모습이 필요하다고 했다.

"남자분들! 바람 이야기만 나오면 왠지 뜨끔하죠? TV 드라마에서 남편들이 바람피우는 장면이 나오면 뒤통수가 근지럽고 외면하고 싶죠? 결혼한 남자들은 아내가 그런 드라마를 보고 있으면 뜨끔해서 슬그머니 자리를 뜨기도 합니다. 혹시 자기 속마음을 들키지는 않을까 싶어 두려운 거죠. 또 한편으로는 바람은 남자들이나 피우는 것이니까, 자신만 조심하면 된다고 생각하는 남자들도 많습니다. 여러분 생각은 어떻습니까? 여러분들도 그렇게 생각하십니까? 바람은 남자들이나 피우는 것입니까?"

교장은 마치 강의실에서 얼굴을 마주보며 강의하듯, 그러니까 화두를 던져놓고 수강생들의 표정이나 반응을 살펴보려는 듯 잠시 틈을 주었다.

"바람은 남자의 전유물이 아닙니다. 여자들도 바람피웁니다. 결혼한 여자들도 바람을 피웁니다. 그것도 아주 많이! 직장에 다니는 여자도 바람을 피우고, 전업주부도 바람을 피웁니다. 잘난 여자도 피우고 못난 여자도 피웁니다. 늙은 여자도 바람을 피우고 젊은 여자도 피웁니다."

뭐? 말도 안 된다. 결혼한 여자들이 단 한 명도 바람을 피우지 않는다고 주장하지는 않겠다. 극히 일부는 바람을 피울 것이다. 하지만 역시 바람이라면 남자들의 대표 상품이 아닌가. 여자들 중에는 일부가 바람을 피우고, 남자들 중에는 일부가 바람을 안 피우는 정도의 차이가 있지 않겠는가. 인선은 적어도 결혼생활에서 바람 문제는 남자들의 문제라고 생각했다. 주변을 둘러보아도 바람은 언제까지나 남자 쪽이 일으키는 문제였다.

"우리나라의 TV 드라마는 흔히 바람피우는 남자와 이를 감시하는 아내, 혹은 남편의 바람문제로 위기에 처한 가정을 다룹니다. 토끼 같은 자식을 앞에 두고 이러지도 저러지도 못하는 가련한 아내의 푸념도 나오고요. 그런 드라마를 보고 있노라면 세상의 모든 남편들이 바람을 피우는 것 같고, 모든 아내들은 토끼 같은 자식을 걱정해 참고 사는 것처럼 보입니다. 지고지순하죠. 이런 건 드라마의 설정일 뿐입니다. 순 거짓말입니다.

남자가 혼자 바람피웁니까? 아니면 세상에 남자와 여자라는 성별 말고 제3의 다른 성별이 있어서 남자들이 제3의 성별하고 바람을 피웁니까? 남자들의 바람 상대는 여자들입니다. 평범해 보이는 이웃 남자가 바람을 피운다면 평범해 보이는 이웃 여자가 바람을 피운다는 말입니다. 남자와 여자가 결혼하듯이 말입니다."

이건 아니다. 일부 여자들이 바람을 피우는 것이다. 일부 여자들이 피우는 것을 갖고……. 인선은 거기까지 주장하다가 생각을 멈췄다. 대부분의 남자들이 한두 번쯤 바람을 피운다면, 교장 말대로 그 상대는 누구일까. 일부 바람난 여자들이 대부분의 바람난 남자들을 상대로 번갈아 가며 바람을 피우는 것일까. 아니면 대부분의 결혼한 여자들을 대신해서 창녀들이 남자들과 바람을 피우는 것일까. 아직 결혼 안 한 여자들이 유부남들과 사귀는 것일까.

"TV 드라마에서 배우자의 바람 문제가 나오면 늘 여성이 피해자인 것처럼 비춰지는 것은 그 드라마의 중심 무대가 흔히 남자의 가정이기 때문입니다. 어떻게든 살아보려는 착한 아내, 아무것도 모르는 토끼 같은 자식이 바람피우는 남편 혹은 아버지와 함께 등장하니까 남자가 가해자처럼 보이고, 여자가 피해자인 것처럼 보이는 겁니다. 이에 반해 남자가 바람피우는 상대 여성의 가정은 좀처럼 화면에 나오지도 않습니다. 설령 등장한다고 해도 그 여자가 이혼녀거나 미혼인 경우로 설정되기 일쑤입니다.

한국에 결혼한 남자는 많은데 결혼한 여자는 별로 없고, 독신이거나 미혼인 여자만 있습니까? 이런 상황은 인위적으로 남자를 나쁜 사람으로 그리는 것이지요. 왜 그럴까요? 주로 주부들을 대상으로 하는 드라마의 시청률 때문이기도 하겠고, 바람난 남자에 관한 드라마를 쓰는 작가가 여자이기 때문이기도 합니다. 제가 굳이 이런 말씀을 드리는 까닭은 남자를 변호하기 위해서가 아닙니다. 남편도 아내도 바람 다 피우니까 서로 흉볼 것도 없다는 식의 논리를 펴려는 것도 아닙니다. 아내들도 얼마든지 바람피울 수 있으니 남편들도 조심하고 노력해야 한다는 말씀을 드리려는 것입니다."

교장은 남자 수강생들에게 특히 당부하고 싶다고 말했다. 일부일처제는 남자의 본성에 적합하지 않은 제도가 틀림없다. 그래서 남자들이 본능적 욕구를 억누르지 못해 곁눈질하는 것도 이해할 수 있다. 하지만 당신의 아내도 바람을 피울 수 있다는 사실을 잊어서는 안 된다.

바람은 남자의 전유물이 아니다. 결혼해서 집에 데려다 놓았으니 마음 푹 놓고 당신은 밖에서 멋대로 살아도 된다고 생각하지 마라. 당신 아내도 눈이 있고, 팔다리가 있고, 싱싱한 몸뚱이가 있다. 당신 눈에는 지겨워 미칠 지경이고 매련한 아내가 다른 남자의 눈에는 싱그러운 몸뚱이와 매력적인 성격을 가진 여자로 보일 수 있다. 왜? 이웃집 남자도 당신과 마찬가지로 새로운 여자를 탐하니까. 그러니 남자의 본능이니 하는 핑계를 대지 말고, 자신을 엄격하게 다스릴 줄 알아야 한다. 그리고 축 늘어져서 지겨운 아내의 몸뚱이에 대해서도 때때로 경배하는 마음을 가져라. 그래도 다행스러운 것은 여자 쪽이 먼저 바람을 피우는 경우는 드물다. 남편이 아내에게 잘하면 아내는 웬만해서는 바람을 피우지 않는다. 그러나 분명한 것은 여자도 언제든 바람을 피울 수 있다는 사실이다. 그녀들은 모두 5분 대기조다. 언제든 출동 가능한 자세를 갖추고 있다는 말이다.

"남자들 열에 아홉은 그럴듯해 보이는 이웃집 여자가 있으면 어떻게든 작업을 시도해보려고 합니다. 그런데 천지신명이 참으로 공평하게 처분하신 결과, 여자들도 열에 아홉은 그럴듯해 보이는 남자가 접근하면 홀라당 넘어간다는 겁니다. 이러면 안 되는데, 이러면 안 되는데 하면서도 '이것이 사랑인걸' 하고 말이죠. 어느 쪽이 먼저고 간에 남녀 모두 언제라도 바람피울 준비가 되어 있다는 말입니다. 워낙에 하늘같은 남편, 공주같은 아내와 사는 사람은 예외겠죠.

그런데 살다보면 하늘도 땅바닥처럼 느껴지고, 공주도 삼순이처럼 느껴집니다. 사람은 익숙한 것의 가치를 쉽게 잊어버립니다. 그러니 무난한 결혼생활을 이어가자면 양쪽 모두 끊임없이 경계하고, 배우자를 존중하는 마음을 가져야 합니다."

교장은 여자의 바람이 남자의 바람보다 위험하다고 했다. 대부분의 평범한 남자는 결혼생활에 답답함을 느끼면서도 처자식한테 더 잘해주지 못하는 데 따른 미안한 감정을 키워간다. 그래서 설령 바람을 피우더라도 그의 머리에서 자식과 아내가 떠나지 않는다. 하지만 여자는 결혼생활을 이어가는 동안 흔히 내 인생이 어쩌다가 요렇게 되어버렸나 원망하는 마음을 품게 되는 경우가 많다고 했다. 그것은 여자가 잘났거나 결혼생활에서 여자가 더 희생했기 때문이 아니다. 여자가 남자보다 결혼을 더 하고 싶어 했기 때문에, 결혼에 더 많은 환상을 품고 있었기 때문이다.

결혼한 뒤 환상이 좌절되면서 여자들은 원망하는 마음을 가지는 경향이 있다. 게다가 사랑과 생활, 사랑과 도덕을 분리하는 남성과 달리 여성은 모든 판단의 기준을 사랑으로 삼는다. 사랑이 곧 도덕이며 법이고, 사랑이 곧 빨간 사과이므로 나머지는 모두 무시해버린다는 것이다. 적어도 사랑이 식기 전까지는 물불을 가리지 않는다는 말이다.

교장은 '빨간 사과라는 말을 다른 어떤 말로 대체해도 좋다'고 했다. 그러니까 빨간 사과는 세상에 존재하는 모든 것, 존재하지 않으나 상상할 수 있는 모든 것, 느낄 수 있는 모든 것, 상상할 수도 느낄 수도 없는 모든 것을 은유한다고 덧붙였다. 요컨대 여자에게 사랑은 곧 빨간 사과라는 말이었다. 여성은 빨간 사과 한 조각이면 세상을 다 가질 수도 있다. 그러니 사랑에 빠진 여자가 무엇을 두려워하겠는가. 교장은 결혼한 남자가 진실로 염려해야 할 것은 자신의 아내가 사랑에 빠지는 것이라고 했다.

"남자나 여자나 살다가 한 번쯤 바람을 피울 수 있겠지요. 바람은 바람으로 끝나야 하는데, 여성들은 그게 잘 안 됩니다. 그런 까닭에 여성 자신이 경계해야 할 것도 바로 '빨간 사과'입니다. 남성의 시한부 진실을 믿지 말라는 말입니다. 남자는 여자를 유혹하기 위해 현재 아내와 별거 중이라거나 아내와 곧 헤어질 것이라거나, 아내와 도저히 살 수 없다는 말을 하는 경우가 많습니다. 그런 말들은 아마도 상당 부분 사실일 것입니다.

남자는 진실로 자기 아내를 증오하며 헤어지기를 간절히 바랄 수 있습니다. 하지만 그 말이 곧 아내와 헤어지고 현재 만나고 있는 당신과 결혼하겠다는 말은 결코 아닙니다. 남자들은 평생 같이 살 생각이 없으면서도 여자를 만나 함께 잘 수 있고, 심지어 사랑할 수도 있습니다. 그러나 사랑하고 함께 자는 것이 곧 그 여자와 사회적 관계를 맺겠다는 말은 아닙니다. 남자는 이미 치른 결혼식에 대한 책임과 못마땅하지만 현재의 결혼생활을 유지함으로써 얻는 이로움, 그러니까 사회적 안정, 자식, 직장과 명예를 포기하지 않습니다. 좀 더 정확하게 말하자면 결혼한 남자는 새로운 사랑을 얻기 위해 자신의 현재와 미래를 결코 포기하지 않습니다. 현재와 미래는 수컷의 영역입니다. 수컷이 제 영역을 포기하는 것 봤습니까? 만약 그런 남자가 있다면 아주 질이 나쁜 사람이거나 굉장히 멍청한 남자일 것입니다. 아니면 현재 아무런 사회적 관계도 명예도 미래도 없는, 그래서 새로운 여자와 결혼을 해서 여자 덕이나 보며 살겠다고 작정한 사람일 것입니다.

이미 이혼한 남자와 미래를 꿈꾸는 것은 가능합니다. 하지만 현재 결혼생활을 유지하고 있고 자식이 있는 남자가, 새로 생긴 여자를 얻기 위해 자신의 가족과 미래를 포기하는 일은 결코 없습니다. 자신의 아내가 아무리 밉더라도 말입니다. 사회적으로 번듯한 남자일수록 더욱 그렇습니다. 유부남과 바람 피워봐야 한때 불장난이지 그 사랑이 결혼으로 맺어질 것이라고 착각하지는 말라는 말입니다.

아내와 곧 이혼할 거라는 남자의 말을 믿고 먼저 덜컥 이혼한 뒤에 오갈 데 없이 생활고에 시달리는 여자들이 많습니다. 내가 이혼했으니 당신도 이혼하고 같이 살자고 들들 볶으면 남자들은 금세 귀찮아하고, 짜증을 내고 급기야는 폭력을 휘두를지도 모릅니다."

교장이 말을 계속했지만 인선의 귀에는 들어오지 않았다. 그녀의 의식은 '남자들 중 열에 아홉은 매력적인 여자가 눈에 띄면 어떻게든 작업을 시도한다'는 말에서 멈췄다. 윤철은 어떨까? 그는 지금 무엇을 하고 있을까. 그 입사 선배란 여자와 한 팀이 되어 어떤 프로젝트를 기획하는 중은 아닐까. 윤철이 그 여자에게서 어떤 작은 매력이라도 발견했을까? 그래서 두 사람이 미묘한 줄다리기를 하는 중일까. 인선이 아는 한 윤철은 여자에게 치근덕거리는 스타일은 아니었다. 학창시절 윤철은 여학생들에게 관심을 가지거나 먼저 다가서지 않았다. 사람의 본성은 좀처럼 변하지 않는 법이다. 치마를 둘렸다고 해서, 웬만큼 매력이 있다고 해서 윤철이 먼저 여자에게 다가서는 모습을 상상하기는 어려웠다.

하지만 그 선배란 여자는 알 수 없지 않은가. 아침저녁으로는 제법 서늘하지만 낮에는 덥지도 춥지도 않다. 윤철은 정장을 입고 출근했다가도 사무실에 도착하면 양복 상의를 벗고 와이셔츠 차림으로 일할 것이다. 어쩌면 와이셔츠 소매를 걷고 그 선배란 여자와 나란히 혹은 마주 앉아 열을 올리며 이야기를 나눌지도 모른다. 한참일을 하다가 조금 쉬자며 자판기 커피를 뽑아들고 건물 옥상정원에 올라가 시원한 바람 속에 마주 서 있을지도 모른다. 하얀 이를 드러내며 해맑게 웃는 윤철의 얼굴에서 그 여자는 폭풍처럼 밀려오는 사랑을 느낄지도 모른다. 착한 성품, 성실한 태도, 와이셔츠 소매를 걷어붙이고 일에 몰두하는 모습에 이미 반쯤은 매혹되었을 것이다. 거기에 하얗게 부서지는 가을 햇살과 윤철의 해맑은 미소를 더한다? 상상만 해도 끔찍했다.

내 얘기를 얼마나 할까

"근데, 윤철 씨 친구들은 윤철 씨 사귀는 사람 있는 거 알아?"

"친구들 누구?"

"누구기는, 고등학교 동창이나, 대학 친구나 회사 동료나……."

내심은 회사의 그 선배라는 여자는 윤철 씨한테 애인이 있다는 걸 알고 있느냐고 묻고 싶었지만 자존심이 허락하지 않았다. 희주는 귀가 따갑도록 이야기했다. '매달린다고 남자의 마음을 잡을 수는 없다. 여성의 무기는 상냥함과 명랑함이다.'

그러고 보니 희주한테서 마지막으로 연락 온 것이 2주가 넘었다. 남편과 함께 골프를 배우기 시작했다더니 푹 빠져 지내는 모양이었다.

"고등학교 동창들이야 알지. 전에 한 번 만난 적도 있잖아? 대학 친구들도 나랑 친한 친구나 너랑 친한 사람들이 다 아니까, 대부분은 그럭저럭 알고 있겠지."

'그럭저럭 알고 있겠지?'

사람들이 알면 알고, 모르면 그만이라는 말 아닌가. 우리 관계에 대해 굳이 광고를 하라는 것은 아니다. 하지만 남자가 자기 애인에 대해 친구들에게 이야기하지 않는 것은 무슨 이유일까? 내가 친구들에게 자랑할 만한 여자가 아니기 때문일까. 교장은 남자들은 자신의 여자가 친구와 가족에게 자랑할 만한 사람이기를 원한다고 했다. 윤철이 나만 한 여자와 사귄다면 어딜 가도 내세울 만하지 않을까. 게다가 대학교 남자 동창들은 윤철이 나와 사귀고 있다는 것을 알면 부러워하거나 샘을 내지 않을까.

문득 종수의 얼굴이 떠올랐다. 대학 1학년 때부터 인선을 쫓아다녔던 과 동기였다. 한 1년쯤 인선을 쫓아다니다가 성과가 없자 다른 여학생을 사귀었고, 그 여학생과 헤어진 뒤로 다시 은근하면서도 끊이지 않게 관심을 표현하던 그였다. 언젠가 한번은 친구들과 술자리에서 결국엔 인선이 자기랑 결혼하게 될 것이라는 말을 늘어놓았다고 했다. 비록 인선이 지금 다른 남자를 만나고 있고, 자신도 때때로 다른 여자를 사귄 적이 있지만, 최종적으로 우리는 한집에 살 게 될거라는 꽤 순정파 같은 말을 했다고 들었다. 종수의 문제는 그런 거였다. 그는 1학년 때 줄곧 쫓아다녔다고 했지만, 그가 관심을 갖고 있다는 사실을 인선은 1학년 2학기가 거의 끝나갈 무렵에야 알았다.

최종적으로는 우리가 한집에 살게 될 거라고?

참 꿈도 야무지다. 봄, 여름, 가을 내내 놀았지만 겨울엔 최종적으로 광에 쌀이 가득찰 것이라 믿는 게으르고 재주 없는 농부의 몽상이나 다를 바 없었다. 그렇게 생각하고 보니 괜히 부아가 치밀었다.

봄, 여름, 가을 내내 공을 들여 봐라, 최종적으로 네가 내 근처에나 올 수 있는지. 언감생심, 제발 좀 씻고나 다녀라. 구질구질해서 봐줄 수가 없다.

"친구들한테 내 얘기 안 해?"

"무슨 얘기?"

"무슨 얘기라도."

"글쎄. 별로 안 하는데?"

"이야기하는 건 좋은데, 설마 우리 자는 이야기까지 하는 건 아니겠지?"

얼굴을 다 아는 대학시절 남자 동창들한테 잠자리 이야기까지 하는 건 쪽팔리는 일이었다. 하지만 할 것이라고 생각했다. 인선은 가까운 여자 친구들을 만나는 자리에서 윤철의 사소한 버릇과 윤철의 회사생활, 심지어 잠자리 이야기까지 했다. 윤철과 사귄다는 말을 했을 때, 윤철과 키스했다고 이야기했을 때, 윤철과 결국 같이 잤다는 이야기를 했을 때 여자 동창들의 반응은 폭발적이었다. 윤철의 어디가 마음에 들었냐에서부터, 나는 대학 때 윤철이하고는 이야기도 해본 적이 별로 없는 것 같다는 반응까지 다양했다. 희주 고 앙큼한 것은 '잘 하디?'라고 묻기까지 했다.

인선은 윤철이 사준 스카프와 책과 음반에 대해 이야기했고, 함께 본 영화와 커플로 장만한 티셔츠 이야기도 친구들에게 해주었다. 윤철의 생일선물을 사기 위해 친구들을 끌고 백화점 순례를 다닌 적도 있었다. 성애는 주로 듣는 편으로 간혹 깜짝 놀란 듯이 눈을 동그랗게 뜨거나 어쩌면 좋으냐고 발을 동동 구르는 정도였지만,

희주는 상황을 분석하고 평가하고 향후 대책을 세워주기도 했다. '잘 해야 해. 자알. 아무리 과 동기라고 해도 그냥 동기일 때와 남자일 때는 달라. 전략이 아니면 움직이지 말고, 전술이 아니면 입 밖에 내지도 마.' 희주의 연애방식은 피곤했다. 자기는 정말 그런 피곤한 연애 방식을 적용하는지 의문스러웠다.

"그런 이야기를 내가 왜 하나?"

"확실하지?"

"확실해!"

"그럼 친구들한테 내 얘기 어떤 거 하는데?"

"안 하는데?"

"안 해?"

"그래. 무슨 할 말이 있다고."

"할 말이 없어? 내 얘기 할 게 없다는 거야?"

"그런 말이 아니라, 내 말은…… 자기 여자 친구 이야기를 남자 친구들한테 뭐하러 하느냐는 거지?"

"뭐하러 하다니? 그럼 여자 친구 이야기 말고, 어떤 여자 이야기 하는데?"

"안 해. 여자 이야기 별로."

"남자들 모이면 여자 이야기 안 해?"

"하지. 그렇지만 자기 여자 친구 이야기는 잘 안 해. 누가 듣고 싶어 한다고 그런 이야기를 해. 팔불출이라면 또 모를까."

팔불출이라니? 자기 여자 친구 이야기를 하는 게 남자들 사이에서는 팔불출이라는 말이야? 그럼 선비처럼 고상한 이야기는 뭔데?

길을 가다가도 예쁘고 늘씬한 여자만 보면 눈이 자동으로 돌아가는 것들이 여자 친구 이야기를 하면 팔불출 취급을 받는다고? 치한은 되어도 팔불출은 되기 싫다는 거야, 뭐야?

"그럼 남자들은 무슨 이야기 하는데?"

"무슨 이야기는. 그냥 되는 대로 아무거나 하지."

"아무 이야기 뭐?"

"아, 몰라. 그런 게 뭐가 중요하다고 그래?"

"궁금하잖아?"

"참 궁금할 것도 많다. 회사 사람들하고 술 마시면 십중팔구 회사 이야기고, 친구들 만나면 십중팔구 쓸데없는 농담이나 하지. 회사 사람들하고는 다른 이야기를 하다가도 어느새 회사 이야기로 돌아와 있기 일쑤고, 학교 친구들 만나면 프로야구나 정치나 뉴스에 나왔던 이야기를 주로 하지. 중간중간에 음담패설과 농담과 웃음이 끼어들었다가 빠지고, 또 끼어들고. 뭐 그러다가 오래 못 본 친구들 근황 이야기도 가끔 하고…… 술 마시고."

"결혼 이야기 같은 건 안 해?"

"결혼?"

"그래, 자기 친구들이 다 결혼할 때가 됐고, 몇몇은 벌써 결혼했잖아. 자기 친한 우리 과 사람 중에도 성준 선배나 기진 선배는 결혼했잖아."

"성준이나 기진이가 나하고 결혼했냐? 그런 이야기를 하게?"

"참 편리한 동물이다."

인선은 맥주를 쭈욱 들이켰다. 이렇게 꽉 막힌 벽 같은 남자와 이야기를 하려니 워밍업을 해도 한참을 해야 할 것 같았다. 아직 워밍업을 시작하지도 않았는데, 목이 바싹바싹 타는 것 같았다.

"근데, 요즘은 토마토나 상추 같은 채소를 집에서 직접 길러 먹는 사람들이 많다더라. 바로 따서 바로 먹으니까 마트에서 사온 것보다 신선하고, 비료 듬뿍 쳐서 속성으로 키운 게 아니라 오래 햇빛을 보고 자란 것이라 맛도 훨씬 진하대. 아버지가 요즘 베란다에 채소 화분을 몇 개 갖다놓고 가꾸시는데 아주 재미있어하셔. 아무래도 베란다라 햇빛이 제대로 안 든다고 늘 불만이시기는 하지만."

토마토? 상추?

재미있지, 아무렴 재미있지. 그러니까 결혼을 해서 윤철 씨도 아버지처럼 우리들의 집에서 우리들의 채소를 기르면 될 거 아니야? 우리들의 채소를 기르자면 우리들의 집과 우리들의 베란다가 필요하고, 그러자면 우리가 결혼을 해야 할 거 아니야. 일의 순서를 왜 그렇게 몰라. 이 모양이니 여자가 챙기지 않으면 남자는 평생 어린 애란 소리를 듣는 거다.

"집에서 처음부터 기르자면 시간도 많이 걸리고 어려운데, 요즘은 어느 정도 길러서 화분에 담아 파는 것도 있다더라."

윤철은 꽤나 진지했다.

어쩜 일의 순서를 이렇게 모를까. 결혼을 해야 채소를 기르든 화분에 물을 주든 할 거 아냐. 남자들은 정작 관심을 가져야 할 문제엔 태무심하고, 당장 안 해도 그만인 일엔 진지하다. 그러다가 인선은 문득 남자들은 마치 연애를 취미나 재미로 하는 건 아닐까 하는 생각을 했다. 결혼 적령기에 여자를 만나면서도 그 만남을 이어가도 그만, 중단해도 그만인 것처럼 여기는 것 같기도 했다.

글이나 그림을 취미로 하는 사람과 밥벌이로 하는 사람은 다르다. 취미나 수행의 일환으로 글을 쓰거나 그림을 그리는 사람은 그 행위에 여유와 까다로움이 묻어 있다. 실용과는 거리가 멀수록, 취미에 가까울수록 까다로운 법이다. 오직 비바람을 피하고 들어가 편히 쉴 집을 짓는 사람은 외벽의 예술성이나 내부의 곡선에 신경 쓰지 않는다. 실용적인 사람들은 방한과 편리와 가격에 관심을 가질 뿐이다. 들어가 살 집이 아니라 보고 즐길 집, 누군가에게 보여줄 집을 짓는 사람들이 까다롭게 따지는 법이다. 취미나 예술로 집을 짓는 사람들은 마음에 들지 않으면 반쯤 지은 집이라도 미련 없이 허물고 처음부터 새로 짓는 짓을 마다하지 않는다.

'내 나이가 몇인데. 이제 와서 다 허물어버리고 새로 지을 순 없다!'

글이, 그림이, 집이 혹은 연애가 취미이거나 예술인 사람들은 대책 없이 여유를 부려도 좋다. 아무리 까탈을 부려도 상관없다. 거기에 절박함이 없기 때문에 내일 당장 그만두어도 그만이다. 하지만 밥벌이로 그림을 그리고, 식구들의 끼니를 위해 글을 쓰고, 들어가 살기 위해 집을 짓고, 결혼하기 위해 연애하는 사람은 절박하다.

연애와 결혼을 끼니처럼 생각하는 여자와, 연애와 결혼을 취미나 간식처럼 생각하는 남자가 만나는 건 그래서 괴롭다. 한 끼를 거르면 몸에서 힘이 빠지고, 세 끼를 거르며 서 있기조차 힘든 것이 사람의 몸이다. 때가 되었는데도 결혼하지 못한 여자의 심신이 두 끼쯤 굶은 사람의 심신과 다를 게 뭔가. 끼니를 얻기 위해 글을 쓰거나 그림을 그리는 사람은 필연적으로 자기 취향보다는 그 글을 읽을 사람, 그 그림을 감상할 사람의 취향을 의식하지 않을 수 없다. 그리고 상대의 반응에 안달이 날 수밖에 없다. 취미로 그림을 그리는 중인 윤철은 상대의 취향을 전혀 고려하지 않고 자기가 그리고 싶은 것, 자기가 칠하고 싶은 색깔의 물감을 마음껏 쓴다.

인선은 윤철의 말 한마디 한 마디에 신경을 곤두세우는 자신이 마치 그림의 의뢰인 앞에 서서 평가를 기다리는 배고픈 화가 같아 안쓰럽기도 하고, 못마땅하기도 했다. 이 중요한 이야기를 나누는데, 집에서 길러 먹는 채소라니! 귀신이 씻나락을 까먹는 소리가 이럴 것이다.

이 밑도 끝도 없는 이야기를 중단해야 한다. 인선은 윤철의 말에 적당히 맞장구를 치는 대신 맥주잔을 들었다가 마시지는 않고 내려놓았다. 영화나 드라마의 장면전환이랄까. 윤철과 나누는 대화의 주제를 바꾸기 위한 연출이었다.

"그 선배란 여자는 잘 있어?"

"누구?"

누구? 이게 지금 시치미를 떼겠다는 거야?

"아~ 그 선배…… 회사 그만뒀어."

윤철은 포크로 스파게티를 둘둘 감아 입으로 가져갔다.

"왜에? 언제?"

인선은 테이블 앞으로 몸을 바싹 당겼다.

"로스쿨 갈 거래. 부장님이 그러시는데 진즉부터 그쪽에 뜻이 있었대나봐."

"똑똑한 여잔가 보네."

"로스쿨 가면 다 똑똑하냐?"

"똑똑하지."

"하긴 장학생으로 합격했다니 똑똑하겠지. 암튼 지독한 여자야. 그 바쁜 회사생활하면서 공부는 또 언제 했대."

"원래 준비를 했겠지."

"맞아. 부장이 눌러 앉히려고 설득을 꽤나 했는데 요지부동이더래. 약혼자가 이번에 사시에 합격했다나 어쨌다나. 나중에 둘이서 해외유학 갈 건데, 그 시기를 맞추자면 이번엔 꼭 로스쿨에 들어가야 한대. 나 참, 이제 로스쿨 합격해놓고 해외유학 시기까지 생각하다니, 좀 웃겨."

하마터면 '그 여자 약혼했어?'라고 물을 뻔했다. 쪽팔리게도. 그 여자가 회사를 그만두었다는 말에 이어 그 여자에게 약혼자가 있다는 말을 전하는 윤철이 그처럼 착하고 맑고 듬직해 보일 수 없었다. 윤철의 그 착하고 맑은 얼굴은 어디서 나온 것일까. 일부러 꾸민다고 저런 낯빛을 가질 수는 없을 것이다. 그는 아마 천성이 착하고 맑을 것이다. 착하고 맑은 생각과 착하고 맑은 행동을 할 것이다. 그런 생각과 행동들이 켜켜이 쌓여 저토록 맑고 선한 낯빛으로 드러나는 것이리라.

아이들은 책과 학교에서만 배우는 것이 아니다. 말과 행동, 가치관의 상당 부분을 부모와 친구, 가정과 사회에서 은연중에 배운다. 어떤 부모나 자식들에게 책을 많이 읽어라, 공부를 열심히 해라, 정직해라, 라고 말하지만 세상의 모든 자식들이 책을 많이 읽는 것도 공부를 열심히 하는 것도 아니다. 아직 어릴 때는 부모의 말에 고분

고분 따르던 아이들도 중학생만 되면 부모의 말이 아니라 행동을 닮아간다. 초등학교 시절 열심히 책을 읽던 아이들이 중학생이 되면 손에서 책을 놓고 컴퓨터 게임과 텔레비전에 열광하는 것은 주변의 친구들과 부모가 게임과 텔레비전에 몰두하기 때문이다. 아이들이 자라면서 성급하게 담배를 피우고 술을 마시는 것도 그것이 어른이 되어 가는 자연스러운 과정이라고 믿기 때문이다.

요컨대 사람은 주변에서 보고 듣고 느낀 대로 행동하게 되어 있다. 윤철을 보건대 그의 부모님들은 틀림없이 반듯한 사람들일 것이다. 그러고 보니 윤철이 술에 엉망으로 취해서 흐트러진 모습을 보인 적도 없었다. 대한민국 사람이라고 결혼면허시험을 모두 칠 필요는 없을 것 같기도 했다. 윤철처럼 반듯한 부모 아래에서 자란 반듯한 청년은 시험을 면제해줘도 좋겠다는 생각이 들었다.

언젠가 ML결혼학교 교장은 '아직도 부모님께 반말 하는 사람 있습니까?'라고 물었다. 반말? 그럼 부모님한테 존댓말을 해? 지금이 무슨 조선시대도 아니고, 촌스럽게. 교장은 이제부터라도 존댓말을 쓰라고 말했다. 어린애도 아니고, 결혼을 하겠다는 사람들이 자기를 낳아주고, 키워주고, 앞으로도 보살펴줄 하늘같은 부모한테 아직도 '엄마, 아빠, 해라, 마라'라고 친구 대하듯이 말해서는 안 된다고 했다. 덩치가 산만 한 아들이, 말만 한 딸이 아버지한테 '아빠, 밥 먹어'라고 하는 걸 보면 부아가 치밀어 당장 달려가서 패주고 싶다고 했다. 교장은 말만 경어체로 바꿔도 태도가 달라지고, 생각이 달라지고, 행동이 달라진다고 했다. 행동이 달라지면 삶이 달라진다고 했다.

친근한 것도 좋고, 편한 것도 좋지만, 부모 자식 간에는 위아래가 있어야 한다. 그 기본적인 것들이 지켜지지 않으면 부모의 권위가 사라지고, 권위가 사라지면 부모와 자식이 맨주먹으로 싸우는 사태도 벌어질 수도 있다고 했다. 맨주먹으로 치고받으면 힘센 자식한테 늙은 부모가 눌릴 수밖에 없는데, 힘센 놈이 대장인 게 우리의 미래일 수는 없다고 했다. 맞는 말인데 어려운 말이었다. 어제까지 반말하던 부모에게 어느 날 갑자기 어떻게 존댓말을 하느냔 말이다.

그러고 보니 윤철은 제 엄마한테 깍듯이 존댓말을 쓰는 것 같았다. 스마트폰을 들고 속삭이는 상대가 처음에는 회사 상사인 줄 알았다. 엄마였다.

아, 어렵다. 반듯한 남자 손윤철과 결혼하자면 나도 반듯한 여자가 되어야 하는 것일까. 하지만 엄마, 아빠한테 존댓말이라니! 말이 쉽지, 그게 어떻게 가능하냔 말이다.

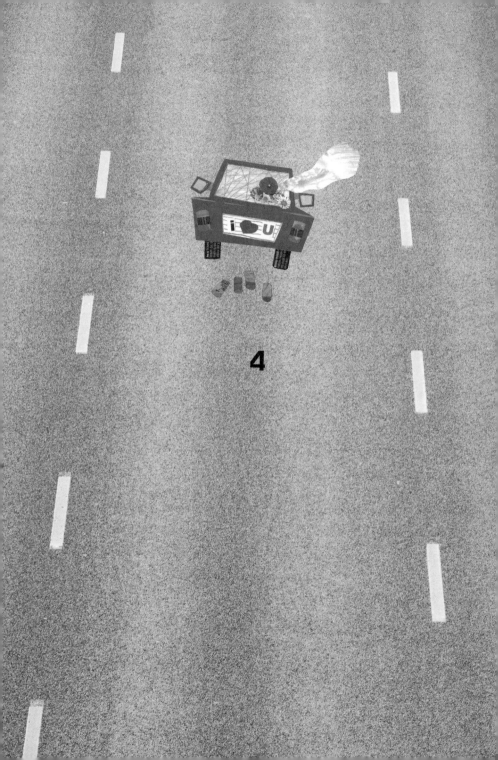

내 인생의 불행을 더 이상 용납할 수 없었다

　　날카로운 전화벨 소리와 함께 텔레비전 화면은 밝아왔다. 제복을 입은 여러 명의 남녀 경찰들이 전화기 앞에 일렬로 앉아 있는 모습이 보였고, 헤드폰을 쓴 젊은 남자 경찰이 전화를 건 남자와 이야기를 나누는 장면이었다.

　　"사람을 죽였습니다."

　　김승주의 목소리였다.

　　"여보세요?"

　　"내가 사람을 죽였습니다."

　　"누구를 죽였죠?"

　　"아내를 죽였습니다."

　　"자택인가요?"

　　"예."

경찰관의 확인 요구에 김승주는 아내를 살해했다고 재차 말했다. 또박또박 주소를 말하는 그의 목소리는 다소 떨리는 듯했지만 평정심을 잃은 것 같지는 않았다. 아내를 죽였다는 믿기 어려운 사실에 혼란을 느끼거나 당황해하는 것 같지도 않았다. 다소 차가웠고, 동시에 증오를 간신히 누르고 있는 듯 굉장히 억제된 목소리였다. 김승주가 주소를 불러주었고, 헤드폰을 쓴 경찰은 '곧 경찰이 도착할 것입니다. 그 자리에 있으세요'라고 했다. 이윽고 드라마의 장면은 김승주의 집으로 바뀌었다. 잔디를 깔아놓은 정원으로 비치는 햇살이 얇았다. 가을이 붉게 익어가는 중이었다.

김승주는 다락방 책장에서 책을 찾는 중이었다. 한 손에 걸레를 든 그는 책을 차례차례 끄집어냈다가 먼지를 닦고 집어넣는 중이었다. 책장을 뒤지기로 작정한 김에 책 위에 쌓인 먼지를 닦아내는 중인 것 같았다.

'어디 있지.'

오래된 책에서 퀴퀴한 냄새가 났는지 김승주는 책을 찾다가 말고 다락방의 창문과 덧문을 열었다. 카메라는 그 아래로 마당에서 비질하는 아내의 모습을 비췄다. 김승주의 시선으로 잡은 정원의 풍경이었다. 허리를 잔뜩 웅크리고 책을 찾던 김승주가 다른 책 밑에 깔려 있던 '안나 카레니나'를 집어 들었다. 그가 걸레로 책 표지에 묻어 있는 먼지를 닦았을 때, 아내의 목소리가 마당에서 다락방으로 뛰어 올라 왔다.

"여보! 여보!"

남편을 부르는 아내의 목소리에는 녹슨 쇳조각들이 섞여 있었다.

"이거 치우라고 몇 번 말했어!"

김승주는 손에 톨스토이의 '안나 카레니나'를 든 채 다락방 창문 쪽으로 다가가 밖을 내다보았다.

"당신 눈엔 이게 안 보여!"

아내는 다락 창문을 향해 고개를 쳐든 채 손으로 대문 옆에 서 있는 커다란 화분을 가리켰다. 김승주의 후배 병원에 있던 화분인데, 몇 달 전 병원을 폐업하면서 갖다준 행운목이었다. 행운목은 너무 늙었는지 아니면 따뜻한 실내에서 마당으로 바뀐 환경변화를 견딜 수 없었던지 시름시름 앓다가 죽어버렸다. 나중에 경찰조사를 받을 때 김승주는 나무가 죽었다고 금방 버리기는 후배에게 그리고 나무에게 미안했다고 진술했다. 거두지 못할 생명을 받아놓은 데 대한 자책감 비슷한 것도 있었다. 그래서 내다 버리라는 아내의 말을 서너 번이나 듣고도 차마 버리지 못하고 대문 옆에 세워두었다고 했다.

버려야지.

놔둔다고 죽은 나무가 살아날 것도 아니고, 집 안에 모셔둔다고 생명을 지키지 못한 책임이 없어지는 것도 아니었다. 분명히 며칠 내에는, 아무리 길어도 한 달 내에는 그 나무 화분을 내다 버렸을 것이다. 그러나 당장은 버릴 수 없었다고 했다.

생각 같아서는 며칠 더 두었다가 내다 버리고 싶었다. 그러나 더 이상은 아내의 잔소리를 들을 수 없었다.

"알았소."

"알았으면 당장 내다 버리라고!"

"지금 내려간다니까!"

김승주가 다소 신경질이 묻어나는 목소리로 대답하고 막 다락방 창문을 닫는 순간, 아내의 투덜거리는 소리가 칼을 든 강도처럼 창문을 넘어왔다.

"그만큼 이야기했으면, 옆집 개도 알아듣겠다."

김승주의 얼굴에 절망이랄까, 분노랄까, 설명하기 힘든 묘한 표정이 서렸다. 마당의 아내는 쓰레받기로 쓰는 작은 삽에 빗자루를 두들겨 흙먼지를 탈탈 털었다.

"귓구멍에 송곳을 쑤셔 박았나……"

아내의 투덜거리는 소리에 김승주는 애써 찾아서 들고 있던 '안나 카레니나'를 퍽 소리가 나도록 내동댕이쳤다. 톨스토이의 소설 '안나 카레니나'는 이렇게 시작한다.

'행복한 가정이 행복한 이유는 엇비슷하지만, 불행한 가정이 불행한 이유는 제각각이다.'

우리 부부가 불행한 까닭은 무엇일까.

김승주는 다락방 덧문 안쪽에 있는 미닫이창을 닫고 1층 거실로 내려갔다. 그리고 마당으로 나가 행운목 화분을 들었다. 흙이 가득 들어 있어 화분은 생각보다 무거웠다. 대문 밖으로 내놓는 편이 훨씬 편하겠지만, 시들어 죽어버린 나무와 화분을 사람들이 지나다니는 대문 밖으로 내놓기는 싫었다. 김승주는 대문 밖으로 나가는 대신 화분을 들고 집 안으로 들어가 지하실로 향했다. 화분의 흙은 비우고, 빈 화분을 창고에 보관하고, 죽은 행운목만 쓰레기봉투에 담아 버릴 작정이었다. 그가 무거운 행운목 화분을 들고 막 거실로 들어섰을 때, 아내의 새된 목소리가 귓구멍을, 아니 목덜미를 송곳처럼 찔렀다.

"아주 껴안고 살려고? 지랄도……그만 좀 해라."

김승주는 죽은 행운목 화분을 들고 반지하 창고로 내려갔다. 허리를 굽히고 다녀야 할 만큼 낮은 지하실이었다. 마당 쪽으로 난 낮은 창문으로 희미하게 햇빛이 들어왔다. 굳이 불을 켜지 않아도 김승주는 어떤 물건이 어떤 선반과 서랍에 있는지 알고 있었다. 특별히 집안일에 취미가 있었던 것은 아니지만, 단독 주택에 사는 사람이라면 누구나 집의 소소한 말썽거리를 직접 고치기 마련이다. 김승주도 그런 사람 중에 한 사람이었고, 웬만한 가정용 연장은 모두 갖추고 있었다. 그는 빈 선반 위에 행운목 화분을 내려놓았다. 그리고 돌아서려는 그의 눈에 선반 가장자리에 놓여 있는 망치가 들어왔다.

망치와 드라이버, 톱과 드릴은 서랍장 안에 있어야 한다. 내가 저걸 언제 썼더라, 저걸 쓰고 어째서 집어넣지 않았을까. 잠시 그런 생각을 했고, 서랍에 다시 넣어두기 위해 망치를 집어 들었다.

인선은 순간 직감했다. 그리고 예상치 못한 우울함에 휩싸였다.

날 때부터 불행한 사람이 있다. 그런 사람들의 생애에 대해 타인이 무한 애정을 갖고 보살피거나 변호하기는 어려울 것이다. 그러나 그들의 불행에 측은지심을 가질 수는 있을 것이다. 타인의 불행에 대해 조금도 측은지심을 가지지 않으려면 나는 결코 그런 불행과 마주서지 않을 것이라는 강한 확신이 있어야 한다. 낯모르는 사람이 맞이했던 불행이 어쩌면 내게도 닥칠 수 있다고 생각할 때 사람은 측은지심을 가지게 된다. 나아가 할 수만 있다면 그 불행을 막

아주고 싶을 것이다.

인선의 눈에 눈물이 고였다. 어째서 눈물이 고이느냐고, 어째서 지금 네가 김승주의 불행에 그처럼 감정을 이입하는 것이냐고 묻는 다면 대답할 길이 없었다. 이유는 없었다. 그럼에도 그의 불행이 가 슴을 파고 들어왔다. 인선은 눈물을 흘리지 않으려고 눈을 위로 치 켜떴다. 그리고 마치 이물이라도 들어간 것처럼 손가락으로 두 눈을 번갈아 훔쳤다.

김승주의 아내는 마당에서 떨어진 나뭇잎을 그러모아 목련나무 둥치 아래에 쌓는 중이었다. 좀 전까지 화가 나 있었지만 어느새 기 분이 풀렸는지 흥얼흥얼 콧노래까지 불렀다.

아내를 향해 천천히, 그러나 주춤거림 없이 뚜벅뚜벅 걸어가는 김승주의 오른손에 망치가 쥐어져 있었다. 콧노래를 흥얼거리던 여 자는 흘끗 고개를 들어 자기 쪽으로 걸어오는 남편을 보았지만 금 세 고개를 돌렸다. 그녀의 팔이 규칙적으로 갈퀴를 밀고 당겼고, 갈 퀴는 규칙적으로 나뭇잎과 겉흙을 긁었다. 김승주가 망치를 치켜들 었다. 여자는 비명조차 지르지 못하고 앞으로 엎어졌다. 그녀가 먼 저 마당 잔디밭으로 엎어진 다음 그녀가 쥐고 있던 갈퀴 자루가 툭 넘어졌다.

텔레비전 화면은 푸른 하늘을 비추었다. 군데군데 뭉게구름이 평 화롭게 피어오르고 있었다. 하필 푸른 하늘이라니! 뭉게뭉게 희망 처럼 피어오르는 하얀 구름이라니! 세상은 아무 일도 없었다는 듯 이 푸르렀다.

이윽고 텔레비전에는 그다지 밝지 않은 형광등 아래에 앉은 두 사람이 등장했다. 양복을 깔끔하게 차려 입은 김승주가 맞은편에 앉아 있었고, 이쪽에는 경찰이 등을 보인 채 앉아 있었다. 경찰이 묻고 김승주가 답했다. 그 경찰이 아마도 지금의 ML결혼생활학교 교장 강현석일 터였다.

"왜 죽였습니까?"

"……."

김승주는 대답하지 않았다. 자신이 아내를 죽이기는 했는데, 죽인 이유에 대해서는 말하려고 하지 않았다. 그래, 할 말이 없을 것이다. 사람을 죽여놓고 무슨 말을 할 것인가. 아내가 잔소리를 하도 심하게 해서, 견딜 수 없었다고 말하는 것은 김승주답지 않다. 김승주가 아니라 누구라고 하더라도, 잔소리를 한다고 사람을 죽일 이유는 되지 않는다. 형사 강현석은 처음에는 김승주가 다른 범인을, 이를테면 자식의 범죄를 숨기려는 의도에서 거짓말을 하는 것이라고 의심했다고 한다.

"사실은 선생이 죽인 게 아니죠?"

"내가 죽였소."

"실수였습니까?"

"아니오."

"죽일 만한 이유가 있었습니까?"

"그냥 검찰로 송치하고, 법대로 처분해주시오. 빨리 끝내고 싶소."

김승주는 이번에도 경찰이 기대하는 답을 하지 않았다.

"빨리 끝내고 싶으면 대답을 하세요. 왜 죽였습니까?"

"……."

"이런다고 수사가 끝나는 게 아닙니다. 다시 묻겠습니다. 누가 죽였습니까?"

"내가 죽였소."

"왜 죽였습니까?"

"……."

"왜 죽였습니까?"

"내 인생의 불행을 더 이상 용납할 수 없었소……. 그만…… 끝내야 했소."

경찰은 김승주의 눈을 뚫어지게 바라보았다. 경찰은 인생의 불행을 용납할 수 없었기에 아내를 죽였다는 말을 어떻게 받아들여야 할지 혼란스러워하는 것 같았다.

김승주가 '내 인생의 불행을 더 이상 용납할 수 없었다'라고 말했을 때, 인선은 불현듯 태양의 화가 빈센트 반 고흐를 떠올렸다. 김승주의 말이 아니라 목소리에서 고흐를 떠올렸다고 하는 편이 옳을 것이다.

동생 테오에게 수백 통의 편지를 썼던 화가 반 고흐. 평생 가난하게 살았던 고흐는 들판으로 걸어가 스스로 가슴에 총을 쏜 뒤 유일하게 자신을 인정해주었으며 평생 뒷바라지해주었던 동생 테오의 무릎에 안겨 '이 모든 것이 끝났으면 좋겠다'고 힘겹게 말했다. 스스로 가슴에 총을 쏘고도 고흐의 고통은 쉽게 끝나지 않았다. 고흐는 이틀이나 더 고통스러워하다가 겨우 죽을 수 있었다. '내 인생의 불행을 더 이상 용납할 수 없었다'라는 김승주의 목소리 위로 평생을 불행하게 살다가 간 고흐의 목소리가 겹치는 것 같았다.

고흐는 서른일곱 젊은 나이에 권총으로 자살했다. 그림 879점과 동생 테오와 가족, 친구들에게 보냈던 수백 통의 편지를 남겼다. 그는 편지에 자신을 평생 괴롭힌 가난과 질병, 그림에 대해 자주 적었다. 집착에 가까울 만큼 몰두하는 모습이었다. 고흐는 평생 가난했다. 본격적으로 그림을 그리기 이전에도 오랫동안 일자리가 없었다. 1886년 2월 동생 테오에게 보낸 편지에서 '1885년 5월 이후로 따뜻한 식사를 한 것은 여섯 번뿐이었다'라고 썼다. 그는 돈이 없었고, 동생 테오가 보내준 얼마 안 되는 돈을 거의 모두 그림 재료와 모델비를 대는 데 썼다. 음식은 빵과 커피가 전부였고, 종일 담배를 피웠을 뿐이다. 고흐가 외모를 가꾸지 않았던 것도, 가족들과 친구들의 배척을 받았던 것도, 대학을 마치지 못했던 것도, 그림이 잘 팔리는 동료를 시기했던 것도, 동생에게 신경질을 냈던 것도 가난 때문이었다. 그는 동생 테오에게 '나를 먹여 살리느라 너는 늘 가난하게 지냈겠지. 돈은 꼭 갚겠다. 안 되면 내 영혼을 주겠다'고 말했다.

영혼을 주겠다니. 고흐는 대체 영혼을 어떤 식으로 주고자 했을까. 그만큼 돈을 갚을 자신이 있다는 말이었을까. 고흐의 영혼은 대체 무엇일까. 고흐가 평생 그리워했던 삶은 어떤 것이었을까. 김승주의 영혼은 대체 무엇일까. 김승주가 평생 그리워했던 아내는 어떤 여자였을까. 고흐는 살아 있을 때 쓸모없는 사람이었고, 죽어서는 아쉬운 사람이 되었다. 동생 테오를 빼면 가족도 친척도 친구들도 그를 배척했다. 생전에 그의 그림은 팔리지 않았고, 어쩌다가 팔려도 아주 싼값에 팔렸다. 물감을 아껴야 할 만큼 가난했고, 우편료가 없어 주문받은 그림을 보내지 못할 만큼 가난했다.

고흐의 그림 '해바라기'가 1987년 런던의 경매장에서 3,629만 달러에 팔렸다는 사실을 알았을 때 인선은 허허 웃고 말았다. 우편료가 없어서 주문받은 그림을 보내지 못했던 고흐, 따뜻한 식사조차 할 수 없었던 그였다. 고흐는 죽어서 자신의 그림이 3,629만 달러를 받기를 원했을까? 살아서 김이 오르는 한 끼 밥과 우편봉투비가 되어주기를 바랐을까.

고흐는 시시각각 자신을 옥죄어오는 정신병을 손 놓고 바라보지는 않았다. 그는 정신병원과 요양원을 전전하며 어떻게든 치료하려고 애를 썼다. 그리고 그림을 그릴 수 있기를 간절하게 바랐다. 생레미 요양원에 갇혀 지내던 무렵에도 고흐는 "발작이 일어난 뒤 다음 발작이 일어날 때까지 유지되는 안정기를 놓치고 싶지 않다. 그 사이 다른 의사를 만나고 싶다"라고 절규했다. 끝내 병을 고칠 수 없어 평생 정신병원에 갇혀 지내야 한다면 환자들이 들판이나 작업장에서 일할 수 있는 병원에 가고 싶다고 애원했다. 그러나 동생 테오는 형을 들판이 있는 요양원으로 보내줄 만큼 경제적 여유가 없었다. 그 역시 끼니를 걱정해야 할 만큼 가난했다.

김승주 역시 자신의 불행 앞에 손 놓고 있지는 않았을 것이다. 진저리가 날 정도로 절규했을 것이다. 그의 표정, 그의 목소리, 그의 눈빛이 그것을 말해주고 있다. 김승주의 절규를 누가 들어줄 수 있었을까. 그가 자기 부부의 불행을 더 이상 용납할 수 없었다며 이제는 끝내야 한다고 망치를 들기 전에, 누가 그의 목소리에 귀를 기울여주었을까. 누가 그의 목소리에 귀를 기울여주어야 하는 것일까. 그의 고통에 찬 절규를 들어주지 못한 사람이 죄인일까? 그의 아내가 죄인일까? 아무도 들을 수 없는 소리로 절규했던 김승주가 죄인일까.

서른일곱, 너무 빨랐지만 고흐에게 죽음은 유일한 탈출구였을 것이다. 김승주는 사람을 죽였다. 그것도 30여 년을 함께 산 아내를 죽였다. 그의 죄는 용서받을 수 없을 것이다. 용서받아서는 안 되는 것이다. 김승주는 어떤 일이 있어도 자기 아내를 망치로 때려 죽여서는 안 되는 거였다. 그럼에도 그에게는 그것이 이 모든 불행을 끝내는 유일한 탈출구였을지도 모를 일이다. 자살하는 사람에 대한 세상의 시선은 차갑다. 아무리 고통스럽게 살았던 고흐라도 말이다. 사람을 죽인 죄인에 대한 형벌 역시 무겁다. 그 상대가 30년을 함께 산 아내라면 더욱 그렇다. 차가운 시선과 무거운 형벌은 마땅하다.

아무리 고통스러워도 스스로 목숨을 끊어서는 안 되며, 아무리 미워도 사람을 죽여서는 안 되는 것이다. 그러나 어쩔 것인가. 고흐는 자살해버렸고, 김승주는 아내를 죽여버렸다. 자살과 타살은 지극히 나쁜 행위이며 용서할 수 없다는 평가는 행인의 객관이다. 객관은 결코 체험이 배인 주관을 이기지 못한다. 주관은 정답이 될 수 없지만, 인생의 답안지를 채우는 쪽은 언제나 주관이지 않은가.

형사가 목소리를 높였다.

"불행을 참을 수 없어 반평생을 함께 살아온 아내를 죽였다? 그것이 이유가 된다고 생각해요? 그런 식으로 따지자면 세상에 살아남을 사람이 몇이나 되겠어요? 그런 어처구니없는 말로 나를 납득시킬 수 있다고 생각해요?"

김승주와 마주앉은 형사는 지극히 객관적이고 사회적인 취조를 했다. 상식적으로 볼 때 그의 말은 어느 한군데 틀린 데가 없었다. 하지만 인선은 김승주의 말에 동의할 수 있을 것만 같았다. 세상에 태어나서 28년을 사는 동안 범죄를 저지른 사람의 입장에서 사건을 바라본 것은 그때가 처음이었다.

"나는 선생의 납득을 바라지 않소."

김승주의 목소리는 다소 차갑고 덤덤했다.

"부부관계가 불행했다고 해서 사람을 죽일 필요가 있었냐는 말입니다. 내가 납득하고 안 하고의 문제가 아니라 이건 수사에 필요한 질문이에요. 왜 죽였습니까?"

"이미 대답하지 않았습니까?"

김승주의 말투가 변해 있었다. 이미 대답하지 않았소, 가 아니라 않았습니까, 였다. 한참 나이 어린 경찰이라 평어에 가까운 존댓말을 썼던 그가 극존댓말을 썼다. 김승주의 그런 극존대는 자기 말에 대못을 박는 듯한 느낌을 주었다.

"그렇다고 사람을 죽인다는 게 말이 됩니까? 이혼하면 간단한 문제 아니에요? 왜 죽였어요?"

"……."

"우발적이었습니까?"

"아닙니다."

"그럼, 계획적이었습니까?"

김승주는 고개를 저었다.

"다시 묻겠습니다? 왜 죽였습니까?"

"내 인생의 불행을, 우리 인생의 불행을 더는 용납할 수 없었습니다. 그것이 전붑니다."

"이혼할 수도 있지 않습니까? 살인보다야 이혼이 훨씬 간단하고 안전한 방식일 것 같은데?"

형사가 다그쳤지만 김승주는 물끄러미 그를 바라만 보았다. 그의 얼굴은 마치 '그런가요? 살인보다 이혼이 간단하고 안전한가요?'라고 묻고 있는 것 같았다.

교장 강현석은 아내를 살해한 김승주 씨 사건을 계기로 경찰생활을 청산하고 ML결혼생활학교를 설립했다고 말했다. 엄밀히 말하면 김승주 씨 사건을 일단락 지은 뒤에도 두세 건의 강력사건을 더 맡았다고 한다. 그러나 그가 경찰생활을 접고 결혼생활학교를 여는 데 김승주 씨의 아내 살해사건이 결정적인 계기가 된 것은 분명했다.

김승주 사건이 종결될 뒤에도 강현석은 교도소에 수감된 그를 자주 면회하면서 그의 결혼생활 30년을 파헤쳤다. 수사와 상관없는 일이었다. 남편에 대해 다소 집착하고 입이 거칠기는 했지만 그다지 큰 문제를 일으킨 적이 없는 평범한 여자를 죽음에까지 이르게 한 죄는 무엇인가. 그녀는 죽어 마땅할 만큼 큰 죄를 지었는가. 그것이 아니라면 교양이 있고, 책임감이 강한 한 남자를 돌이킬 수 없는 살인자로 만든 것은 대체 무엇인가.

30년 동안 그들 부부는 어떤 이야기를 나누었다는 말인가. 평범하다면 평범한, 그러려니 하자면 굳이 못 참아낼 것도 없는 그렇고 그런 남루한 생활을 그들은 어째서 견딜 수 없었다는 말인가. 어째서 더 이상은 용서할 수 없는 불행한 관계가 되고 말았다는 말인가.

교장은 그 까닭을 알고 싶었다.

러시아 극동의 캄차카 반도는 남쪽을 찌르려는 단도(短刀)처럼 생
겼다. 사람을 제외하면 캄차카 반도의 동물 중 먹이사슬의 최상위 자
리는 캄차카 불곰이 차지하고 있다. 다 자란 놈은 몸무게가 360킬로
그램에 이를 만큼 거구여서 동작이 굼뜨다. 그러나 이 큰 덩치의 불
곰은 시베리아 호랑이를 발견하면 재빨리 몸을 숨긴다. 호랑이에게
들켰다 싶을 때는 시속 50킬로미터의 속도로 도망치기도 한다. 평소
굼뜬 동작에 비하면 말 그대로 쏜살같은 속도다. 캄차카 불곰이 눈앞
에서 도망치면 시베리아 호랑이는 아무리 배가 고파도 곰을 쫓지 않
는다. 곰과 맞붙었다가는 자신이 죽을지도 모르고, 죽지 않는다고 해
도 십중팔구 큰 상처를 입을 것이라는 걸 알고 있기 때문이다. 캄차
카 불곰과 캄차카 반도에 사는 시베리아 호랑이는 그래서 서로 거리
를 두고 살며, 어쩌다 마주치면 슬그머니 피한다. 그래서 불곰과 시베
리아 호랑이가 싸우다가 죽는 일은 거의 없다.

불곰과 마찬가지로 캄차카 반도의 에벤족 사냥꾼들 역시 두려움
을 안다. 그들은 불곰을 사냥한 뒤에 그 자리에서 가죽을 벗기거나
고기를 해체하지 않는다. 가능한 한 고통 없이 곰의 숨통을 끊은 다
음 신성한 장소로 옮기고, 곰의 영혼을 위로한 뒤에야 비로소 가죽
을 벗기고 고기를 해체한다. 사냥한 동물, 게다가 이미 죽은 동물이
지만 최대한 예의를 갖추는 것이다.

사냥꾼들은 곰의 가죽을 벗기기 전에 이렇게 말한다.

"불곰아, 이빨이 사나운 늑대가 너의 가죽을 벗긴 것이지 내가 벗

긴 것이 아니란다. 호랑이가 너의 내장을 뜯어 먹은 것이지 내가 먹은 것이 아니란다. 까마귀가 너의 뼈를 쪼은 것이지 내가 부순 것이 아니란다. 까마귀를 쫓아 하늘로 날아가렴. 여우를 쫓아 들판으로 달려가렴."

곰을 죽인 책임을 다른 짐승에게 전가하기 위해서다. 그래서 곰의 영혼이 자신들을 괴롭히지 않도록 하려는 것이다. 교장은 사람은 물론이고 모든 살아 있는 존재는 두려움을 알아야 한다고 말했다.

"하물며 총을 든 사냥꾼들조차 이미 죽은 곰을 두려워하여 최대한 조심합니다. 덩치가 360킬로그램이나 되는 캄차카 불곰도 그 덩치에 어울리지 않게 호랑이가 나타나면 엎드려 숨거나 재빨리 달아납니다. 총을 든 사냥꾼도, 날카로운 발톱을 가진 곰도 저어할 줄 압니다. 용맹무쌍하기만 한 장수는 전쟁에서 한두 번쯤 승리할 수 있으나, 반드시 대패하게 되어 있습니다. 두려움을 아는 장수는 대승을 거두지는 못할지라도 대패하지 않습니다. 부부간이라고 다를 바 없습니다. 두려움과 염치와 예의를 모르면 무슨 말이든, 무슨 짓이든 서슴지 않고 질러버립니다. 많은 부부들이 그렇게 파멸해갑니다."

철쭉이 만발한 봄 화단이 텔레비전 화면을 가득 채우고 있었다. 아내를 살해한 김승주는 벤치에 앉아 등을 보이고 앉은 한 남자와 이야기를 나누는 중이었다. 학기 초였던 지난 봄쯤 보았던 영상물과 같은 배경이었다. 김승주는 여전히 금테 안경에 양복차림이었다. 이마에 주름은 깊었지만 눈은 지성으로 빛나고 있었다.

인선은 사색을 즐기는 사람의 얼굴빛이 저러하지 않을까, 라고 생각했다. 김승주와 이야기를 나누는 남자의 얼굴은 화면에 비치지 않았지만 그가 바로 교장 강현석이라는 걸 짐작할 수 있었다. 전직 경찰이었던 교장은 아내 살해 사건이 종결된 뒤에도 김승주를 여러 번 만났고, 그 만남을 소재로 여러 편의 교육용 드라마를 엮었던 것이다.

"내 아내는 나쁜 여자가 아니었소. 야박하게 평가해도 평범한 사람은 되었을 거요. 평범한 결혼생활을 영위하기에 손색이 없는 사람 말이오. 그녀는 좀 더 넓은 집, 좀 더 좋은 자동차를 원했고, 그러기 위해서 내가 좀 더 많이 일하고, 좀 더 돈을 벌어오기를 원했을 뿐이오. 아이를 좋은 학교에 보내고 싶어했고."

그녀는 나름대로 요리를 잘했고, 청소도 열심히 했다. 그러나 집에 식물을 키우는 것은 싫어했다. 그것이 나쁜 것은 아니다. 그녀는 책을 읽지 않았고, 종일 텔레비전을 보며 웃고 울고 떠들어댔다. 그 또한 나쁘거나 역겨운 일이 아니었다. 그러나 분명히 나와는 달랐다. 사람이 서로 다르다는 것이 곧 나쁜 것은 아니지만, 결혼생활에서 부부가 너무도 다른 것은 불행의 단초가 되기에 충분했다.

나 역시 나쁜 사람은 아니었다. 우리는 둘 다 야박하게 평가해도 평범한 사람은 되었을 것이다. 그런 우리를 나쁜 사람으로 만든 것은 부부라는 관계였다. 아내는 어쩌면 내가 아닌 다른 누군가에게는 특별한 사람이 되었을 수도 있다. 그런 여자를 경멸받아야 할 사람으로 만든 것, 존경까지는 아니더라도 결코 멸시받을 일이 없었을 나를 골목을 쏘다니며 오줌이나 싸대는 개만도 못한 인간으로 몰아간 것은 부부라는 우리의 관계였다. 우리가 부부로 만나지 않았더라면 이처럼 서로 이를 드러내고 으르렁거리지는 않았을 것이다.

아내는 내가 다정다감한 남편이기를 원했다. 설거지를 도와주고, 청소를 도와주고, 즐거운 이야기를 들려주기를 바랐다. 낮에 병원에서 있었던 시시콜콜한 이야기를 들려주기를 바랐다. 나는 그렇게 하지 않았다. 그렇게 할 여유도 없었지만 그렇게 하고 싶지도 않았다. 군이 이야기를 해야 한다면 나는 정치와 야구와 축구, 새로운 의료 기술에 대해 이야기하고 싶었다. 아내는 그런 이야기를 듣고 싶어하지 않았다. 그녀는 자신의 오늘 감정에 대해, 비릿하고 흐릿하고 아릿한 무엇에 대해 이야기하고 싶어 했다. 나는 그런 이야기를 듣고 싶어하지 않았다. 우리는 삐거덕거렸고, 아내는 덜거덕덜거덕 시끄럽게 설거지를 하다가 돌아서서 아이에게 버럭 화를 냈고, 공부하라고 몰아세웠다.

아내의 시끄러운 설거지를 나는 싫어했다. 집에서 콩콩 발소리를 내면서 걷는 것을 싫어했다. 식탁 위에 밥그릇을 소리 나게 내려놓는 것을 싫어했다. 아내는 그걸 가지고 왜 까탈을 부리느냐고 했다. 소리 내지 않고 밥그릇을 내려놓으려고 애쓰는 대신 '그걸 갖고 왜 까탈을 부리느냐?'라고 대꾸했을 때 나는 아내를 경멸했다. 그리고 점점 그녀의 눈을 똑바로 바라보지 않게 되었다.

아내가 설거지 때문에 신경질을 낼 때마다 나는 아내의 품성에 대해 불만을 키웠다. 단 한 가지 일도, 심지어 설거지조차 저 혼자 해내기를 싫어하는 사람, 불평불만 없이 어떤 집안일도 끝마치지 않는 사람이었다. 그녀는 모든 집안일을 나와 나누어야 한다고 생각했다. 혼자 사는 집이 아니므로. 그러면서도 자동차 접촉사고를 냈을 때, 소매치기를 당했을 때는 나더러 해결하라고 했다. 남편이니까 말이다. 그때 나는 환자를 보고 있었다.

나는 아내의 끝없는 칭얼거림을 이해하거나 사랑할 수는 없었다. 칭얼거려도 이해받고 사랑받을 수 있는 존재는 아기들뿐이다. 나는 칭얼거리는 어른을 용납할 수는 없었다. 그런 나를 아내는 인정머리라고는 손톱만큼도 없는 인간이라고 쏘아 붙였다.

'설거지 좋아하는 사람이 누가 있어? 덜거덕 소리 듣기 싫으면 소리 안 내고 잘 하는 당신이 해!'

잘 하는 당신이 하라고 말했을 때, 나는 절망했다. 잘 하는 사람이 무엇이든 다 해야 한다면 아내는 밥도 먹지 말아야 했다. 나는 아내보다 밥도 더 잘 먹을 수 있었다. 결코 입 밖으로 내지 않았지만 아내 역시 내 경멸과 조소의 시선을 분명히 느꼈을 것이다. 아내는 내가 자신을 경멸하고 있음을 알고 분노했으며 나를 저주했다.

"당신은 내가 하는 일이 다 못마땅하지? 밥을 먹는 것도 싫고, 걷는 것도 싫고, TV를 보는 것도 싫고, 잠을 자는 것도 싫고, 아이를 꾸중하는 것도 싫지? 요컨대 내가 하는 모든 게 싫지?"

맞다. 나는 그 모든 게 싫었다. 밥을 먹는 게 싫은 게 아니라 쩝쩝 소리 내며 먹는 게 싫었고, 쩝쩝 소리를 내지 말라는 말에 '별걸 다 갖고 트집이다'며 대드는 게 싫었고, 거실을 걸어 다니는 게 싫은 게 아니라 늘 쿵쿵 소리를 내는 게 싫었고, 먼지가 뭉쳐서 거실 바닥에 굴러다니는데도 이리저리 밀고 다닐 뿐 닦아내지 않는 게 싫었고, TV를 보는 게 싫었던 게 아니라 종일 TV를 보는 게 싫었고, 잠을 자는 게 싫은 게 아니라 아이가 학원 갔다가 늦게 들어오는 것도 모른 채 자는 게 싫었고, 아이를 꾸중하는 게 싫었던 게 아니라 자기 신경 질 난다고 아이를 닦달하는 게 싫었다.

"이제 더는 못 하겠다. 그만둡시다."

"뭐?"

"이렇게 죽지 못해 사느니 그만두는 게 나을 거요."

"그만둬? 누구 좋으라고? 왜? 새 장가라도 가시려고?"

"말도 안 되는 소리 그만해!"

"웃기는 소리 하지 마! 내 눈에 흙이 들어가도 안 돼!"

"그만! 나는 더는 못 해. 너무 지쳐버렸어. 제발 그만둡시다."

아내는 말했다. 차라리 술주정이나 도박을 해도 나는 당신을 용서했을 것이다. 하지만 외면을 참을 수는 없다. 아내는 내 외면을 참을 수 없다고 했지만, 내가 외면할 수밖에 없는 것들을 고치려고 하지는 않았다. 아내는 내 충고에 대해 언제나 "잘 하는 당신이 해!"라며 대들었을 뿐 고치지 않았다. 그러니 내가 외면 외에 달리 무엇을 할 수 있었다는 말인가.

"이혼? 웃기지 마, 내 옆에서 늙어서 죽어!"

아내는 독성 있는 이물질을 토해내듯이 표독스러운 말을 뱉어냈다. 그 말들은, 아니 그 목소리는 내 귀를 타고 들어온 게 아니라 내 낯을 때리고, 가슴을 찌르고, 내가 살아온 세월을 부수고, 내가 살아갈 미래를 뒤엎어놓기에 충분했다. 내 아내가 본래 표독스러운 여자는 아니었다. 그녀는 나와 결혼생활을 하는 동안 그렇게 변해버렸다. 그러니까 그녀의 변화는 내게서 기인했다고 봐야 한다. 자신의 태도와 말과 생활방식을 내가 받아들이지 않았기 때문에 그녀는 화를 내기 시작했다. 아내의 그런 태도와 사고방식을 사랑할 남자도 있었을 것이다. 그러나 나는 그럴 수 없었다. 나는 도무지 아내의 태도를 받아들일 수 없었고, 아내는 그런 나를 용납할 수 없었다.

"부인이 선생을 사랑하는 방식은 그런 것일 수 있지 않습니까?"

김승주와 마주 앉은 교장이 말했다.

"그런가요? 그런 식으로 사랑하는 부부도 있겠지요. 그런 식이어야만 정을 느끼는 부부도 있겠지요."

"다들 그렇고 그렇게 삽니다."

"그런가요……."

김승주의 목소리에 기운이 하나도 남아 있지 않았다.

"몇 해 전에 독일 베를린 바로크 솔리스텐이 내한공연을 한 적이 있어요. 베를린 필 오케스트라 수석들로만 구성된 팀입니다. 열두 명이었지요. 세상에는 수많은 바로크 앙상블이 있습니다만, 베를린 바로크 솔리스텐은 뭐랄까요, 열두 명이 그처럼 각자의 노래를 하면서 화음을 이루어내기는 참 어려울 겁니다. 내한 공연 때 일본 출신인 다이신 카지모토라는 수석 바이올리니스트와 졸탄 알뵈라는 또 다른 바이올린 수석이 바흐의 '두 대의 바이올린을 위한 협주곡'을 연주했어요. 바흐의 이 협주곡은 퍼스트 바이올린보다 세컨드 바이올린이 더 중요해요. 퍼스트보다 세컨드가 더 중요하다는 말이 다소 낯설게 들리겠지만, 아무튼 그래요. 퍼스트 바이올린의 연주를 세컨드가 잘 받쳐주지 않으면 완성도가 현저히 떨어집니다. 심하면 질감이 완전히 다른 음악이 돼버릴 수도 있고요."

"아내와 함께 관람하셨습니까?"

"아니요, 혼자 갔습니다."

"아내가 세컨드 바이올린처럼 잘 받쳐주지 않았다는 말씀을 하고 싶은 것입니까?"

김승주는 고개를 저었다.

"바흐의 바이올린 협주곡은 두 사람의 전문가가 협상 테이블에 마주 앉아 한 치의 양보 없이, 조금의 빈틈도 없이 주고받는 싸움이라고 할 수 있습니다. 두 대의 바이올린이 서로가 서로에게 총알을 날리며 치열한 싸움을 벌이는 것이지요. 그러다가 어느 순간 누구도 예상하지 못하는 합일을 끌어냅니다. 그래서 2악장에 이르면 더없이 아름다운 하모니를 연출하지요. 숨 막히는 하모니."

"두 사람 사이에는 그런 하모니가 없었다는 말이죠?"

"그만한 하모니가 없었다고 문제될 것은 없어요. 우리가 베를린 필은 아니니까요."

"……."

"강 형사."

교장은 물끄러미 김승주를 바라보았다.

"나는 말이오. 애초부터 우리 부부가 베를린 필이 되리라고 기대하지는 않았어요. 사람살이가, 평범한 부부가 그처럼 하모니를 이룬다면야 사람들이 무엇이 또 아쉬워 바흐의 바이올린 협주곡에 반하겠어요? 생활 속에서 채울 수 없는 것이 있기에 예술로 채우려는 것 아니겠소. 그러니 생활은 생활이고 음악은 음악이지요. 하지만 뭐랄까요. 내가 원했던 것은 검소하지만 격이 있고, 낡았지만 깨끗하고, 어둡지만 따뜻한 거실의 소파라고 할까요. 최고급 연주자가 아니더라도 바흐를 연주하면 그런 느낌 정도는 전달할 수 있어요. 약간의 실력과 성의만 있다면 가능한 일이라고 나는 생각해요. 이건 연주자의 재능과는 별 관계가 없습니다. 바흐가 이미 부여한 아름다움, 그러니까 그 음악이 애초에 가지고 있는, 그래서 연주자가 함부로 빼거나 더할 수 없는 질감 같은 것이 있으니까요. 나는 진실로 베를린필의 하모니를 기대하지는 않았어요. 하지만 누구라도 조금만 노력하면 느낄 수 있는, 작지만 깨끗한 부엌 정도는 얻을 수 있을 것이라고 생각했어요. 내 기대가 너무 컸던가요?"

"큰 기대라고 할 수는 없지만, 다른 부부들도 부족함을 견디며 삽니다. 때때로 포기하고 양보하면서 그럭저럭 사는 것이지요. 그렇게 사는 게 또 한평생 아니겠습니까?"

"생각해보면 우리는 많이 달랐던 것 같아요. 아내가 필요로 했던 것은 관계였고, 내가 필요로 했던 건 일정한 거리였소. 반말만 해도 그래요. 나는 아내의 반말에 질색했지만 아내는 그런 내 질색에 질색했습니다. 밀접한 관계를 원했던 아내에게는 반말이 필요했고, 거리를 두고 싶었던 나는 존댓말이 필요했던 것이지요. 아내는 부부간의 친밀함이 가정을 이루는 본질이라고 보았던 것이고, 나는 적정한 거리라고 생각했던 것이고. 생각해보면 우리는 반말을 두고 다퉜던 게 아니라 관계와 거리를 두고 다투었던 것 같아요. 양립할 수 없는 것들을 두고 양립을 시도했다고 할까요. 차라리 시도하지 않았더라면 더 나았을지도 모릅니다."

"그때도 그런 걸 알았다면 더 나아졌을까요?"

"글쎄요. 안다고 다 되는 것은 아니겠지요. 어쩌면 우리는 진작부터 그런 걸 알고 있었는지도 모르고요."

　남편이나 아내의 허물없는 태도와 경박한 말투에서 '아, 정말로 내가 이 사람과 결혼을 했구나'라는 생각에 강한 애정과 신뢰를 느끼는 사람이 있다. 그런가 하면 '이전까지 조심하던 모습은 새빨간 거짓말이었구나' 하는 생각에 평생 벗어나지 못할 덫에 걸렸다고 생각하는 사람도 있다. 누구라도 감탄하거나 놀라 눈이 휘둥그레질만한 일이나 말에 무덤덤하게 반응하는 사람이 있다. 가령 아내가 기쁜 표정을 애써 감추며 '나, 아기 가졌어요'라고 말했을 때 남편이 무덤덤한 표정을 짓는다면 아내는 슬픔을 넘어 거의 절망에 가까운 심정이 될지도 모른다. 그러나 그 무덤덤한 표정에서 평생 믿고 의지해도 좋을 듬직한 신뢰를 느끼지 말라는 법도 없지 않은가.

　어느 쪽이든 나쁘지 않다. 다만 부부가 비슷한 시각을 가지면 그만이다. 아내를 살해한 김승주가 악한이 아니듯이 금실 좋은 부부가 좋은 사람은 아니다. 그러니 좋은 사람이라고 금실이 좋을 수는 없다.

　윤철은 좋은 사람이다. 나 역시 평범하지만 모난 사람이 아니다. 그러나 그 명백한 사실이 윤철과 내가 금실 좋은 부부가 된다는 말은 아닌 것이다. 이것을 어떻게 이해해야 할까. 인선은 고개를 갸웃했다.

　유럽의 인상파 화가들은 자연의 빛을 사랑했다. 아니, 빛을 연구하고 재료로 썼다고 해야 옳을 것이다. 사물을 그렸지만, 그들이 주목한 것은 언제나 빛이었다. 같은 사물, 같은 풍경이라도 채도에 따라, 빛의 각도에 따라 풍경과 사물이 얼마든지 달라질 수 있다는 데 그들은 주목했다. 그리고 빛의 방향이나 두께만 바뀌어도 사물이나 풍경의 형태까지 달라진다는 것을 보여주었다.

윤철은 좋은 사람이다. 윤철은 변하지 않을 사물이다. 그러나 내가 뿜어내는 빛에 따라서 손윤철이라는 형상은 얼마든지 달라질 수 있다는 말이다. 내가 지금과 같은 채도와 각도를 유지한다면 윤철도 영원히 지금과 같은 모습을 유지하게 되는 것일까. 손윤철이라는 형상에 가해지는 빛은 오직 나 서인선뿐일까. 나 말고 또 무엇이, 누가 그에게 명암을 더할까.

화사한 봄 햇빛을 받아 김승주의 금테 안경이 빛났다. 그는 왼손 엄지와 검지로 안경테를 살짝 밀어 올렸다. 어떤 충격적인 이야기를 듣더라도, 어떤 돌발적인 상황에 직면하더라도 동요하지 않을 것 같은 그의 얼굴에 회한 비슷한 것이 어렸다. 어망홍리, 물고기를 잡으려고 쳐놓은 그물에 기러기가 걸렸다는 말이다. 구하려고 애쓴 것을 구하지 못하고 엉뚱한 것을 얻게 됐을 때 그런 말을 쓴다. 인선은 김승주의 얼굴에 비치는 회한이 어망홍리의 상황을 맞이한 사람이 지을 법한 표정은 아닐까 싶었다. 그렇다고 그의 낯빛에 난처함이라든지 분노라든지, 억울하다든지 하는 느낌이 묻어 있지는 않았다. 이제 와서 후회해본들 소용없다는 체념도 아니었다. 김승주는 느리지만 또박또박 말했다. 지금까지와 달리 그의 목소리에는 다소간의 슬픔이 묻어 있었다.

주례가 내게 이 여자를 아내로 맞이하겠느냐고, 죽음이 두 사람을 갈라놓을 때까지, 검은머리 파뿌리 될 때까지 서로 아끼고, 애정과 경의로써 아내를 대하겠느냐고 물었을 때, 어떤 경우라도 사랑하겠느냐고 물었을 때, 나는 아주 작은 목소리로 대답했다.

네.

어쩌면 그날 우리 부부의 결혼식에 왔던 사람들에게는 다소 자신 없는 목소리로 비쳤을 수도 있다. 아마도 하객석 뒤쪽에 자리를 잡고 오랜만에 만난 친지들과 소곤소곤 안부를 묻던 사람들은 내 목소리를 듣지도 못했을 것이다.

고백컨대 그날 내 작은 목소리가 결혼에 자신이 없었다거나, 확신이 서지 않았기 때문은 아니었다. 차라리 내 원래 목소리와 성향 때문이라고 하는 편이 옳을 것이다. 나는 큰 소리로 말하거나 확신에 차서 어떤 주장을 펼치는 타입의 사람이 아니다. 사람이 확신할 수 있는 일은 드물고, 결과가 분명한 일이라고 하더라도 굳이 목소리까지 높일 필요는 없다는 게 내 평소 생각이었다. 그러니 그날 내 목소리가 작았다고 해서 내가 확신도 없이 결혼했다고 단정할 수는 없다. 그리고 그날 내 목소리 때문에 결혼생활이 이 지경이 되었다고 할 수는 더욱 없다. 그렇다고 내가 아내와의 결혼에 큰 기쁨을 느꼈다거나 적어도 행복한 미래가 펼쳐질 것이라고 낙관했다는 말은 아니다. 나는 낙관하지도 체념하지도 않았다. 그저 이렇게 인생이 흘러간다고, 내 생의 한 굽이를 이렇게 돌아간다고 생각했을 뿐이다. 어쩌면 그런 태도가 온갖 불행의 단초였는지도 모르겠다. 지금에 와서 생각해보면 말이다.

아내에게 결혼은 조금 특별한 감흥을 주었던 것 같다. 아내는 우리가 결혼하던 그날, 지금까지 살아온 날들과 작별하고 온갖 기대와 모험, 애정과 낭만이 가득한 세상으로 건너가는 꿈을 꾸었는지도 모른다. 실제로 신혼여행 동안 아내는 다소간 흥분해 있었으며, 종일 내 팔에 매달려 걷고 싶어했다. 어쩌면 아내에게 나와의 결혼은 저 칙칙한 세상을 떠나 낙원으로 건너가는 다리였는지도 모른다.

나는 아내와의 결혼생활에 어떤 기대도 없었기에 실망하지도 않았다. 결혼을 한 뒤에도 나는 여전히 아침에 출근하고 저녁에 퇴근하고, 때로는 한밤중에 퇴근했다. 일주일에 한 번씩은 몰아서 잠을 잤고, 책을 읽고 음악을 듣고, 논문을 썼다. 결혼식 전까지 나는 총각이었고, 결혼식 뒤에는 남편이 되었을 뿐이다. 남편 된 자가 마땅히 버려야 할 습관을 버렸을 뿐 남편일 때나 총각일 때나 가지고 있어도 문제가 되지 않는 것들을 그대로 가지고 살았다. 결혼을 했다고, 남편이 되었다고, 그 이전의 내 생활을 깡그리 버릴 수는 없었다. 깡그리 버리고 새출발해야 할 만큼 엉뚱한 문제도 없었다.

아내가 생각하는 결혼생활은 달랐을 것이다. 그녀는 우여곡절 끝에 자신이 도착한 땅이 젖이 흐르는 푸른 초원이 아니라 밋밋하고 햇빛이 사나운 땅이라는 사실에 심히 실망하는 눈치였다.

그러나 어쩌겠는가. 싫든 좋든 우리가 함께 건너온 세상에서 우리는 살아야 했다. 좋은 날도 있었고, 나쁜 날도 있었고, 미지근해서 아무런 느낌도 주지 않는 날도 있었다. 나는 그런 생활을 긍정했다. 낮에는 날카로운 햇빛을 정면으로 바라보아야 하고, 밤에는 칼날 같은 바람을 맞이해야 한다는 사실을 긍정하려고 노력했다. 뜨거운 낮과 시린 밤이 쉴 새 없이 반복되는 현실을 나의 현실로 받아들이려고 애썼다. 그런 것이 사람살이라고 생각했다. 그러나 아내는 그렇지 않았다. 아내는 밋밋한 날과 해가 뜨거운 낮과 칼바람이 부는 밤을 받아들이지 않으려고 발버둥 쳤다.

"내가 왜 이렇게 살아야 하는데!"

처음에 아내는 그렇게 말했다. 그날을 시작으로 내 귀에는 바람이 모래를 쓸고 지나가는 소리만 들렸다. 그 소리는 점점 커졌고, 어느 날부턴가 바람이 쓸고 온 모래는 내 생활 사이사이에 끼어 서걱거렸고, 급기야 내가 쌓은 것들을 하나씩 덮어버리거나 휩쓸어버렸다. 나는 내가 쌓은 성과 집을 허물어버리는 바람과 모래를 두고 볼 수 없었다.

우리라고 이 지경이 되도록 손 놓고 있었던 것은 아니다. 나는 서걱거리는 모래를 털어내려고 나름대로 애를 썼다. 아이를 생각해서라도 잘 하고 싶었다. 비록 포근하지는 않더라도 가정이라는 울타리를 걷어내지는 않으려고 애를 썼다. 아내를 사랑하지 않았고, 이해할 수도 없었지만, 그녀가 모진 세상과 직접 맞닥뜨리지 않도록 하려고 애를 썼다. 진실로 고백컨대 나는 갖은 애를 썼다. 그러나 아무리 애를 써도 모래바람을 막을 수 없다는 사실을 알았을 때, 나는 방책을 세우는 대신 끊임없이 나의 성과 집을 지었다. 이에 질세라 모래바람은 내가 쌓은 방책과 집을 쉬지 않고 허물었다.

모래바람이 휩쓸고 지나가는 사이마다 나는 새로운 씨앗을 뿌렸고, 물을 주었다. 정말로 나는 쉬지 않았다. 허사였다. 아내도 쉬지 않았던 것이다. 내가 뿌린 씨앗이 싹을 틔우기도 전에 다시 모래를 가득 실은 바람이 밀려왔고, 애써 뿌린 씨앗은 모래 알갱이와 함께 내가 알 수 없는 곳으로 쓸려가버렸다. 내가 아무리 애를 써도 발치에는 여전히 모래가 흘러 다녔고, 입 안에는 흙먼지가 서걱거렸다. 손차양을 하고 먼 데까지 바라보아도 풀 한 포기 찾을 수 없었다. 아내는 내가 뿌리는 씨앗을 독초의 씨앗인 양 그것들이 싹을 내미는 순간 잘라버렸다. 백날을 말해도 알아듣지 못한다. 지나가는 개도 그만큼 이야기했으면 알아들었을 것이다, 라고 했다.

뜨거운 햇빛이 종일 쏟아지는 사막에도 신기루는 있다. 살아 있는 모든 것들을 소멸시키는 장소, 그 불모의 땅에도 신기루는 살아 있다. 그러나 우리 부부에게는 신기루조차 없었다. 그것이 한낱 헛것에 불과하다고 할지라도, 신기루가 보이기만 했었다면 나는 기꺼이 그곳을 향해 걸어갔을 것이다. 지친 몸으로 먼 길을 걸어가 끝내 그것이 신기루였음을 거듭 확인하는 한이 있더라도, 나는 평생 그 헛것을 좇아 살았을 것이다. 그러나 불행하게도 내 눈에는 신기루조차 보이지 않았다. 내가 갖은 애를 써서 확인할 수 있었던 것은 내가 아무리 애를 써도 허사라는 사실뿐이었다.

나를 이 극단의 처지에 이르게 한 사람이 누구인가. 나를 신기루조차 없는 모래땅으로 추방한 사람이 대체 누구인가. 내 부모가 나의 결혼생활이 이토록 불행해지기를 원했겠는가. 나와 30년을 함께 산 아내가 우리의 삶이 이토록 불행하기를 바랐겠는가. 사사로이 들추거나 덮어주는 일이 없는 하늘이 우리를 이 지경으로 몰아넣었을 리도 없지 않은가. 그러니 이것은 누구의 탓이 아니다. 내 탓도 아내의 탓도 아니다. 이 필설로 표현할 길 없는 불행을 사람이 만들었을 리 없다. 장자의 말씀처럼 다만 운명이었다. 차가운 운명 앞에 아내나 나는 상처 입고 허기진 사슴이었다. 차가운 운명 앞에서 우리가 할 수 있는 일은 이를 드러내고 서로를 물어뜯는 일뿐이었다.

우리는 어제의 일을 갖고 서로에게 앙심을 품지 않았다. 어제나 그제의 앙심을 이유로 상대의 면전에 비수를 날린 게 아니었다. 어제의 앙금을 생각할 틈조차 없었다. 새날이 밝을 때마다 새로운 앙금이 생겨났던 것이다. 봄날 새싹이 돋듯 앙금은 쉼 없이 솟아났다. 나는 아내의 잘못에 대해 얼음장 같이 차갑게 지적했고, 아내는 내 온당한 지적에 대해 가혹하게 응수했다. 내 지적은 아내가 살아온 날들을 부정하는 것이었고, 아내의 응수는 내가 살아가는 방식을 부정하는 행위였다.

제 몸에 난 상처를 핥는 아내를 쳐다보는 일은 안쓰러웠다. 아내는 밤낮으로 자기 상처를 핥았지만 그 상처가 낫기도 전에 새로운 상처가 생겨났다. 아내는 자기 몸에 난 상처를 핥음으로써 내 몸에 자상을 새겼다. 아내는 끊임없이 제 몸의 상처를 핥았고, 그 안쓰러운 행위는 비수가 되어 내 살을 도려냈다. 나 역시 내 몸에 난 상처를 핥았다. 그래서 그것은 아내의 몸을 찌르는 칼이 되었다. 내가 죽어야 아내가 살고, 아내가 죽어야 내가 사는 현실을 우리가 어떻게 받아들일 수 있었겠는가. 내 상처가 곪아서 썩어야 아내의 상처에 살이 돋는 이 불행한 현실을 우리가 어떻게 극복할 수 있었겠는가. 내 인생의 불행을 더 이상 용납할 수 없었다. 우리 부부의 불행을 끝내야 했다.

김승주의 목소리는 평상심을 유지하고 있었지만 어딘지 모르게 처연했다. "우리 부부의 불행을 끝내야 했다"라고 말했을 때, 절대로 그런 일은 없었을 것 같았던 그의 입술이 파르르 떨렸다.

인선은 크게 숨을 들이켰다. 먹먹했다. 규칙적으로 숨을 들이켜고 있는데, 가슴에 공기가 한 줌도 남아 있지 않은 것 같았다. 인선은 심호흡을 하고 손수건을 꺼내 눈물을 닦았다. 그냥 눈물이 흘렀다. 슬픈 것도 비통한 것도 아니었다. 그냥 어쩔 수 없이 눈물이 흘렀다. 주변의 시선 따위는 아무렇지도 않았다. 앞에 앉은 말괄량이 삼총사 은미, 희인, 선희도 눈물을 닦는지 양손이 번갈아 눈 주위를 오르내렸다.

신은 어쩌자고 김승주와 그의 아내를 부부가 되게 했을까. 저 두 사람에게도 좋은 시절이 있기는 했을까. 연인의 말에 완전히 의지하고, 그의 말이라면 무엇이든 신뢰하며 두 눈을 반짝이던 날들이 있었을까. 김승주와 그의 아내는 대체 얼마나 많은 악업을 쌓았기에 저토록 악독한 운명의 처분을 받아야 했을까.

매일 저녁 나란히 산보에 나서는 부부들, 무슨 할 이야기가 그토록 많은지 종일 소곤소곤 이야기를 나누는 부부들, 그들은 무엇을 얼마나 잘하기에 그토록 행복한 것일까. 그네들은 전생에 얼마나 많은 선업을 쌓았기에 운 좋게 서로 맞는 사람을 만났을까. 선업을 쌓기만 하면 자기와 맞는 사람을 만나 평생 지치지도 않고 소곤소곤 이야기를 나누게 되는 것일까.

명랑하라, 여자어

"어머나, 세상에!"

윤희가 호들갑을 떨었다.

"정말 이럴 수는 없는 거 아니니? 나 어떡해?"

성애는 금방이라도 울음을 터뜨릴 것 같았다. 그녀는 시청에 다니는 남자와 결혼을 2주 남겨두고 있었다. 예단을 준비했고, 예식장과 웨딩숍을 정했고, 웨딩촬영도 했다. 신혼집을 채울 가구와 인테리어를 위해 성애는 쉴 새 없이 발품을 팔았다. 마음에 드는 침대와 냉장고를 앞에 두고 시청에 다니는 남자에게 전화를 걸어 취향을 묻기도 했다. 남자는 알아서 고르라는 말만 했다. 둘이 함께 살 신혼집을 꾸밀 가구나 인테리어를 너 혼자 알아서 고르라는 말에 성애는 섭섭했지만, 남자들이 으레 그렇다는 말에 위안을 받았다.

인선은 성애를 따라 남대문 시장, 동대문 시장 같은 재래시장과 백화점을 누비기도 했다. 결혼식 날짜가 한 발 한 발 다가오면서 성애는 더욱 바빠졌지만, 피곤해하거나 지겨워하지 않았다. 아름다운 판타지의 세계로 가는 길이었다.

이전에는 눈길조차 주지 않았던 재래시장 그릇가게 앞에 섰을 때, 이제 결혼하게 된 여자로서 자신의 신혼집을 꾸미러 왔음을 은근하게 밝힐 때, 성애는 뿌듯한 자부심으로 가슴이 벅차오름을 느꼈다. 결혼을 하는 것이다. 한 남자를 영원히 나의 것으로 만드는 것이고, 주인이 없어 이곳저곳을 불안하게 기웃거리던 시절에 종지부를 찍고 영원히 한 남자의 여자가 되는 것이다. 그렇게 생각하니 자신이 대견하고 자랑스러웠다.

초등학교·중학교 시절 중간고사나 기말고사에서 백점을 받았을 때와는 비교할 수 없는 벅찬 기쁨이었다. 그래서 그냥 눈과 손으로 확인해도 그만일 것을 굳이 입으로 확인하기도 했다.

"저기요. 이거 신혼부부들이 쓰기에는 좀 그런가요?"

"아가씨 결혼하나보네?"

"아…… 네에……."

"아유, 좋겠다."

그릇 가게 주인여자는 다소 과장을 보태 호들갑을 떨었다. 그리고 신혼집에 쓸 거라면 자기가 골라주겠다며, 아예 세트로 주문해 맞춘 것처럼 좋은 것들이 있다며, 자신이 신혼집 부엌살림 전문가라며 성애를 가게 안쪽으로 끌어당겼다. 성애는 짐짓 뭐 그렇게까지 할 거야 있겠느냐고 말하면서도 기쁜 표정을 감추지 못했다. 그랬던 성애가, 걱정하고 염려하는 말끝마다 양념처럼 행복의 꽃잎을 뿌려대던 그녀가, 결혼을 향해 탄탄대로를 질주하던 그녀가 결혼을 불과 2주 남겨두고 울상이 되어 나타난 것이다.

한 달쯤 전 성애가 결혼을 전격적으로 발표했을 때, 친구들은 "사귄 지 얼마나 됐다고 벌써 결혼을 하니?"라며 눈을 동그랗게 떴지만, 인선은 놀라거나 서운해하지 않았다. 서너 달 전이었다면, 성애마저 결혼해버린다면 홀로 낙오병이 되어 쓸쓸하고 적막한 길을 걷게 될 자신의 처지를 생각하며 서글픈 한숨을 쉬었을 것이다. 어쩌면 이불을 뒤집어쓰고 남몰래 눈물을 흘렸을지도 모른다. 그러나 이제는 아니었다.

성애가 결혼을 발표했을 때 인선은 진심으로 축하했다. 그리고 다소간 염려도 했다. 홀로 남게 될 자신의 처지를 염려한 것이 아니라 성애의 결혼생활을 염려했다. 성애의 결혼생활이 어떻게 펼쳐질지 아무도 모른다. 그러나 결혼이 기쁨과 행복이 충만한 판타지의 세계로 떠나는 티켓이 아니라, 지금과는 또 다른 밋밋하고 불안한 세계로 떠나는 티켓이라는 사실을 알고 있었다.

"나, 이 결혼 하는 게 맞는 거니?"

성애는 허물어질지도 모를 외나무다리 앞에 선 여행자처럼 불안에 떨었다. 이 다리를 건너기 위해 지금까지 달려왔다. 그리고 이 다리를 건너기는 해야 한다. 그런데 막상 양쪽 계곡 사이에 놓인 외나무다리 앞에 도착하고 보니 너무 부실했다. 반쯤도 건너기 전에 다리가 폭삭 내려앉아버릴 것 같았다.

"딱 부러지게 물어봐, 딱 부러지게 물어서 확실하지 않으면 결혼 안 한다고 해."

남편의 외도에 허구한 날 지지고 볶는 윤희였다. 그녀는 제 남편을 쳐 죽일 놈이라고 길길이 욕을 해대면서도 이혼을 하지는 못했다. 그거 하나 빼면 다른 건 다 괜찮다고, 애한테도 잘한다고 말하곤 했다. 그런 윤희를 정신이 나가도 한참 나간 기집애라고 나무랐지만, 나중에는 그럴 수도 있겠다는 생각도 들었다.

　"처음부터 딱 부러지게 안 해두면 평생 후회한다. 안 될 것 같으면 아예 결혼하지도 마. 바람기 그거 못 잡는다. 나중에 후회해봐야 늦어. 갈라서기도 어렵고, 갈라선다 해도 한 번 결혼한 헌 여자 되는 거잖아. 애라도 생기면 또 어쩔 거야. 그러니 지금 딱 잘라야 해."

　"어쩜 그렇게 말할 수가 있니? 종태 씨가 그런 건 아니잖아? 벌써 청첩장도 다 돌렸고."

　어떡하면 좋겠느냐고 금방이라도 울음을 터뜨릴 것 같았던 성애는 윤희의 냉정한 평가에 오히려 남자를 두둔하고 나섰다. 이미 돌린 청첩장을 어떻게 거두며, 부모님께는 무슨 말씀을 어떻게 드리느냐고 했다.

　"지금 그게 문제야? 청첩장, 소문? 다른 사람들 눈? 그까짓 거 다 무시해도 그만이야. 지금은 그 정도지. 앞으로 더할지 어떻게 알아? 딱 잘라버려!"

　"그래도……."

　"내 말은 확실히 하라는 거야. 지 버릇 개 못 준다."

　성애가 결혼하기로 한 남자는 전주 출신으로 시청 공무원이다. 낮에 종일 시장과 백화점을 돌아다니며 신혼집을 꾸밀 가구를 사다 날랐던 성애는 저녁이면 결혼할 남자 종태 씨를 만나 함께 살 집을

꾸미기 위해 자신이 오늘 얼마나 많은 일을 했는지 좋알댔다. 성애
는 다소간 흥분과 자부심과 행복에 들떠 좋알좋알댔지만 남자는 무
덤덤했다. 그래? 잘 했네. 그래…… 너무 휘황찬란할 필요는 없겠지,
정도가 고작이었다. 그렇게 행복한 좋알거림과 무심함을 사이에 두
고 두 사람은 저녁을 먹었다. 그리고 막 디저트가 나왔을 때 남자의
스마트폰으로 전화가 왔다.

"응. 그래, 내 문자 못 받았어? 조금 늦어. 그래? 아, 미안해. 그럼!"

빨리 오라고 독촉하는 전화였다. 분명히 여자였다. 사무적인 전
화는 아니었다. 성애는 눈을 살짝 치켜뜨며 물었다. 종태 씨는 살짝
놀란, 그리고 얼버무리는 듯한 태도로 말했다.

"사실은 오늘 대학 동창들과 만나기로 했거든. 학교 졸업하고 서
울로 취직한 사람들이 몇 있어요. 그 친구들하고 하는 모임이지."

"그래요? 선약이 있으면 진작 말하지?"

"성애 씨가 할 이야기가 많다고 그래서……. 동창들한테는 조금
늦는다고 이야기했어요."

대학 동창들을 만나기로 했으면 나를 데리고 나가서 소개라도
시켜주지, 어차피 2주 후면 결혼할 건데. 종태 씨의 친구들은 어떤
사람들인지 알고도 싶고, 그 친구들에게 이제 종태 씨 곁에 언제나
내가 나란히 서 있을 것임을 알리고도 싶다. 뭐 꼭 기대하는 것은 아
니지만 종태 씨한테 어떤 버릇이 있는지, 어떤 과거가 있는지도 살
짝 들어보는 기회도 될 텐데. 하지만 내가 지난 일로 문제를 삼거나
질투할 사람은 아니니 걱정하지는 마시고, 히히.

성애는 저 혼자 그런 생각을 했다. 그리고 문득 전화기 너머의 목

소리가 여자였음을 상기했다. 그러나 말을 하지는 않았다. 이제 곧 나와 결혼할 남자가 아닌가.

성애는 종태가 떠나는 것을 보고 곧 택시를 탔다. 종태의 쏘렌토 승용차가 카페 주차장을 빠져나가자마자 마침 택시가 도착했던 것이다. 처음에는 바로 집으로 들어갈 생각이었다. 그러나 성애가 탄 택시가 교통신호에 막힌 종태의 쏘렌토 뒤에 섰을 때 불현듯 그를 따라가보고 싶은 생각이 들었다. 왜 갑자기 그런 생각이 들었을까? 이런 게 의부증이란 걸까? 아니다. 마땅한 궁금증이다. 왜냐? 동창들 모임이라면 남자 친구가 전화를 하는 게 자연스럽다. 그런데 스마트폰에서 새어나온 것은 여자의 목소리였다. 희미했기에 그 내용을 알 수는 없었지만 여자 목소리인 것은 분명했다.

"아저씨, 저 앞에 흰 쏘렌토 따라가주세요."

종태가 운전하는 쏘렌토는 신촌의 팝 카페 앞에 섰다. 주차장이 넓은 집이었다. 성애는 종태가 카페로 들어가는 것을 확인하고, 카페를 조금 지나서 택시에서 내렸다. 그러고는 이게 무슨 짓인가, 하는 생각을 했다. 두어 번 심호흡도 했다. 들어가야 하나 말아야 하나 고민도 했다. 이건 아니다 싶었다. 이런 짓을 하지는 말자, 이 무슨 못난 짓인가, 싶었다. 만약 종태 씨가 자신을 발견하기라도 하면 어떻게 변명해야 할지 난처하기도 했다. 그러나 생각과 무관하게 자신의 몸은 이미 카페문을 밀고 안으로 들어가는 중이었다.

손님이 드문드문 앉아 있는 카페. 두리번거리는 그녀를 향해 종업원이 다가와 예약하셨냐고 물었다. 아니요, 라고 말하는 순간 종태의 뒷모습이 눈에 들어왔다. 카페의 오른쪽 구석자리, 희미한 간

접등 아래였다. 마주 앉은 여자는 스물대여섯쯤 되어 보였다. 동창들이 아니라 여자 혼자였다. 망치로 뒷덜미를 호되게 얻어맞은 기분이었다. 멍하게 서 있던 성애는 종업원에게 화장실이 어디냐고 물었고, 화장실 거울 앞에 서서 화장을 고쳤다. 손을 씻고, 로션을 바르고, 립스틱을 다시 칠하고, 화장실을 나와, 카페를 떠났다. 성애가 화장실에서 한참을 미적거리다가 나왔을 때까지도 종태와 여자 두 사람뿐이었다. 다정한 연인의 모습이라고 하면 지나친 상상일까? 그냥 친구와 다정한 연인의 모습은 어떻게 다른 것일까, 두 사람은 소곤소곤 대체 무슨 이야기를 나누는 중일까, 그런 생각을 했다.

신촌에서 성애의 집이 있는 강남까지 택시를 타기에는 부담스러운 거리였다. 다른 날이라면 지하철을 탔을 것이다. 게다가 이처럼 퇴근하는 차들로 밀리는 때라면 생각하고 말 것도 없었을 것이다. 그러나 승객들로 북적대는 전동차 안에서 이리저리 떠밀리고 싶지 않았다. 누구의 방해도 받지 않고 생각할 시간, 생각할 공간이 필요했다. 아니 어찌할 바를 모르는 얼굴을 숨기고 싶었다.

택시 안에서 성애는 몇 번이나 스마트폰을 만지작거렸다. 지금이라도 전화를 걸어볼까, 전화를 걸어서 무슨 말을 어떻게 할까? 오랜만에 친구들을 만나니 재미있느냐고 물으면 그는 무슨 말을 할까. 오랜만에 동창들을 만나니 반갑네, 라고 그가 거짓말을 한다면? 사실은 동창들이 아니라 여자와 단 둘이 만나고 있노라고, 진실을 말한다면? 아무리 생각해도 당신과 결혼하는 것에 확신이 서지 않는다고, 이쯤에서 끝내는 게 좋겠다고 말한다면?

올림픽대로는 퇴근하는 자동차들로 북새통이었다. 택시는 가다

서다를 반복했고, 성애는 가방에서 스마트폰을 꺼냈다가 집어넣기를 반복했다. 끔찍하게 외로운 시간이었다. 대책 없이 눈물이 흘렀다. 어둑어둑한 택시 안, 누구의 시선도 의식할 필요는 없었다. 택시는 종내 가다 서다를 반복했지만 집으로 가는 길이 멀게 느껴지지는 않았다. 차라리 이렇게 하루 종일, 한 달 내내, 1년 2년 3년 끝없이 달려갈 수 있다면 좋을 것 같았다. 그래서 결국에는 아무도 모를 땅에 도착했으면 좋겠다고 생각했다. 그리고 지금 눈앞에 닥친 현실과 영원히 작별할 수 있다면 더 바랄 것이 없겠다고 생각했다.

성애는 어떻게든 참으려고 했다. 애써 이 상황을 무시하려고 했다. 그리고 그가 적당한 시점에 설명해주기를 바랐다. 어쩌면 자연스럽게 설명할 기회가 있을지도 모른다고 생각했다. 하지만 결국 문자를 보내고 말았다. 이불을 뒤집어쓰고 침대에 한참 누워 있다가 벌떡 일어난 순간이었고, 밤 11시가 넘은 시각이었다.

아직 동창들과 있나요?

답은 5분쯤 지나서 왔다.

아니, 집으로 가는 길.

집으로 가는 길. 종태 씨는 여자와 헤어져서 집으로 가는 길이다. 그가 원래 그렇게 말하던 사람인가? 그의 아파트는 시청에서 멀지 않은 충정로에 있다. 이전에 그가 집으로 들어간다는 말을 어떻게 했는지 기억나지 않았다. 그는 자기 집으로 가는 게 아니라 여자를 바래다주기 위해 여자의 집으로 가고 있는 것은 아닐까. 아니면 아직 그 카페에 그 여자와 앉아 있지는 않을까. 성애는 문자를 찍어놓고 보낼까 말까 망설이다가 전송 버튼을 눌렀다.

우리 집 앞으로 좀 올래요?

10분이 지나서야 답이 왔다.

이 밤에? 왜요?

이윽고 그의 전화가 왔다. 주변이 소란스러운 것으로 보아 집에 들어간 것 같지는 않았다.

"무슨 얘긴데요?"

"할 이야기가 있어요. 집 앞으로 좀 와요."

"내일 만나서 이야기해요. 집에 거의 다 왔는데……."

순간 성애는 화가 치밀었다. 아니 불안에 휩싸이고 말았다. 종태는 지금 자신의 집 앞에 있지 않다. 그 여자와 함께 있는 것이다. 카페에 있든, 여자를 바래다주는 길이든, 아니면…… 아니면……. 어쨌든 그 여자와 함께 있는 것이다. 그 여자와 하하호호 웃으며 다정한 이야기를 주고받을 것을 생각하니 피가 거꾸로 흐르는 것 같았다. 그런 생각을 하자 알 수 없는 두려움과 질투에 휩싸였고, 자기도 모르게 소리를 빽 지르고 말았다. 제 목구멍을 타고, 제 입을 통해 튀어나온 소리에 성애 스스로도 깜짝 놀랐다.

"지금 뭐 해요? 빨리 이리 와요!"

"왜 그래요? 무슨 일 있어요?"

무슨 일이냐고 묻는 종태의 목소리에 불안과 난처함이 고여 있었다. 무엇이 난처하다는 말인가? 그 여자와 일찍 헤어지는 것이 난처하다는 말인가? 심상치 않은 내 태도에 불길한 느낌을 받았다는 말인가? 아니면 옆에서 듣고 있을 그 여자 보기에 민망하다는 말인가? 제 목소리에 스스로 놀랐던 성애는 목청을 한껏 낮추려고 애를 썼다.

"지금 누구하고 있어요? 누구랑 뭘 하고 있어요?"

"말했잖아요. 동창들 만난다고."

"헤어져서 집으로 가는 길이라면서요?"

"집에 거의 다 왔어요."

"종태 씨가 말한 동창이 그 여자예요?"

종태는 대답이 없었다. 전화기 저편에서 침묵이 흘렀다. 이 상황을 어떻게 받아들여야 하는지 고민하는 것 같았다.

"무, 무슨 말을 하는지?"

"무슨 말? 앞에 앉아 있는 여자가 동창이냐고 물었어요? 왜요? 앞에 앉은 사람이 여자가 아니고 남잔가요?"

그렇게까지 말하고 싶지는 않았다. 결코 그 여자를 입에 올릴 생각은 아니었다. 그런데 그렇게 되어버렸다. 어쩌자고 그 지경이 되어버렸을까. 아니다. 어쩔 수 없는 일이다. 차라리 이 편이 낫다. 명확하게 짚어야 한다. 잘못은 내 쪽에서 저지른 것이 아니다. 내가 미안해하거나 잘못했다고 할 일이 아니다. 빌어도 종태 씨가 빌어야 한다. 벌을 받아도 종태 씨가 받아야 한다. 나는 마땅히 해야 할 일을 하고 있다. 성애는 스스로 최면을 걸었다.

종태는 자정이 거의 다 되어 성애 집 앞에 도착했다. 성애는 타이즈 위에 외투를 걸친 채 그의 자동차에 탔다.

"오해하지 말아요."

오해? 내가 무슨 오해를 한다는 말인가. 조금 전까지 여자와 시시덕거리지 않았는가. 내 두 눈으로 명백히 본 사실이다. 오해하지 말

라니. 종태는 내가 헛것이라도 보았다고 말하고 싶은 걸까. 그 여자
는 종태가 2주 후면 결혼할 사람이라는 사실을 알기나 하는 것일까.

"어떻게 알았는지 모르겠지만, 함께 있던 사람은 대학교 우리 과
동창이 맞아요. 학번은 나보다 2년 후배지만, 같은 해 졸업했으니까
졸업 동기고요. 우리 과 동기 중에 서울로 취직한 사람이 세 명인데,
한 친구는 오늘 갑자기 일이 생겨서 못 나온 거예요."

성애는 대꾸하지 않았다. 종태는 성애를 납득시키기 위해 서울에
처음 올라온 뒤부터 지금까지 두어 달에 한 번씩 세 사람이 만났으
며, 서로 정보도 교환하고 위로도 하는 정도라고 설명했다.

"알다시피 지방 출신이고, 동창이나 동기들이 많은 것도 아니고,
두어 달에 한 번 저녁이나 같이 먹는 정도예요."

종태는, 그러니까 아무런 관계가 아니라고 했다. 오늘 만나는 사
람이 여자 동창임을 밝히지 않았던 것은 공연한 오해를 살까 걱정
했기 때문이라고 했다. 그렇다 하더라도 의혹은 풀리지 않았다. 그
런 자리라면 자연스럽게 소개할 수도 있지 않았을까. 이 사람이 내
가 결혼할 사람이라고 말이다. 2주 뒤에 결혼할 예정이라면 친구들
에게 알리는 것이 도리가 아닌가 말이다. 게다가 고향을 떠나 낯선
서울에서 생활한다는 이유만으로 남녀 동창이 아무런 감정이 없는
데도 만날 수 있을까. 딱히 두 사람이 연애를 하는 것은 아닐지라도
서로에게 이성적인 끌림이 전혀 없는데도 그럴 수 있을까. 적어도
은근한 매력을 느끼고 있다고 봐야 하는 게 상식적이지 않을까.

"종태 씨가 2주 뒤에 결혼한다는 걸 그 여자도 알고 있어요?"

"물론 알고 있죠. 친구들이니까, 그날 다 올 거예요."

종태는 반쯤 남은 물 잔을 비웠다. 나를 사랑하느냐고, 나와 결혼하고 싶은 게 확실하냐고 묻고 싶었다. 그러나 묻지 못했다. 행여 그의 입에서 '꼭 사랑해야 결혼하는 건 아니다'라는 소리가 나올까 두려웠다. '사랑한다'고 답하더라도 그의 목소리에 굳건한 확신이 없을까 두려웠다.

"나, 정말 어떡해?"

"어떡하긴. 확실히 해야지."

윤희는 단호했다. 성애의 우는 소리와 윤희의 칼처럼 날카로운 소리를 듣고만 있던 희주가 처음으로 입을 열었다.

"호들갑 떨 거 없어."

남녀문제, 결혼문제라면 하늘같은 선배라며 이야기를 주도하던 희주였다. 그녀가 오늘은 이상하리만큼 듣고만 있었다. 성애의 눈은 마치 구세주라도 만난 듯, 아니 물에 빠지고 보니 칼날이라도 마다하지 않고 잡겠다는 듯이 희주에게 집중했다. 그녀의 입에서 나오는 말이 곧 확정 판결이라도 되는 양 매달리고 있었다.

"그런 일에 일일이 반응할 거 없어."

희주가 말문을 열자 그때까지 호들갑에 가까우리만치 열을 올리던 윤희가 입을 꾹 다물었다. 연애와 결혼에 관한 한 희주만큼 깊고 해박한 지식을 가진 사람이 친구들 중에서는 없었다. 적어도 우리들 모두는 그것을 인정했다.

"뭐가 문제야? 성애 너. 그렇게 자신이 없어?"

"내가 뭘……."

성애가 모기처럼 기어들어가는 소리로 겨우 항변했다.

"너랑 2주일 뒤에 결혼할 남자가 여자 동창을 만난 것에 네가 그렇게 부르르 떤다는 건 무슨 뜻일까?"

성애는 희주의 다음 말을 기다릴 뿐 대답하지 못했다. 인선은 희주의 입에서 어서 다음 말이 나오기를 기다렸다.

"이런 말까지 하고 싶지는 않은데, 그건 네가 자신이 없다는 거야. 종태 씨한테 그 여자 동창이 너랑 동급이라는 거니? 2주 뒤면 넌 그 남자하고 결혼하기로 돼 있어. 초조해하지 마. 그 여자는 지난 4년 동안 종태 씨와 같이 학교를 다닌 친구일 뿐이야. 네가 초조해하는 모습이 그 남자에게 오히려 이 결혼에 대해 의구심을 갖게 하는 거야."

"그럼 종태 씨가 다른 여자를 만나도 태연해야 한다는 거니? 내가 어떻게 그럴 수 있겠어?"

"다른 여자를 만난 게 아니라, 대학 동창을 만난 거야. 그 사람한테 그 여자는 여자가 아닐 수도 있어. 그냥 타향에서 만난 대학 동창이지, 안 그래? 냉정하게 생각해봐. 아무것도 아닌 일에 호들갑을 떨고 울고 불면 남자가 아이고 미안해라, 이 여자한테 더 잘해줘야지. 다시는 여자 동창 따위는 안 만나야지, 그렇게 생각할 것 같아? 천만에! 오히려 더 꽁꽁 숨길걸? 어쩌면 네가 참 의심이 많다고 생각할지도 몰라. 그리고 너랑 결혼한다고 해서 네 남편이 여자 동창들과의 만남을 다 정리한다면 그게 더 이상하지 않아? 그 여자 동창이 그냥 동창이 아니고 여자였다는 말이잖아, 안 그래?"

논리도 정연하셔라. 희주는 성애의 문제를 간단하게 정리했다. 결혼한 뒤에도 만날 수 있는 여자야말로 진짜 그냥 친구라고 했다.

"문제는 네 태도야. 네가 불안해하고 초조해하고 의심하면 남자는 뭔가 잘못되어간다고 느낄 것이고, 너한테 부담을 가지게 될지도 몰라. 부담을 가지면 점점 멀어지게 되겠지. 네가 부르르 떤다고 여자 동창과 관계를 끊지도 않을 거야. 비밀로 할 뿐이지. 그러니 어렵겠지만 자신감을 가지도록 노력해봐."

"어떻게……?"

"결혼한 뒤에 종태 씨 동창들을 집으로 불러서 저녁이라도 대접해. 설령 두 사람 사이에 미묘한 감정 같은 게 있었다고 해도 그러면 간단히 정리되는 거야. 얼굴을 마주보며 다정하게 말을 건네고, 남편의 동창이니 나도 반쯤은 동창이 되겠네요, 라고 하는 거야."

성애가 작은 한숨을 쉬었다. 안도의 한숨 같아 보이기도 했고, 어떻게 그렇게까지 할 수 있을까, 나는 정말로 자신 없다는 한숨처럼 들리기도 했다.

"다만 한 가지. 그가 정말 너를 사랑하느냐, 아니냐는 판단해야지. 그 여자 동창 문제를 개입시키지 말고 단순하게 생각해봐. 종태 씨가 널 사랑해?"

"글쎄…… 그런 것 같기도 하고, 아닌 것 같기도 하고. 나는 잘 모르겠어."

"사랑한다고 너한테 고백한 적 있어?"

"있어."

"그럼 됐어. 아무런 문제도 없는 거야. 아무 문제도 없는데 긁어서 문제를 만들 필요는 없어. 멀쩡한 피부도 자꾸 긁으면 트러블이 생기기 마련이야. 바람이 불지 않으면 봄이 아닌 거야. 대담하게, 명랑하게 봄을 만끽하는 거야, 바람 따위는 가볍게 받아넘겨."

성애의 얼굴에 안도감 같은 표정이 스쳤다가 다시 불안한 기색이 비쳤다. 성애는 불안과 안도, 자신감과 주눅 사이를 오가는 중이었다. 희주는 결혼은 평생을 같이 할 친구를 얻는 것이라고 했다. 나와 가장 친밀하지만 다른 사람과도 얼마든지 친밀한 관계를 유지할 수 있는 사람을 얻는 것이라고 했다. 오직 나하고만 친밀하기를 바라는 것은 몰두고 집착이라고 했다.

쉬운 문제를 어렵게 만들지 마라. 그런 태도야말로 명랑함을 잃는 것이고, 명랑함을 잃는 것은 여성의 세 가지 매력 중 하나를 잃는 것이고, 그것은 곧 남자를 멀어지게 하는 것이다. 남자가 내게서 멀어진다고 느낄 때 대부분의 여자는 그를 붙잡기 위해 매달리고 집착하게 된다. 매달리고 집착한다고 떠나는 마음을 잡을 수는 없다. 여자가 매달리고 집착할 때 남자는 무거운 부담을 느끼고, 거기서 빠져나오려고 더욱 애를 쓴다. 결국 더 멀어지는 것이다.

매달려도 자꾸만 멀어지는 남자 앞에서 여자는 한없이 약해지며, 이제는 명랑함과 더불어 상냥함까지 잃게 된다. 초조해하고, 화를 내고, 꼬치꼬치 캐묻는다. 이쯤 되면 여성의 세 가지 매력 중 또 하나가 사라지는 것이다. 희고 깨끗한 피부는 세월과 함께 필연적으로 사라진다. 이제 여성의 세 가지 매력 중 남은 게 하나도 없다. 무엇으로 남자를 곁에 붙들어 둘 것인가? 그 지경이 되었다면 차라리 남자를 포기하는 것이 낫다. 남자 없이도 한세상을 살 수 있지만, 남자와 함께 사는 한세상이 훨씬 편리하고 즐겁다. 그러니 그 지경이 되도록 내버려두지는 말고 처음부터 명랑하고 대범하게 대처해라.

"여성이여, 명랑하라. 이것이 오늘 나의 교시다."

성애는 두 팔을 활짝 펴든 희주의 과장된 연기에 킥킥 웃었다.

"바로 그거야. 웃어라 성애야. 오늘 웃는 자, 내일도 웃을지니. 명랑하라 성애야, 남자가 네게로 올지니. 너무 많이 와서 처치불능이면 내게 넘기는 걸 잊지는 말아다오. 내 치마는 넓어서 아무리 채워도 채워지지가 않는단다."

성애는 깔깔깔 소리 내어 웃었다. 인선은 그때까지도 희주를 연애박사 정도로만 평가했다. 그러나 이야기를 듣고보니 희주야말로 결혼생활을 가장 잘 이해하고 있는 사람이 아닐까 싶었다.

희주의 남편은 요새 사교댄스를 배우는 중이라고 했다. 희주도 몇 번 따라갔지만 몸치라 도무지 남편의 상대가 되어주지 못한다고 했다. 그래서 자신은 포기하고 남편만 일주일에 한 번 목요일마다 댄스수업을 받는 중이라고 했다.

"머어? 사교댄스!"

성애와 윤희, 인선은 동시에 비명에 가까운 고함을 질렀다.

"남자와 여자가 빙글빙글 돌고 손을 맞잡고, 몸을 부비는 바로 그 사교댄스 말이냐?"

인선이 기가 막힌다는 얼굴로 물었다.

"춤바람 나는 거 아냐? 그걸 그냥 두고 볼 거야?"

희주는 킥킥 웃었다. 역시 희주였다. 인선은 그녀가 사랑받을 수밖에 없는 여자라는 것을 명백하게 깨달았다. 희주는 말했다.

사랑이나 정열, 공감으로 결혼할 수는 있다. 하지만 결혼생활을 이어가게 하는 힘은 연대의식이랄까, 우정이랄까, 평생 친구처럼 지켜보는 것이라고 했다. 세상에는 많은 사람이 있지만 그가 나의 배우자이고 내가 그의 배우자인 것은, 서로가 묵묵히 지켜봐줄 수 있는 관계이기 때문이라고 했다. 나를 지켜보는 한 사람, 나의 좋은 점이나 나쁜 점을 묵묵히 지켜보는 사람이기 때문에 둘이 함께 가는 것이라고 했다. 그가 하고 싶어하는 일을 적극 지원할 수 있다면 더 좋을 것이다. 나 역시 춤을 잘 춰서 그와 손을 잡고 함께 빙글빙글 돌 수 있다면 더 좋을 것이다. 그러나 내게 맞지 않는 춤을 억지로 함께 출 필요는 없다. 그가 좋아하는 춤을 추도록 배려하는 것, 그의 춤을 지켜봐주는 것만으로도 충분하다.

희주는 남편이 목요일마다 댄스교습소에서 춤을 춘다는 사실을 아는 것으로 충분하다고 했다. 남편이 지금 어떤 여자와 짝이 되어 춤을 추는지 훤히 알고 있는데 내가 왜 안달해야 하느냐고 말했을 때 우리는 기함했다.

"정실은 정실다워야 해. 정실이 첩실처럼 도끼눈을 치뜨고 안달복달하는 건 우습지 않니? 누가 뭐래도 나는 정실이야. 남편이 어디 가서 무슨 짓을 하나 걱정하고, 딴 여자를 기웃거리는 건 아닌가 싶어 안달복달하는 건 작은 마누라님이나 하는 짓이라고. 지가 뛰어봐야 벼룩이지. 결국은 정실 앞에 엎어지게 되어 있어. 그러니 걱정할 것 하나도 없어."

성애의 얼굴에 자신감과 확신, 그리고 자부심 같은 것이 번졌다. 놀라운 희주, 사랑스러운 희주. 여자가 보기에도 사랑스러운 희주를 남자가 어찌 사랑하지 않을 수 있겠는가. 인선은 성애를 위로하며가 아니라 '희주를 사랑하며!'라고 외치며 건배했다. 희주가 있어서 행복한 저녁이었다.

마지막 수업, 운에 달렸다

"여러분 혹시 용장, 지장, 덕장, 운장이라는 말 들어보셨습니까?"

교장의 얼굴에 엷은 미소가 어렸다. 교장이 그렇게 미소를 지을 때는 한세상을 살고, 두 번째로 세상을 사는 사람의 여유와 너그러움이 배어 있는 것 같았다. 무엇도 급할 것이 없고, 딱히 당장 하지 않으면 안 되는 일도 없는, 세상 그 어떤 것에도 매달리거나 집착하지 않는 사람 같았다. 그것은 욕심이 없다거나 매사를 체념했다거나 하는 것과는 좀 다른, 괜찮다 괜찮다 하는 듯한 얼굴이었다. 때때로 그가 개별 상담 중에 농담을 던지면서 웃을 때는 나이답지 않게 귀엽다는 느낌도 들었다.

"훌륭한 장수에는 네 가지 유형이 있습니다. 용감한 장수, 지혜로운 장수, 덕이 있는 장수, 운이 좋은 장수라고들 합니다. 모두 훌륭하지만 그 중에 가장 덜 훌륭한 장수가 용감한 장수고, 가장 뛰어난 장수는 운이 좋은 장수라고 합니다. 용감한 장수는 싸움을 잘해서 웬만하면 이기지만, 운이 좋은 장수는 누가 봐도 필패할 싸움에서도 지지 않고 부대를 사지에서 무사히 빼내거나 오히려 승리합니다. 지략도, 용기도, 전력도 아닌 오직 운으로 말입니다. 성실도 좋고 노력도 좋은데, 운 좋은 게 제일 좋다는 말이지요. 별다른 노력을 안 했는데 운이 따라서 인생이 잘 풀린다면 제일 낫겠죠.

우리가 사실 입만 열면 성실·노력·근면·신중·지피지기를 권장하지만, 그건 우리 모두가 운이 좋은 사람은 아니기 때문입니다. 타고난 운이 호의적이지 않으니 성실해야 한다는 것이지요. 운이 좋다면야 굳이 성실할 필요도, 신중할 필요도, 나를 알고 상대를 알 필요도 없지 않겠어요?"

운칠기삼이란 말이지? 인선은 살짝 웃었다.

"두 사람이 같은 강물에 낚싯대를 드리웠는데 누구는 물고기를 많이 잡고, 누구는 조금밖에 못 잡는 경우가 있습니다. 오늘은 내가 많이 잡고, 내일은 옆 사람이 많이 잡는 날도 있습니다. 이런 경우에는 자리를 바꾸거나 기술과 노력으로 극복할 수 있습니다. 이것이 평범한 인생입니다. 그런데 다 같이 낚싯대 드리웠는데 어떤 사람은 물고기를 구경조차 못 하고, 어떤 사람은 물고기가 아니라 세상을 낚는 경우가 있습니다. 옛 이야기에 나오는 강태공이 그런 사람 아닙니까? 농담 같지만 이건 기술이나 노력, 성실의 차원이 아니라 운명에 관한 문제입니다."

교장은, 명색이 결혼생활학교 교장이라는 사람이 이런 말씀을 드리는 것은 좀 그렇지만 오늘이 마지막 수업이고, 마지막 강의인 만큼 진실을 하나 이야기하겠다면서 '어떤 배우자를 만나느냐 하는 것은 아쉽게도 상당 부분 운에 달렸다'라고 말했다. 그러고는 다소간 씁쓸하면서도 너그러운 미소를 지었다. 그 미소 속에는 '그런 문제라면 우리가 어찌할 수 없지 않느냐'고 씌어 있었다.

"노력 여하에 따라 여러분들은 그럭저럭 평화로운 결혼생활을 영위할 수 있습니다. 그러나 노력해도 안 되는 경우도 있습니다. 주역에 지화명이(地火明夷)라는 괘가 있습니다. 명이괘라고 하는데, 불이 땅 밑에 들어가 있는 형국, 해가 지평선 너머로 진 암흑의 시간을 지칭합니다. 이런 때를 만나면 무슨 일을 해도 안 풀립니다. 농사 경력 30년, 농사 기술 8단인 농부라도 해가 나지 않고 땅이 꽁꽁 얼어붙었는데 씨앗의 싹을 틔울 수 있겠습니까? 서리가 내리고 얼음이 꽝꽝 어는 날씨에 채소를 자라게 할 수 있겠습니까? 아무리 애를 써도, 무엇을 해도 안 되는 경우를 말합니다.

이럴 때는 세월을 기다릴 수밖에 없습니다. 그 세월이 한평생을 요구한다면 그에 따를 수밖에 없습니다. 여러분이 우리 ML결혼생활학교 1년 과정 동안 저한테 귀에 딱지가 앉도록 들었던 말씀이 바로 '나와 맞는 배우자를 만나야 한다'는 말일 것입니다. 좋은 사람이 좋은 배우자는 아니라는 말씀도 여러 차례 드렸습니다. 배우자를 잘못 만나면 언 땅에 씨를 뿌리는 것과 같습니다. 아무리 애를 써도 헛일입니다.

흔히 상담 전문가라는 사람들이 텔레비전에 출연해서 부부간에 흉금을 터놓고 대화를 나누고 억지로라도 스킨십을 하라고 말합니다. 그러면 대부분의 부부갈등이 해소된다고 합니다. 그건 어디까지나 이야기가 될 만한 관계에서나 가능한 일입니다. 얼굴 보는 것만으로도 화가 나고, 숨 쉬는 것만 봐도 목을 조르고 싶고, 밥을 먹는 모양이 돼지보다 더 흉물스러워 보이는데 어떻게 대화가 가능하겠습니까? 종일 무슨 말인지도 모를 꿀꿀 소리를 내는 지저분한 돼지와 한 방에서 한 이불 쓰고, 같은 식탁에 앉아서 밥을 먹을 수 있겠습니까?

전문가라는 사람들이 하는 말은 어디까지나 관찰자의 입장일 뿐입니다. 제삼자가 못 할 말이 어디 있고, 제삼자가 못 참을 일이 뭐가 있겠습니까? 전 재산 천만 원을 사기당하고 온 세상이 꺼진 듯 우는 지지리도 가난한 사람한테 '천만 원? 까짓것 크다면 크고 작다면 작다. 그러니 다 잊어라, 잊고 새출발하면 좋은 날도 있다'라고 말하는 사람이 바로 제삼자들입니다. 천만 원? 돈 있는 제삼자한테는 아무것도 아닐 수도 있죠. 하지만 그게 전 재산인 가난한 가장에게 천만 원은 목숨보다 소중한 돈일 수도 있습니다.

결혼은 제삼자가 하는 게 아니라 본인이 하는 겁니다. 울어도 본인이 울어야 하고, 세상이 꺼져도 본인의 세상이 꺼집니다. 그러니 정말로! 정말로! 잘 판단하셔야 합니다. 그렇게 신중하게 판단했는데도 잘 안 될 수도 있습니다. 그것이야말로 운명이니 도리가 없는 것입니다."

부처님이 중생을 구제하신 것은 중생이 구제받을 자격이 있어서가 아니었다. 부처님은 계산하지 않고, 선하거나 악하거나, 깨끗하거나 더럽거나 구별하지 않고, 아름답거나 추하거나 모두 구제하셨다. 그것을 자비라고 한다. 그래서 자비심을 가지라고 한다. 부부간에 자비심을 갖고, 배우자 대하기를 자식 사랑하듯 하라고 한다.

교장은 말했다.

"이런 말들, 다 호랑이 풀 뜯어먹는 소립니다. 남편은 부처가 아니고, 아내는 공자가 아닙니다. 보통 사람이 부처님처럼 누구나 구제할 수는 없고, 공자님처럼 인(仁)으로 모든 사람을 대할 수도 없습니다. 보통 사람이 아니라 설령 부처님 공자님이라고 할지라도 자기 아내나 남편의 흉한 모습을 참아내지는 못합니다."

세상에 어떤 남자와 여자가 부처님 예수님 앞에서 방귀를 뿡뿡 뀌고, 삿대질을 하고, 핏대를 올리고, 설거지해라, 밥해라, 청소해라, 돈 벌어라, 여기 가자, 저기 가자, 애 운다 좀 달래라. 종일 처자빠져 자냐, 이것도 못 하냐, 저것도 못 하냐, 돈 없다, 콱 죽자, 네 어미 애비가 그렇게 가르치더냐, 너네 집구석은 왜 그 모양이냐고 막말을 하겠느냐고 했다. 그렇게 막말을 하고, 막돼먹은 행동을 하면 공자님이 아니라 부처님 예수님도 분노의 주먹을 날릴 수밖에 없을 것이라고 했다.

흰 빨래는 희게 하고, 검은 빨래는 검게 빨 줄 아는 것이 아내의 도리고, 집에 쌀이 있는지, 밥이 있는지, 죽이 끓는지, 탕이 끓는지, 애들 입을 옷은 있는지 걱정할 줄 아는 게 남편 된 자의 도리다. 그런데 이 기본적인 것들을 감당한다는 게 말처럼 쉬운 일이 아니다. 사람이 그렇게 간단한 것도 못 할까 싶지만, 그렇게 간단한 것도 못하도록 만들 수 있는 위대한 관계가 바로 부부관계라고 했다.

"예전에는 고부갈등이 많았습니다. 근래에는 친정 부모님과 사위 간에 갈등이 크게 늘어났습니다. 금이야 옥이야 기른 딸이 결혼해서 고생하는 건 아닐까 싶어 노심초사하는 친정 부모들이 많아졌기 때문입니다. 부모가 자식 걱정하는 건 당연합니다. 그러나 결혼한 자식이라면 정도껏 해야 합니다. 딸 가진 부모들 중에는 아기를 낳으면 키워주겠다며 신혼집을 친정 근처에 얻도록 권하는 경우도 흔합니다. 그래서 친정 부모와 같은 아파트, 같은 동에 신혼집을 얻는 사람들도 있고, 심지어 같은 라인에 집을 얻는 경우도 있습니다. 부모와 자식이 가까이 살면 좋겠지요. 하지만 다 큰 자식과 부모는 어느 정도 거리를 두는 것이 더 낫습니다. 게다가 결혼까지 했다면 자기 자식뿐만 아니라 며느리나 사위가 있을 테니 더욱 그렇습니다.

친정 근처에 신혼집 얻어놓고 거의 매일 친정에서 저녁 먹고, 시집간 친정 언니들 놀러오면 남편을 끌고 가서 매일 같이 놀자고 하는 철없는 아내들도 많습니다. 이런 관계가 좋을 때는 그냥 좋지만 나쁠 때는 아주 나쁩니다.

친정에 가까이 살거나 함께 살게 되면서 장모나 장인이 사위를 함부로 대하는 경우도 있습니다. 너무 친하고 너무 편한 관계가 되어버리니 그렇게 되는 겁니다. 그래서 부부간의 사소한 문제에 장인이나 장모가 끼어들어서 오히려 문제를 악화시키는 경우도 허다합니다. 친정이든 시댁이든 부모 곁에 너무 가까이 살지 마십시오. 특히 결혼 초에 육아 문제에 힘이 들더라도 적당히 거리를 두고 지내는 것이 바람직합니다."

교장은 친정 엄마들 중에 흔히 자기가 고생한 것이 억울해 자기 딸만큼은 아들처럼 기르는 경우가 있다고 했다. 아들처럼 길러진 덕분에 딸들은 결혼할 때까지 부엌 근처에 가보지도 않고, 밥도 된장도 끓일 줄 모르는 사람이 많다는 거였다. 못하면 배우기라도 해야 하는데, 결혼한 뒤에도 '이걸 꼭 내가 해야 해?'라며 거부감을 보이는 바람에 다툼으로 이어지는 경우도 많다는 거였다.

"아들처럼 길러지느라 딸들이 자연스럽게 배우게 되는 것을 등한시하고, 여성이 가지는 장점을 잃어버리는 경우는 흔합니다. 그렇다고 아들처럼 아버지를 통해 자연스럽게 책임감을 체득하는 것도 쉽지 않습니다. 그래서 평소에는 남녀평등을 외치다가도 힘든 일, 성가신 일, 복잡한 일에 부딪히면 여성이라는 가면 뒤로 숨어서 남편이 해결해주기를 바라는 경우가 허다합니다. 아들처럼 길러졌다고 딸이 아들이 될 수는 없습니다. 딸로 태어났으면 아들이 되려 노력하기보다는 딸의 미덕에, 여성의 아름다움에 방점을 찍는 편이 더 매력적입니다. 이런 말씀을 드리면 남녀 차별하느냐고 소리를 자꾸 질러대는데, 이건 남녀차별이 아니라 각자의 장점을 더 잘 살리자는 말씀입니다. 그리고 남자와 여자는 기질적으로 다릅니다. 다르지 않다고, 다르지 않아야 한다고 생각하는 것이 잘못된 생각입니다. 다른 건 다른 겁니다. 달라서 좋은 점을 키울 생각은 않고 기계적으로 같아지려고 하니까 문제가 생기는 겁니다. 남편은 남편답고 아내는 아내다워야 합니다. 이 간단한 말이 말처럼 쉽지가 않습니다."

교장은 여자아이를 남자아이들과 똑같게 키우려다가 괴물로 만들어버린 외국의 사례를 소개했다. 여자는 여자로서 아름답고 남자는 남자로서 아름답다고 했다.

"결혼에는 암묵적 동의라는 게 있습니다. 남편은 남편으로서 할 일이 있고, 아내는 아내로서 할 일이 있습니다. 굳이 말을 하고, 문

서로 작성한 것은 아니지만 그러리라는 암묵적 기대라는 게 누구에게나 있습니다. 그런 보편적인 기대를 저버리는 것이 곧 깨어 있는 여성, 호기로운 남성이 되는 것은 아닙니다. 그럴 생각이면 결혼하지 마십시오. 결혼을 한다는 것은 상대의 암묵적 기대에 내가 동의한다는 말입니다."

교장은 사람이 할 수 있는 일은 자신과 맞는 사람을 찾으려 노력하는 것이고, 그 뒤의 일은 운명이 하는 일이니 받아들일 수밖에 없다. 하지만 처음부터 매사를 운에 맡겨두고 욕심만 좇아 달리지는 말라고 했다.

"늘 강조하는 바이지만, 결혼을 한다고 없던 행복이 생기지 않습니다. 먼저 혼자서도 당당하고 행복한 사람이 되어야 합니다. 남편이나 아내가 나를 위해 혹은 나를 대신해서 무엇을 해주기를 기대하지 마십시오. 그런 기대야말로 불행한 결혼생활로 가는 지름길입니다. 배우자가 나를 대신해 무엇을 해줄 때까지 기다리는 것보다, 해달라고 종용하는 것보다 내가 배우고 노력해서 그 일을 해내는 게 훨씬 빠르고 효과적입니다."

교장은 최악의 경우에는 결혼생활을 끝낼 수도 있다는 독립심을 가져야 한다고 했다. 그런 당당함이야말로 무난한 결혼생활을 지켜주는 가장 큰 힘이 된다고 했다. 결혼생활에 집착할수록, 상대에게 기댈수록 오히려 힘들어지고 불화하는 것이 결혼생활이라고 했다.

"마지막으로 다시 한 번 당부드립니다. 부부는 일심동체가 아니라, 이심이체여야 합니다. 둘이 만나 하나가 되는 것이 아니라, 둘이 만나 둘이 되는 것입니다. 부부는 이심이체! 내 배우자와 나는 별개의 인격체고 별개의 존재이고, 별개의 존재여야 합니다. 이 말을 죽을 때까지 기억하십시오. 이 말만 기억해도 부부간의 불화는 상당히 줄어들 것입니다."

우리 반 입교생 서른 명 중 수료에 성공한 스물일곱 명이 활짝 웃으며 기념촬영을 했다. 그리고 오른손을 불끈 세워 쥐며 파이팅을 외쳤다. 무엇을 위한 파이팅인지는 사람마다 달랐을 것이다. 이제 곧 치르게 될 결혼면허시험 합격을 기원하는 파이팅이었을까. 다른 사람들은 그랬을지도 모른다. 그러나 인선은 다른 파이팅을 외쳤다.

이제 결혼면허시험 합격이 인선의 당면한 바람은 아니었다. 하고 싶은 일, 해야 할 일이 참 많았다. ML결혼생활학교 수료증과 주소록과 전화번호가 기록된 기념수첩을 받았다. 그리고 우리는 '우리 진짜 파이팅하자'며 헤어졌다. 교실을 나서자 매서운 겨울바람이 뺨을 할퀴었지만 인선은 움츠리지 않았다. 버스 정류장을 향해 걸어가는데 빨간색 승용차가 옆으로 와서 섰다.

"언니 파이팅!"

선희와 은미, 희인이였다.

"파이팅!"

인선은 세워 든 주먹을 불끈 쥐었다.

나의 집, 그린빌 307호

두 달 뒤 치른 결혼면허시험에서 인선은 무난히 합격했다. 제시된 상황을 읽고 자기 생각을 기입하는 주관식 문제가 많았다. 필기시험 시간만 무려 4시간이었다. 채점은 모두 수작업이었다. 요리와 원예, 청소, 육아와 관련된 실기시험은 동작의 유연성과 속도, 효율성 등이 채점 기준이었다.

아파트와 단독주택에서 치러진 실기시험은 남자나 여자나 똑같았다. 여자 수험생들도 망치를 들고 못질을 했고, 남자 수험생들도 요리와 청소를 했다. 냉장고와 화장실 청소를 비롯해 형광등을 교체하고, 고장난 전기 콘센트를 수리하는 항목도 있었다. 실기시험 때는 심사관의 예상치 못한 질문에 당황하는 수험생들이 많았다. 한창 망치질을 하고 있는데 교통사고를 알리는 전화를 받아야 했고, 고장난 콘센트를 수리하는 중에 가스레인지에서 국물이 끓어 넘치기도 했다.

2017년 상반기 결혼면허시험 전체 합격률은 63퍼센트였다. 37퍼센트가 떨어졌으나 예년에 비해 탈락률은 다소 낮은 편이라고 했다. ML결혼생활학교 출신의 합격률은 평균을 훨씬 웃도는 78퍼센트였다. 만족한 듯 씨익 웃고 있을 교장의 얼굴이 떠올랐다.

면허증을 발급받아 나오면서도 인선은 윤철에게 전화를 하지는 않았다. 1년 사이에 스스로 생각해도 많이 변해 있었다. 여전히 윤철을 사랑하고, 그와 결혼하겠다는 생각에는 변함이 없었다. 그러나 우선은 오직 자신만의 공간, 자기 소유의 공간, 자기 뜻대로 키우고 줄일 수도 있는 공간을 마련하고 싶었다. 부모님에게서 남편에게로, 처녀에서 아내로 곧장 이동하고 싶지는 않았다.

결혼생활학교 과정을 마칠 무렵 리서치 회사에 입사했다. 사장은 신입사원으로 뽑기에는 나이가 좀 많기는 하지만, 남일진 교수님의 추천도 있고, 본인이 또 이토록 의욕을 보이니 한번 해봅시다, 라며 악수를 청했다. 작은 회사였고 초봉은 2천만 원이 겨우 넘었다. 게다가 야근도 많아 결코 좋은 조건이라고 할 수 없었다. 그나마 대학교 시절 지도교수님께 부탁해 얻은 자리였다.

카페문을 밀고 들어오는 윤철의 표정이 밝았다. 무슨 자랑거리라도 있는지 성큼성큼 다가오는 윤철의 걸음걸이에 자부심이 묻어났다.

"오래 기다렸어?"

"방금 왔어. 점심 안 먹었지?"

"어, 넌?"

"나도 아직."

"여기요!"

윤철이 고개를 뒤로 돌리며 종업원을 불렀다. 메뉴판을 뒤적거리면서 윤철은 콧노래를 흥얼거렸다. 무엇인가 좋은 일이 있기는 한 모양이었다. 좋은 일이 있다면 좋은 것이다. 흥얼흥얼 윤철의 콧노래를 들으며 인선은 탁자 아래 발로 박자를 맞췄다. 윤철이 문득 메뉴판에서 눈을 떼며 말했다.

"나 이번에 막내 탈출했어."

"신입사원 들어온 거야?"

"그치. 어제 우리 부서로 발령받아 왔는데 앳된 얼굴이 완전 마당에 처음 나온 병아리더라. 흐흐."

"그래봐야 2년 선밴데 뭘 그래?"

"여자 후배야. 스물네 살. 올 3월에 졸업한대. 어쨌거나 아직 대학생, 완전 꽃띠지."

뭐? 스물넷! 오 하느님! 두 살 아래 여자 선배가 나가더니 그 자리에 더 싱싱한 여자 후배가 들어와? 갈수록 첩첩산중이네! 내가 미쳐!

서너 달 전이었다면 그렇게 장탄식을 했을지도 모르겠다. 그러나 이제는 달랐다. 유쾌한 일은 아니었지만 첩첩산중 오리무중 장탄식을 늘어놓을 이야기는 아니었다. 윤철이 만년 막내로 지내는 것보다야 좋은 일이라는 생각도 들었다. 어쨌거나 앞으로도 후배들은 계속 들어올 것이고, 그 중에는 여자들도 꽤 포함돼 있을 것이다. 자연스러운 일이다. 아니, 좋은 일이다. 선배가 나가고 후배가 들어와야 진급도 하지 않겠는가.

이처럼 무덤덤할 수 있다니. 스스로 생각해도 놀라웠다. 꼼짝하지 않고 제자리에 서서 상대만 바라보는 이전의 인선이 아니었다. 오직 상대의 움직임에 따라 내 위치가 결정되는 사람이라면 상대의 이동에 촉각을 곤두세우기 마련이다. 내가 꼼짝 않고 가만히 있다고 할지라도 밤사이에 상대가 유리한 위치로 이동하면 내 위치는 인과적으로 더 나빠진다. 그것은 스스로 움직이지 않는 사람, 스스로 움직이기를 포기한 사람이 맞이해야 하는 불편한 숙명이다.

그러나 인선은 스스로 목표 지점을 정하고 자기 위치를 이동시키는 사람이 되었다. 상대의 움직임과 관련해서 움직일 수도 있고, 상대와 무관하게 스스로 더 나은 위치를 찾아 이동할 수도 있다. 스스로 결정해서 움직일 수 있는 사람은 상대의 움직임에 과민반응하지 않는 법이다. 대견했다. 어쩐지 자신이 희주를 닮아간다는 생각이 들어 픽 웃음이 나왔다.

"잘됐다. 축하해!"

"그치? 잔심부름에서 이제는 해방되겠지."

윤철은 콧노래를 부르며 메뉴판을 훑었고, 인선에게 음식을 추천해주었다. 홍합을 푸짐하게 넣은 이태리식 스파게티였다. 살짝 매운 맛이 일품이라는 추천사도 덧붙였다. 이전에 이 집에서 누구랑 같이 먹어봤다는 말이군. 그래도 나쁘지 않았다. 그 덕분에 맛있는 음식을 먹을 수 있으니 말이다.

"막내 탈출 축하해!"

"정말?"

'정말?'이라는 말 뒤에는 '여자 후밴데'라는 말이 숨어 있으리라.

"그럼! 정말!"

윤철이 '와우! 놀라운데'라는 듯 눈을 살짝 크게 뜨며 어깨를 으쓱했다. 인선은 음료수 잔을 들어 건배했다. 생각 같아서는 맥주라도 한잔 마시고 싶었지만 구름이 잔뜩 끼어 어둡기는 해도 대낮이었다. 게다가 자동차까지 끌고 나온 터였다. 인선은 후배 갈구는 나쁜 선배가 되지 말라는 충고를 했다. 아직은 모든 게 낯설 테니까 하는 일마다 어설프게 보일 수밖에 없을 것이라고, 괜히 선배 유세하지 말고 하나하나 꼼꼼하게 설명해주라고 덧붙였다.

"그러다가 정 들면?"

"선후배 간에 정도 있어야지. 암튼 후배 괴롭히지 마!"

윤철은 싱긋 웃었다. 해맑은 웃음이었다.

"참, 나, 결혼학교에 등록했어."

윤철은 소시지를 찍은 포크를 입으로 가져가려다 말고 별일 아닌 것처럼 말했지만, 그 눈만은 반짝반짝 빛이 났다. 생글생글 웃는 그 눈은 마치 100점짜리 시험지를 받아들고 집으로 달려와서 엄마의 칭찬을 기다리는 아이 같았다. 귀여운 손윤철!

"잘했네. 어차피 할 거면 이를수록 좋지."

"반응이 영 밋밋한데? 굉장히 좋아할 줄 알았더니."

"좋지. 좋은 일 맞아."

"근데 왜 그렇게 시큰둥해?"

"시큰둥하기는, 아주 좋지. 하지만 윤철 씨가 결혼생활학교 등록하고 결혼면허 취득하는 게 나 좋으라고 하는 건 아니잖아. 윤철 씨 판단이지. 당연히 윤철 씨의 판단이어야 하고. 어쨌든 좋아, 좋은 일이야."

"우와. 세게 나오는데?"

"세게 나가는 게 아니라. 그게 맞는 거지. 내가 등록하라고 조른다고 하겠어. 내 말을 들어먹을 사람도 아니고 말이지. 사실 그런 건 사람도 맞고, 때도 맞아야 하는 일이기도 해."

"겁나는데? 사랑이 식어버린 거야?"

"그대로지. 하지만 알고는 있어. 난 내 스케줄대로 갈 거야. 윤철 씨와 조금은 조절해보겠지만, 안 맞으면 내 일정에 맞춰 내 길을 갈 거란 말씀이야."

"아~ 이거 왠지 수상한데? 조사하면 다 나와! 뭐야?"

"뭐긴 뭐야. 말 그대로지."

"아무래도 수상한데? 물증이 없을 때는 고문이 최고지. 고문받고 말할래, 그냥 실토할래? 물 고문? 전기 고문? 주리 틀기? 육모 방망이 찜질?"

"흐흐, 암튼 알아서 잘 하셔."

"예! 잘 알겠습니다. 공주님!"

윤철이 앉은 채로 차렷 자세를 취하며 큰 소리로 말했다.

오전부터 하늘이 조금씩 흐려지는가 싶더니 날은 초저녁이다 싶을 정도로 어둑어둑했다. 먹구름이 두껍게 끼어 금방이라도 비나 눈이 내릴 것 같은 날씨였다. 점심 무렵을 지나면서 결국 진눈깨비가 내렸다. 2017년 2월의 마지막 눈이리라. 이 눈이 그치고 나면 어디에서든 봄바람이 불 것이다.

물기를 잔뜩 머금은 진눈깨비는 아스팔트에 닿자마자 녹았다. 그러다가 멈출 줄 알았는데 오후가 되면서 제법 큰 눈송이가 날리기 시작했다. 거리는 어깨를 잔뜩 움츠린 채 종종걸음 치는 사람들로 붐볐다. 차고 축축한 날씨는 왠지 서글픈 느낌을 주었지만 주차장으로 향하는 인선의 걸음은 가벼웠다.

"눈 오는데 차 두고 가지? 내가 집까지 바래다줄게."

레스토랑 주차장 입구에서 윤철이 말했다.

"괜찮아. 살살 운전하지 뭐."

"미끄러울 텐데?"

"어딘들 왕도가 있겠어?"

10년 가까이 장롱 속에 처박혀 있던 인선의 녹색운전면허증은 그녀가 리서치 회사에 취직하면서 도로 위로 나왔다. 인선의 중고 자동차는 위태롭게 비틀거리기는 했지만 아직 큰 사고를 내지는 않았다. 사소한 접촉사고도 내지 않고 평생 운전할 수 있을 것이라는 기대는 하지 않았다.

'접촉사고를 내더라도 달리는 거다.'

운전 중 사고를 내는 바람에 녹색면허자격을 잃는다 해도, 면허증은 도로 위로 나와야 한다. 대학시절 면허증을 땄던 날 인선은 세상을 다 얻은 듯이 기뻤다. 그 시절엔 지갑 속에 면허증이 들어 있다는 사실만으로도 충분하다고 생각했다. 조심조심 도로 위로 나선 지금 그녀는 불안했지만, 세상에서 좁은 자기 자리 한 칸을 차지했다는 자부심을 느꼈다. 필요한 것은 세상의 전부가 아니라 좁지만 나만의 자리다. 아무도 침범할 수 없는 나의 공간, 누구의 간섭도 받지 않는 나만의 세계, 내가 만든 나의 세계 말이다. 조심스럽게 자동차를 끌고 도로로 나섰을 때, 이 자동차가 달리고 머무는 공간은 오직 자기만의 자리가 되어주었다. 인선은 그 사실이 기뻤다.

인선이 장만한 그린빌 307호는 8평짜리 투 룸이었다. 부모님과 함께 살던 강남의 2층짜리 주택, 건평만 88평이던 집에 비해 터무니없이 좁고, 주차 공간도 부족했다. 밤늦게 귀가하는 날에는 주차장과 인근 골목을 빙글빙글 몇 바퀴나 돌아야 했지만 나쁘지 않았다. 자동차를 운전하는 사람은 마땅히 주차할 장소를 스스로 찾아야 하는 법이다. 겨우 찾아낸 자투리 공간에 차를 세운 인선은 자신의 좁은 방 그린빌 307호를 향해 총총히 걸어갔다. 그사이에 진눈깨비는 그치고 초저녁달이 떠오르고 있었다.

　나는 누구의 잘못도 아닌데 불행의 근원이 되어버린 '부부라는 관계'에 대해 쓰고 싶었습니다. 살다보면 내가 지은 죄가 아님에도 내가 대가를 치러야 할 일들이 있습니다. 가령, 내 부모님이 가난해서 내가 누릴 수 없었던 것들, 내 눈이 작아서 누군가의 미움을 받았던 것들이 그렇습니다. 그것은 분명 부당한 일이지만 내가 감당해야 할 일입니다.

　결혼생활에서도 그런 문제는 종종 발생합니다. 견디기 힘든 난관에 부딪혔을 때, 더구나 그 난관이 내가 저지른 과오가 아니라는 생각이 들 때 참담함은 더욱 커집니다. 나는 그런 이야기를 하고 싶었습니다. 아내나 남편 모두 나쁜 사람이 아닌데, 결코 많이 부족한 사람이라고 할 수는 없는데, 부부라는 관계로 만나고 보니 나쁜 사람, 부족한 사람이 되어버리는 경우 말입니다.

　사람이 어쩔 수 없는 일에 대해서야 어찌하겠습니까. 나는 결혼생활과 관련해 사람이 할 수 있는 일은 결혼한 뒤가 아니라 결혼하기 전에 더 많다고 생각합니다. 자동차를 주차할 때, 주차선 밖에서 주차선 안에 맞추는 것과 비슷한 이치입니다. 좁은 주차선 안에 갇힌 운전자는 운신의 폭이 좁을 수밖에 없습니다. 맞춰가며 살고, 참아가며 산다는 말은 사실 '삐딱한 주차'를 용인할 수밖에 없는 난처한 처지의 사람에게 건네는 위로와 같습니다. 바른 주차는 주차선 밖의 문제이지, 주차선 안의 문제가 아니지 않습니까. '결혼면허'가 필요하다고 생각하는 이유입니다.

흔히 부부간에 흉금을 터놓고 대화를 나누고 억지로라도 스킨십을 가지라고 말합니다. 그러면 대부분의 갈등이 해소된다고 합니다. 하지만 단언컨대 이 말은 당사자가 아니라 제삼자의 시각이며, 현실성이 떨어지는 이야기입니다. 제삼자가 못 할 말이 어디 있고, 제삼자가 못 참을 일이 뭐가 있겠습니까? 부부가 된 후에 대화를 나누기보다는 부부가 되기 이전에 대비하는 편이 낫습니다. 대비할 수 없다면 결혼하지 않는 게 좋습니다.

자동차 운전을 하는 데도 면허증이 필요하고, 까다로운 교육을 받아야 합니다. 그렇게 어렵게 운전 면허증을 취득하고도 자동차를 몰고 도로에 나서면 사고를 내기 마련입니다. 결혼생활은 운전보다 훨씬 멀고 험한 인생길입니다. 그럼에도 결혼을 앞두고 바짝 긴장하거나 진땀을 흘리는 사람은 많지 않습니다. 막연한 기대나 막연한 불안 정도가 전부입니다. 그저 학교를 졸업하고 직장을 구하고, 사랑하면 당연히 결혼을 하고, 결혼을 하면 아기를 낳는 것처럼 생각합니다. 관성처럼!

결혼을 관성처럼 한다는 게 말이나 될 소리입니까.

사람 좋다는 것과 나와 어울린다는 것은 다른 문제입니다. 누구나 벤츠급 자동차를 원하지만 누구나 벤츠급 자동차를 타지는 않습니다. 이것저것 따져볼 때 벤츠급 자동차가 좋기는 하지만, 나와 어울리지 않는다고 판단했기 때문입니다. 그깟 자동차 한 대를 구입하는 데도 요모조모 따지고 살피면서, 결혼에 관해서는 막연하게 생각한다는 것은 자기 인생을 방치하겠다는 것과 다르지 않습니다.

행복을 꿈꾸는 것은 좋습니다. 그러나 꿈을 꿀 때는 마땅히 악몽을 염두에 두어야 합니다. 장담컨대 결혼의 결과로 없던 행복이 발생하지는 않습니다. 무슨 근거로 결혼을 하면 행복해질 것이라고 기대하는 걸까요. 자동차 운전을 시작하면 편리함과 동시에 언제든 사고와 맞닥뜨릴 수 있다는 부담을 함께 안습니다. 그렇게 조심하는 덕분에 그나마 지금만큼이라도 안전을 보장받습니다. 결혼에 임할 때, 결혼생활에 임할 때도 마땅히 그래야 합니다.

30년 넘게 함께 산 아내를 살해한 남자가 있습니다. 이 소설에는 김승주라는 인물로 등장하지만 그의 사건은 실제로 있었던 일입니다. 아내를 살해한 뒤 경찰에 자수한 그는 '내 인생의 불행을 용납할 수 없었다'고 말했습니다. 김승주 씨 부부의 불행한 날들을 생각하며 나는 이 소설을 썼습니다.

조두진

조두진 장편소설

초판 1쇄 인쇄 2013년 10월 23일 초판 1쇄 발행 2013년 10월 30일

지은이 조두진 펴낸이 연준혁
기획 설완식

출판 6분사 분사장 이진영
편집 정낙정 박지수 박지숙 최아영
디자인 조은덕
제작 이재승

펴낸곳 (주)위즈덤하우스 출판등록 2000년 5월 23일 제13-1071호
주소 (410-380) 경기도 고양시 일산동구 장항동 846번지 센트럴프라자 6층
전화 (031)936-4000 팩스 (031)903-3895 홈페이지 www.wisdomhouse.co.kr
종이 월드페이퍼 인쇄·제본 (주)현문 후가공 이지앤비

값 13,000원 ⓒ조두진, 2013 ISBN 978-89-5913-763-3 03810

국립중앙도서관 출판시도서목록(CIP)

결혼면혀 / 지은이: 조두진. — 고양 : 예담출판사, 2013
   p.;   cm

ISBN 978-89-5913-763-3 03810 : ₩13000

한국 현대 소설[韓國現代小說]

813.7-KDC5
895.735-DDC21   CIP2013021133